COLOCATION DETONANTE

Romance

Fah NIE

Colocation Détonante

Romance

collection kama ♥

Erato-Editions

ISBN 979-10-93434-96-4

Résumé

De retour à Nantes après trois ans d'absence, le plan était simple : rattraper le temps perdu avec mes proches surtout mon frère jumeau, monter ma propre affaire dans ma ville chérie peut- être même avoir une histoire ou deux sans prise de tête. J'aurais dû me douter qu'avec ma poisse légendaire, tout ne se passerait pas comme prévu…

Je me retrouve donc contrainte de vivre avec le collègue et ami de mon frère : Maël, sapeur-pompier, 1m90 de prétention, des conquêtes à gogo et surtout un air de Monsieur-je-sais-tout horripilant.

Tout ou presque semble nous opposer, seulement voilà : il m'attire autant qu'il m'énerve et la tension qui règne entre nous ne cesse de grimper. Vais-je réussir à sortir indemne de cette colocation ?

Fah Nie

Fah Nie, Nantaise de 25 ans et passionnée de lecture depuis plusieurs années.

« Je suis depuis longtemps complètement sous le charme de cette ville où j'ai grandi et où j'ai tous mes meilleurs souvenirs.

J'ai toujours été frustrée par les romans qui ne se terminaient pas comme je le souhaitais...

Alors j'ai finalement décidé d'écrire mon propre livre et je me suis découvert une vraie passion !

J'espère que ce premier livre n'est que le début d'une longue série, pour que ce rêve ne prenne jamais fin… »

1

Ivy

Je n'ai jamais aimé prendre l'avion. Je ne suis pas angoissée quand je le prends, mais j'avoue que lorsque la gentille hôtesse nous annonce :

« Chers passagers, nous entrons dans une zone de turbulences. », je commence à flipper.

Le truc c'est que je ne sais absolument pas gérer mon stress, je finis toujours par faire ou dire n'importe quoi.

Je suis côté hublot et je vois qu'on s'apprête à traverser un petit orage, je sens la peur me vriller l'estomac. Je regarde le mec à côté de moi, c'est un homme d'affaires d'à peu près trente ans je dirais et il a l'air complètement tétanisé, il a le visage crispé, transpirant et ses mains sont blanches à force de serrer les accoudoirs. Je me sens un peu mieux en me disant qu'au moins il y a pire que moi.

Première secousse : le stress revient en force et mon voisin pousse des petits cris de fillettes. Deuxième, troisième secousse : on est très secoué et je flippe complètement.

Je regarde par le hublot et essaie de me calmer, il faut que je décompresse l'avion est censé être le moyen de locomotion le plus sûr au monde non ?

Je suis concentré sur les coutures du siège de devant quand un petit garçon crie :

— L'aile gauche prend feu !

Je souris comme sa mère, car j'ai bien vu qu'il plaisantait, mais mon voisin, lui, à l'air de l'avoir pris au mot. Il panique totalement, se tortille sur son siège, crie à son tour ce qui affole tout le monde avant de pleurnicher. C'est trop pour moi, je pars d'un grand éclat de rire et il me regarde comme s'il venait de me pousser une bite sur le front. Je pleure de rire et quand je reprends enfin ma respiration, je tends la main vers le gamin pour un « give me five ». Ce gosse sera un génie plus tard.

Je vous passe le tête-à-tête houleux entre l'hôtesse et la mère du gamin pour avoir affolé tout l'avion quand tout est revenu dans l'ordre.

Après quelques heures, l'hôtesse annonce que nous allons bientôt atterrir. *La France !*

Je suis tellement pressée de revoir mon frère. On est très proche et pour cause, c'est mon jumeau. Notre relation a toujours été très fusionnelle, il ne se passe pas un jour sans que l'on s'appelle ou se voie. Lorsque j'ai dû partir travailler à Nouméa en Nouvelle-Calédonie, c'était un coup dur pour lui comme pour moi, mais quand vous êtes une simple serveuse en France et qu'on vous propose la gestion d'un bar de plage au soleil, le choix est vite fait.

C'est comme ça que j'ai quitté le confortable nid de la maison familiale pour partir à l'aventure.

De son côté, mon frère a emménagé avec son meilleur ami Chris qui a ouvert sa propre boutique de tatouage il y a quatre ans. En plus d'être une pointure dans son métier, il est à tomber dans le genre gros dur avec une gueule d'ange.

Trois ans que je suis partie sans remettre un pied à Nantes, ma ville natale. Trois ans que je n'ai pas revu mon frère autrement que sur Skype. Tous les jours certes, mais ce n'est pas pareil. Trois ans sans mes amis et au fil des années, on se rend vite compte de qui sont ses vrais amis, ceux qui ne vous considère pas mort dès que vous quittez le continent. J'ai gardé contact avec Chris bien sûr, je m'en suis même rapprochée. C'est marrant, on ne s'est jamais autant parlé que depuis que je suis partie. Je l'adore, il avait toujours une histoire drôle à me raconter pour me remonter le moral quand j'avais le mal du pays.

Et bien sûr il y a ma meilleure amie, Laura. Sans elle je n'aurais jamais tenu tout ce temps loin de mes proches, nos délires et nos conneries me manquent.

D'ailleurs c'est elle qui vient me chercher à l'aéroport, elle est la seule à savoir que je rentre. Je veux faire la surprise à mon frère et si j'avais mis Chris au courant, je ne doute pas que mon frère aurait eu vent du plan en quelques heures.

Je descends de l'avion et m'étire pendant ce qui me parait des heures, mais j'ai bien besoin de ça après vingt-deux heures de vol. Il y avait des escales, mais quand même j'ai l'impression que ça fait une semaine que je suis enfermée dans ce vieux coucou. Je récupère mes bagages, au moins mes valises ne sont pas compliquées à repérer avec leur couleur violet fluo.

J'ai la tête dans le pâté et l'haleine qui va avec, mais quand j'aperçois Laura, j'oublie tout ça. *Bon sang ce qu'elle m'a manqué*, je lâche mon chariot contenant mes bagages et comme dans les films, je cours pour me jeter dans ces bras.

Sauf qu'on n'est pas dans un film et du coup je me prends les pieds dans les liens d'un sac resté par terre avant de me vautrer en beauté au pied de Laura en criant un magistral et très élégant « Merde ». Elle explose de rire pendant que je me relève en souriant comme une idiote, j'ai mal aux genoux, mais je m'en fous, là j'ai dix ans d'âge mental. On saute sur place en se faisant un câlin. Nos yeux brillent du plaisir de se retrouver enfin après trois longues années séparées.

— Purée tes gamelles m'ont manqué ma biche, dit-elle en riant.

— Ta gueule ! Fais-moi un gros câlin.

Elle me serre dans ses bras puis me lâche avant de décréter :

— Le plan « retour de Speedy » est lancé !

Speedy c'est mon surnom. Vous vous souvenez de Speedy Gonzales ? La petite souris mexicaine ultra rapide ? Mon surnom vient de là, depuis mon enfance je ne tiens pas en place, je fais souvent plusieurs choses à la fois et cours partout comme si j'avais le feu au cul. Mes parents ont commencé à m'appeler comme ça, puis mon frère et les autres ont suivi.

— Aller on a de la route avant d'arriver à la maison, faut qu'on trace ma biche, tu vas me raconter tous les détails de ses trois années ! dit-elle.

— Tu les connais déjà, je t'ai eu au téléphone toutes les semaines ou presque je te signale. Je sais que t'es blonde, mais quand même, t'as une bonne mémoire non ?

— Laisse mes cheveux tranquilles !

Une fois mes bagages chargés on monte dans sa voiture direction Nantes.

— Alors je commence par quoi ?

— Ils sont comment les mecs là-bas ? Ils sont bien membrés ? J'espère que tu as des photos !

J'éclate de rire.

— Bon tout d'abord, ils ne sont pas très différents d'ici sauf que pour la plupart, ils sont bronzés et gaulés comme les Dieux du stade. À part ça, rien à déclarer, ils n'ont qu'une bite… Malheureusement.

— Ivy !

— Bah quoi ? L'espoir fait vivre. Laisse-moi rêver un peu et fais pas ta sainte c'est toi qui as voulu savoir !

— Beurkk, t'imagines toi un type avec deux zizis ?

— Zizi ? Sérieux ? Laura, tu viens de pourrir mon fantasme là.

On passe les heures suivantes à débattre sur les avantages et les inconvénients d'un sexe à deux têtes quand je vois enfin le panneau Nantes qui nous annonce qu'on arrive dans trente kilomètres. Je m'enquiers du plan pour la surprise auprès de Laura.

— Pile dans le timing ! Je suis trop bonne ma parole.

Elle fait une petite danse de la joie sur son siège tout en s'applaudissant.

— Ça va tes chevilles ? Tranquille, pas de gonflement ? lui dis-je en rigolant.

Elle me regarde d'un air exaspéré sans rien dire.

— Rohh, ça va je t'écoute vas-y, c'est quoi ton super plan de la mort qui tue ?

— Alors le plan je t'explique, reprend-elle comme si je n'avais rien dit.

C'est ce que j'aime chez elle, elle passe l'éponge sur tout et est toujours pleine d'entrain.

— On va arriver un peu avant 21 h chez eux, il y a une soirée, mais ton frangin arrivera vers 21 h 30, car il était en formation avec ses collègues. Ça te laissera le temps de faire la surprise à Chris avant que tout le monde débarque.

— Super ! Je vois que tout est prévu, tu gères un max ma poule.

Je vois qu'elle se tortille sur son siège et paraît gênée ce qui est assez inhabituel de sa part alors je lui demande ce qui lui arrive.

— J'ai un petit truc à t'avouer. Hum… Je ne sais pas trop comment formuler ça.

— Je t'écoute.

— Bah. Tu vois les collègues de ton frère ? Ah bah non c'est vrai tu les as jamais vues. Euh…

— Laura crache le morceau !

— OK OK. Euh. Bon. Je sors plus ou moins avec un de ses collègues depuis quelques mois. Ne me frappe pas s'il te plaît ! Aïe !

Mais c'est trop tard je lui mets déjà plusieurs claques sur l'épaule.

— LAURA ! Tu sors avec un pompier ? Mais pourquoi tu ne m'as rien dit ?

— Bah pour échapper à ta réaction disproportionnée déjà.

Et puis je n'étais pas sûre que c'était du sérieux entre nous. Tu sais il n'y a rien de mal à sortir avec un pompier, ton frère en est bien un non ?

— Disproportionnée ? Je rêve là. C'est sérieux comment ?

— T'énerve pas OK ? Promets !

— Je vais essayer.

Elle semble hésiter puis se lance :

— Il s'appelle Fabien et j'emménage avec lui la semaine prochaine, c'est lui qui a proposé hein moi tu me connais j'étais bien chez moi, mais bon je me sens prête et je ne pense pas me tromper en disant qu'il est fou de moi. Je suis amoureuse Ivy.

Bordel de merde ! J'ai la bouche ouverte sur une grimace de sidération totale.

— Ohoh Ivy ?! dit-elle en claquant des doigts devant mes yeux avant de se reconcentrer sur la route.

— J'arrive pas à croire que tu m'aies caché un truc pareil, lui dis-je abattue.

Elle voit que je suis vexée alors elle se gare sur la chaussée avant de me prendre dans ses bras en me chuchotant :

— Je sais ma belle, je suis désolée, mais si je te l'avais dit avant tu m'aurais tapé une crise et qui sait si tu aurais pris ton avion pour rentrer. Maintenant vu le prix des billets, je suis sûre que tu vas rester dans le coin et tu ne seras pas longtemps fâchée contre moi.

— Arrête de me faire rire ou d'essayer de m'attendrir ! Évidemment que je serais rentrée tu me prends pour un tyran ou quoi ? Je vois qu'elle s'apprête à me répondre alors j'enchaîne : chut ! Tu sais, si je dis ça, ma biche, c'est que les pompiers sont connus pour être des chauds lapins, je ne voudrais pas que ton petit cœur finisse en cendre à cause de lui.

— Je sais Speedy, mais ne t'inquiète pas, il est génial.

— Il a plutôt intérêt ! Si j'apprends qu'il t'a fait du mal, je lui rectifie sa tronche, c'est compris ?

— Compris, me répond-elle en souriant.

— Il sera là ce soir ?

— Oui, il était en formation avec ton frère.

— Parfait il va avoir le droit à un interrogatoire en règle alors.

Elle rit en disant qu'elle n'en attendait pas moins de ma part, puis reprend la route plus calmement.

On arrive chez mon frère vers 21 h comme prévu, je regarde la petite maison avec admiration. Lorsque je suis partie pour Nouméa, mon frère venait d'emménager avec Chris dans un appartement du centre-ville puis il y a un an à peu près ils ont déménagé, car mon frère avait été accepté dans une caserne un peu plus éloignée du centre. La maison n'a pas l'air plus grande que leur ancien appartement, mais on dirait qu'il y a un jardin derrière.

— Bon alors t'es prête ?

— Et comment ! Je suis trop pressée de voir la tête que fera Chris quand il me verra. Attends j'ai une idée, tu fais comme si tu ramenais une nouvelle amie et moi je regarde mes pieds jusqu'à ce que tu me présentes ça marche ?

— Graaave, j'adore l'idée. C'est parti, faut qu'on se magne avant que les autres arrivent.

On marche jusqu'à la porte d'entrée puis Laura entre sans sonner. J'aperçois Chris au loin, il ne nous a pas encore vues. Il a encore pris du muscle depuis la dernière fois que je l'ai vu. Il est assez grand 1m80 enfin pas beaucoup plus que moi avec mes 1m75, mais il faut dire que je suis une grande perche, ce qui ne m'empêche absolument pas d'avoir des courbes dont je suis plutôt fière. Il porte un tee-shirt noir près du corps avec écrit « Je t'ai dans la peau » avec une photo de dermographe au-dessus. Je ris discrètement de ce petit clin d'œil à sa profession de tatoueur et continue de le détailler, il porte un jean noir avec des bottes style rangers lacées grossièrement. Avec ses cheveux à ras qui contraste avec ses beaux yeux bleus et ses traits délicats, il est très beau. Je regarde vite mes pieds pour ne pas me faire prendre. On arrive sur la terrasse et je l'entends :

— Laura ! T'es en avance, ton mec est pas encore arrivé. C'est qui cette beauté avec toi ? Hey ! Fait pas ta timide on ne va pas te manger ma jolie.

Je me contiens à grand-peine d'exploser de rire, j'ai le corps pris des tremblements de mon rire contenu. Je dois avoir l'air d'une folle quand Laura met enfin un terme à mon supplice :

— C'est vrai qu'elle est un peu spéciale. Je vous présente ma tarée à moi qui me fait également office de meilleure amie à l'occasion.

Je relève la tête et saute sur place en prenant la même pause que dans le sketch « Les Rodriguez » des petites annonces d'Élie Semoun, la moustache en moins, bien sûr. Le visage de Chris se transforme, il a une banane qui lui monte jusqu'aux yeux. Je parle de son sourire bien sûr.

— Speedy, j'y crois pas viens là !

Je m'avance vers lui sans me vautrer cette fois et le laisse me prendre dans ses bras.

— Ton frérot est au courant ?

— Non, je voulais vous faire la surprise, dis-je en plongeant la tête dans son cou. Je le sens frissonner.

— Il va faire une attaque, je suis trop content de te voir ma belle, me répond-il en me serrant plus fort dans ses bras avant de me relâcher et de me faire faire un tour sur moi-même. Une vraie femme ! Tu dois tous les mettre à l'amende, les pauvres.

— T'es canon toi aussi Chrissounet.

Lorsqu'il entend le petit nom que je lui donne régulièrement il grimace.

On entend la porte d'entrée. *Merde ! Pas déjà on n'a rien préparé pour le surprendre.* D'un coup je sens Chris m'agripper le bras et me mettre derrière lui pour me cacher. Vu qu'il est plus grand et large que moi, ça peut marcher. Je joue le jeu et je m'aligne avec sa silhouette. J'en profite pour regarder un peu autour de moi pendant que mon frère et ses collègues sont dans la maison. Il y a trois filles plutôt mignonnes qui m'observent comme si j'étais un prédateur leurs volants leur bout de viande. Il y en a une avec des talons vertigineux, ces espèces de talons aiguilles de 20 cm avec une méga plateforme sous le pied. J'ai jamais compris pourquoi certaines personnes s'infligent de telles douleurs, mais passons.

J'enfonce un doigt dans le dos de Chris en lui chuchotant : « Tes copines sont bien mignonnes, mais si elle continue de me fixer comme ça, je ne donne pas cher de l'effet de surprise. ». Il rigole avant de faire signe aux filles de regarder ailleurs. J'entends des pas arriver sur la terrasse et Chris dire :

— Alors c'était bien ta formation ?

— Nickel. Pourquoi tu restes planté là mec ? Tu nous fais un remake de Robocop ?

C'est tellement bon d'entendre sa voix que les larmes me montent aux yeux.

Au diable la surprise j'ai juste envie de pousser Chris et de me jeter sur mon frère.

— T'as eu Speedy au téléphone récemment ?

Je me fige en entendant mon surnom, il met du temps à répondre avant de dire :

Ouais hier, mais aujourd'hui j'ai eu qu'un texto pourquoi ? Tu lui as parlé ?

— Et comment, je lui ai même fait un gros câlin.

Je hausse les sourcils ne voyant pas trop où il veut en venir et le laisse continuer.

— T'es con, dit-il le sourire dans la voix.

— Non je te jure ! Si ça se trouve, elle est cachée derrière moi à t'attendre.

Quoi ?! Putain merci Chris c'est pourri ça comme entrée. Je le pince violemment. *Foutu pour foutu autant qu'il morfle un peu.*

— Aiie !

Je le pousse et regarde le visage de Théo se figer.

Mon cœur bat la chamade et ses yeux sont brillants au contraire de son visage qui est crispé comme s'il n'osait pas y croire. Ses cheveux courts et bruns sont encore mouillés de sa douche et son corps est droit et tendu. On devine sous son tee-shirt qu'il est musclé. Il me regarde droit dans les yeux, les siens sont aussi grands et verts que les miens. Je suis tellement émue, ça fait trois ans que j'attends ce moment.

À chaque fois, je me suis demandé comment je me sentirai quand je pourrai de nouveau le serrer dans mes bras et pourtant tout ce que j'arrive à faire c'est de rester là à attendre que le rêve se termine et que je me réveille sur mon île.

Quand je réalise qu'il est vraiment là devant moi, mes jambes bougent et sans que je m'en rende compte, je suis dans ses bras. Enfin, je lui saute dessus plutôt, je m'accroche à ses épaules et le serre de toutes mes forces. Je pense qu'il réalise enfin que c'est vrai, car il passe ses bras dans mon dos et me serre dans ses bras si fort que j'étouffe presque, je lui dis, mais il s'en fiche royalement.

— Laisse-moi voir ta bouille.

Il me prend le visage à deux mains et je vois dans ses yeux de grosses larmes contenues s'y loger. C'est difficile d'expliquer ce que je ressens à ce moment précis. Notre lien est comme renforcé, je vois dans son regard, l'émotion et la joie qu'il a de me retrouver. Ni lui ni moi ne trouvons les mots, mais quand il colle son front contre le mien, je fonds en larme. Il m'embrasse sur le bout du nez comme lorsque nous étions petits et qu'il voulait me réconforter. J'éclate en sanglots et me niche contre son épaule tandis qu'il me berce doucement comme un père le ferait. Je ne sais pas combien de temps on reste ainsi, moi en train de pleurer dans ses bras tandis qu'il me chuchote des mots apaisants.

— C'est bon de te revoir sœurette ! me dit-il.

Il pose un bras possessif en travers de mes épaules et pour la première fois depuis trois ans, je me sens parfaitement à ma place.

— Les gars ! Je vous présente ma sœur, Ivy.

Les heures passent et je suis enfin à l'aise parmi toute cette masse de testostérone. Finalement, les filles ont compris que je n'étais pas une de leur concurrente et sont revenues à de meilleurs sentiments.

Ça fait un moment que je fixe Laura et je me décide enfin à quitter les genoux de mon frère pour aller la voir. Elle est assise à côté de Fab, le fameux pompier dont elle m'a parlé dans la voiture. Je m'installe à côté d'eux et m'immisce dans leur conversation.

— Alors les amoureux, comment se passent les préparatifs pour votre emménagement ?

Pendant la conversation, j'en profite pour lui poser des questions plus personnelles et il y répond sans tiquer et avec le sourire en plus. Ça me fait mal de l'admettre, mais j'avais tort il a l'air d'être un mec bien. Je les écoute parler et prends le temps de les observer discuter et rire ensemble, ça crève les yeux qu'ils sont fous l'un de l'autre. Pour l'instant c'est tout ce que j'ai besoin de savoir. Mais une chose est sûre, je vais veiller au grain.

Chris a remarqué que j'observais avec attention Laura et Fabien et me regarde avec un sourire salace avant de me lancer :

— Sois pas jalouse Ivy, si t'es en manque d'attention je suis là moi.

J'envoie un baiser à Chris en riant. C'est bon d'être de

retour. Mon frère lui jette une cannette de bière vide à la figure en lui répliquant :

— N'y pense même pas !

Chris se contente de rire en me faisant un petit clin d'œil.

Quelques heures plus tard, mes yeux se ferment tous seuls, je décide qu'il est temps d'aller me coucher et je m'écroule dans le lit de mon frère. Il a accepté de dormir sur le canapé ce week-end en attendant de trouver une solution pour me loger.

C'est vrai que depuis que mes parents ont déménagé dans le sud, je n'ai plus que mon frère ici. Enfin Laura m'a bien proposé de m'héberger le reste du week-end, mais dans son T1 avec Fab qui vit plus ou moins chez elle ce n'était même pas envisageable. J'imagine déjà la scène : « euh vous pouvez faire un peu moins de bruit en baisant je dors dans la même pièce que vous. » Ce serait vraiment gênant.

Quoi qu'il en soit décalage ou pas je m'endors comme une souche, heureuse d'être rentrée au bercail.

**

On passe le dimanche avec Théo et Chris en jogging devant la télé à regarder la dernière saison de Sons of Anarchy en mangeant toute sorte de cochonneries sucrées et salées. Je suis confortablement couchée en travers du canapé, la tête sur les genoux de mon frère et les pieds sur ceux de Chris.

— Ohhh Jax ! dis-je rêveusement.

— Ça fait dix fois que tu le dis, on a compris que tu le trouvais canon, se plaint Chris.

— Vous comprenez rien les gars ! Il n'est pas « canon », il transpire le sexe débridé, il est trop intense ce mec. Je chevaucherais bien sa grosse. Aïe ! Pourquoi tu me pinces frérot ? J'allais dire sa grosse moto, bande de pervers, dis-je en rigolant.

— Considère que pour moi tu es vierge sœurette. Alors je veux ne rien entendre de sexuel sortir de ta bouche, compris ?

Je me lève en ricanant pour aller à la cuisine chercher le coca, mais c'était sans compter sur ma maladresse légendaire.

En me levant, je m'emmêle les pinceaux dans mon jogging et me cogne le petit doigt de pied dans la table basse, ce qui fait un mal de chien. Du coup, je me mets à sautiller sur une jambe en me tenant le pied d'une main et en essayant de garder l'équilibre avec l'autre bras. Je suis au comble du ridicule.

Les gars se marrent, eux bien sûr, ils se tiennent les côtes même ! Ni une ni deux je lâche mon pied oubliant la douleur pour me jeter sur eux, s'en suit une bataille de chatouilles qui restera sûrement dans les annales et bien sûr, je perds.

Plus tard dans la soirée, je dis à mon frère :

— Bon j'ai plus qu'à me trouver un appartement maintenant ! Il me reste deux semaines avant de reprendre le travail, si tu vois des annonces, pense à moi.

— Justement, je voulais t'en parler ! Tu te souviens de notre appartement en centre-ville ?

Je hoche la tête.

— Bah en fait on ne l'a jamais revendu, on le loue à deux de mes collègues, mais Fab va emménager avec Laura mercredi donc tu peux prendre sa chambre si tu veux ? En plus, le peu de meubles que tu avais est stocké là-bas.

— Attend, tu veux que je vive en coloc' avec un de tes collègues ?

— Il est sympa je t'assure, et puis on prend des gardes de 24 h au boulot donc ça te fait rester trois jours seule par semaine tu seras plutôt tranquille. C'est dans une rue passante donc je sais que tu seras en sécurité et en plus on te fera payer que les charges… penses-y.

— Vu comme ça… Il était là samedi soir ce fameux collègue ?

— Non, mais si tu veux je peux te le présenter avant que tu prennes ta décision. Faut que je lui en parle à lui aussi.

— Ca marche on fait comme ça.

— Je suis tellement content que tu sois rentrée Speedy. Laisse-moi m'occuper de tout, tu vas être bien ici.

Je ne lui dis rien, mais je reste sceptique sur son plan. C'est vrai que je ne trouverai jamais un appartement à louer pour le même prix et aussi bien placé, mais le fait de le partager avec un de ces collègues, ça c'est une autre paire de manches.

**

Le lundi quand je me lève, la maison est vide, mais j'ai deux petits mots accrochés au frigo. Le premier de mon frère :

Speedy,

Je suis au boulot je prends une garde de 24 h donc je ne te verrai que mardi matin.

Réfléchis pour l'appart !!!

Je vois mon pote au boulot donc je vais essayer de le faire venir mardi soir pour manger.

Fais comme chez toi en attendant.

Gros bisous :)

Je souris. Est-ce que je suis vraiment en train d'imaginer une colocation avec un mec que je ne connais même pas ?

Puis, je lis le mot de Chris et je lève les yeux au ciel :

Il y aura toujours une place pour toi dans mon lit ma belle.

PS : Je t'ai laissé du liquide sur le bar pour que tu ailles faire ton devoir de femme (courses) et me préparer un bon repas pour ce soir.

Ce mec est complètement taré !

2

On est au mois de juin, il fait beau et chaud aujourd'hui alors j'opte pour une petite robe vert émeraude à manches courtes, resserrée à la taille et m'arrive à mi-cuisse que j'accompagne avec des spartiates caramel.

J'ouvre le frigo pour grignoter quelque chose et constate l'état des dégâts. Ça sent mauvais, il y a des miettes d'origine inconnue à l'intérieur, du fromage qui a coulé sur la vitre et des fruits fripés. À part ça, les deux premiers étages sont remplis de bières. Je passe au congélateur qui lui est plein de pizza et hamburgers déjà prêts, je comprends mieux le petit mot de Chris, ils ne doivent sûrement jamais cuisiner ces deux-là. J'entreprends de nettoyer le frigo et une fois que j'ai terminé, je décide d'aller faire des courses. Je me souviens que j'ai laissé ma voiture chérie dans un garde-meuble avant mon départ, mais quand Théo a emménagé ici il a rapatrié le peu d'affaires qu'il y avait dedans pour les stocker dans son garage.

Je m'y précipite et vois ma petite voiture recouverte d'une bâche protectrice.

Elle est exactement comme dans mon souvenir. C'est ma première voiture et je suis fière de l'avoir achetée avec l'argent de mes petits boulots quand j'ai eu dix-neuf ans. C'est une petite Coccinelle Volkswagen décapotable rouge cerise qui appartenait à mon grand-père, il me l'a revendu pour trois fois rien. Elle a besoin d'un bon coup d'éponge, mais elle est toujours aussi belle. Je m'installe derrière le volant et fais une prière en tournant la clé, elle broute puis plus rien, je réessaie et cette fois elle démarre. Je la sors du garage et en profite pour la décapoter, manuellement bien sûr faut pas rêver.

La journée passe vite entre les courses, la cuisine et le nettoyage de mon petit bijou. *Une vraie Bree Van de Kamp, faut que j'arrête !* Je décide de me poser sur une chaise longue dans le jardin avec le livre que j'ai acheté aux courses. Le titre et la quatrième de couverture m'ont tout de suite attirée, c'est une romance érotique, et dès les premières pages c'est chaud bouillant. Depuis que j'ai lu le phénomène « Cinquante nuances de Grey », je me suis remise à la lecture avec passion, bénissant les éditeurs d'avoir enfin compris ce qui me plaisait. Je suis arrêtée par l'appel de Laura :

— Tu as intérêt à avoir une bonne raison de me déranger, je suis avec un boxeur ultra sexy au moment où je te parle !

— Un boxeur ? Tu l'as chopé où ?

— C'est un livre, morue.

Elle se marre.

— Bon, je voulais juste savoir si tu avais passé une bonne journée. Et j'aurai besoin que tu ramènes tes fesses demain pour m'aider à boucler mes cartons.

— Oui, ça a été nickel ! Tu veux venir manger chez les gars ? J'ai fait un gratin pour Chris et moi, mais y'en a pour un régiment.

— Carrément, j'arrive, on parlera des détails du déménagement comme ça.

— À toute ma bichette !

Je me replonge dans mon livre et c'est la sonnette qui me tire de mon roman. *Déjà ?* Je vais ouvrir et fais entrer Laura.

— Je n'ai pas vu le temps passer, ce livre est plus efficace qu'un vibro je te jure.

— Tu me le prêteras ?

— Je pense que c'est trop chaud pour la petite sainte que tu es, dis-je en rigolant quand elle m'envoie une claque sur le bras.

La discussion avec mon frère me revient et je décide de voir si Laura en sait plus.

— Oh fait je t'ai pas dit, Théo m'a proposé la chambre de Fab, tu connais son coloc' ?

— Hein ? Attend faut que je m'assois.

Je la vois se diriger vers le salon et s'asseoir sur le canapé, elle commence à m'inquiéter.

— Quoi ? Il est si horrible que ça ?

Elle grimace et me parle enfin :

— Tu rigoles ? Ce mec c'est… c'est je sais pas moi genre « Le mâle » par excellence. Il est trop hot.

Punaise pour qu'elle dise ça ma Laura c'est que ce doit être quelque chose ce type, mais c'est plutôt positif ça alors pourquoi elle fait cette tête ?

— Mais pour le peu de fois où je l'ai vu, je n'ai jamais réussi à le cerner. C'est un salaud avec les filles Ivy, je te préviens. J'entends souvent les gars parler de ses conquêtes et quand je dormais là-bas il y avait toujours une fille différente le matin.

— C'est un connard. Message reçu, dis-je en souriant.

Je reviens à des sujets plus légers, car je vois bien que celui-là la perturbe. Je suis en train de lui montrer les fringues que j'ai ramenées de Nouvelle-Calédonie quand Chris rentre en s'écriant :

— Femme ! Sers-moi mon repas j'ai faim ! Ensuite, nous pourrons copuler comme des bêtes jusqu'au petit matin.

Quand il nous remarque, il ajoute :

— Pitié dites-moi que vous vous apprêtez à vous déguiser en hôtesse de l'air et à réaliser un de mes fantasmes !

Avec Laura on se regarde et je commence à faire la vague avec mes bras Laura me suis et comme dans la série « Ma famille d'abord » Laura commence :

— Euh…

Et je termine :

— Non !

On explose de rire et Chris aussi. Le repas se passe dans la bonne humeur, on rit, on se rappelle de vieux souvenirs et puis je discute avec Chris de mon tatouage que j'aimerais qu'il termine. En fait avant que je parte, il a commencé un tatouage qu'on a dessiné ensemble. Enfin moi j'avais les idées et lui il les a couchées sur le papier, car je suis tout juste capable de gribouiller un bonhomme de neige, il débute sur mon pied près de ma malléole. Ça représente deux fines tiges de rosiers noirs entrelacées qui grimpent autour de ma jambe en large cercle jusqu'à l'aine. Les tiges sont recouvertes par endroits de grosses roses rouges et noires et de petits bourgeons. J'adore ce tatouage. *Heureusement, tu me diras, ce n'est pas comme si c'était un tatouage malabar !* L'idée est de symboliser le lien entre mon frère et moi avec les tiges entrelacées et puis pour les roses c'est seulement que j'adore ça, je trouve ça beau et féminin.

Sur le dessin d'origine, le tatouage est censé continuer de mon aine en passant par mon ventre jusque dans mon dos puis se terminer derrière mon oreille par un magnifique petit bourgeon en train de fleurir. Il est à la fois très fin et si réaliste qu'on croirait que les fleurs prennent vie quand je bouge.

Maintenant que je suis de retour, je compte bien le terminer.

— Je me réjouis d'avance de te voir en petite culotte sur mon fauteuil Speedy.

— Tu m'étonnes, pervers !

Ma phrase le fait rire. On se met d'accord pour vendredi, en temps normal il ne travaille pas le vendredi, mais je le soudoie en lui promettant de lui apporter des pâtisseries. Ses yeux se mettent à briller quand il me demande :

— Tu me ferais tes muffins aux pépites de chocolats ?

— Si tu veux oui.

— Va pour deux douzaines alors !

— Deux douzaines ? Vendu espèce de goinfre, dis-je en riant.

La soirée se termine sur les coups de minuit et je dis à Laura que je serai chez elle vers neuf heures pour l'aider avec ses cartons. J'enfile mon pyjama qui se résume à un petit short moulant en coton blanc et à un débardeur assorti avec inscrit en noir :

JE SUIS VIERGE

Mais ce tee-shirt est vieux

Puis je file me coucher.

**

Mon réveil sonne à huit heures, j'ai rêvé de beaux boxeurs transpirants, de muscles fermes et de parties de jambes en l'air jouissives. *Fabuleux !*

Je n'ai jamais fait partie des gens qui n'arrivent pas ou ont besoin de temps pour émerger le matin.

Moi quand je me réveille il y a deux possibilités :

Soit je suis d'une humeur à chier. Bon heureusement pour mon entourage ce n'est pas souvent le cas.

Soit je suis de bonne humeur, comme ce matin.

Je descends à la cuisine et trouve mon frère en train de boire son café. Il est toujours en uniforme, ça lui donne un air sérieux assez inhabituel.

— Salut frérot ! Ca été le boulot ?

Il me regarde et je vois qu'il détaille ma tenue.

— C'est quoi ça ?

Comme je ne comprends pas, je me regarde.

On ne sait jamais des fois que trop à fond dans mes rêves j'ai enlevé mon short sans penser à le remettre, mais non tout est là.

— Bah le concept est un peu révolu, je te l'accorde, car dormir à poil c'est à la mode de nos jours, mais ça s'appelle un pyjama.

— Non ! Ça, c'est… Je ne sais même pas ce que c'est, mais c'est tout sauf un pyjama. J'espère que Chris ne t'a pas vue dans cette tenue ?

Il fait de grands gestes vers mes cuisses exposées et je lève les yeux au ciel.

— T'exagères, c'est juste un short et un débardeur Théo. Heureusement que tu ne vois pas mes sous-vêtements, tu ferais une crise cardiaque, dis-je morte de rire, car il s'est bouché les oreilles et chante la Macarena pour ne pas entendre ce que je lui raconte. Lorsqu'il voit que j'ai arrêté de parler pour me bidonner, il me sermonne :

— Putain Speedy, tais-toi je ne veux pas savoir ça ! Ni me mettre à t'imaginer en sous-vêtements, c'est dégoûtant.

— Sympa merci pour la gentillesse frérot. Bon je te laisse ton lit, je vais me préparer et aider Laura avec ses cartons aujourd'hui.

— Ah oui je ne t'ai pas dit ! Maël ne viendra pas manger à la maison ce soir, il nous invite, car c'est soirée foot donc comme ça tu pourras revoir l'appart et le rencontrer. Je compte sur toi pour être gentille et bien te tenir.

— C'est bon je suis plus une enfant.

Il me détaille de haut en bas avec un air réprobateur avant de me répondre :

— Ça, j'avais bien compris.

**

On passe la journée à empaqueter les fringues et les chaussures de Laura et c'est le plus gros du travail, car on en est déjà à plus de six cartons quand ça commence à dégénérer en séance d'essayage et de danse. On écoute de vieilles chansons en se remémorant de bons souvenirs, et quand les premières notes d'Asereje des Las Ketchup débutent à fond dans son petit appartement, on entre en transe. On fait ce qu'on appelle plus communément du « yaourt », en gros ça veut dire chanter en émettant des sons qui ressemble aux paroles, mais qui ne sont définitivement pas les paroles.

Enfin pour le moment, on est redevenu des adolescentes prépubères dopées aux hormones et on se dandine sur le lit entre les cartons en chantant comme des casseroles avec les talons d'une paire d'escarpins en guise de micro. On essaie de se remémorer la chorégraphie qui consiste à faire des mouvements indéterminés avec ses mains. À la fin de la chanson, on s'écroule, vidées et mortes de rire.

— J'en reviens pas que tu emménages avec ton mec, qui l'eut cru ? Moi, quand je te regarde, j'ai toujours l'image de toi en quatrième avec tes boutons et ton appareil dentaire, dis-je alors qu'elle se lamente sur son sort.

— Oh, mon Dieu ! Je voudrais pouvoir effacer ce souvenir. Enfin tu peux parler toi aussi t'avais des boutons, c'était même pire que moi. Oh et tu te souviens de la fois où tu t'es cassée la gueule devant tout le monde à la cantine ?

— Euhh, j'essaie toujours d'oublier, mais merci de me le rappeler. Bon, on charge ta voiture comme ça demain tout sera prêt ! Au fait tu viens ce soir à la soirée foot ?

— C'est ça change de sujet. Oui, enfin vite fait, car le foot et moi ça fait deux.

Après trois tournées de cartons, je me stoppe en milieu du couloir.

— J'ai une idée ! On termine de charger et on file en ville prendre l'apéro comme ça on ira à la soirée qu'à la fin. Et je pourrais te montrer là où je vais travailler, t'en penses quoi ?

— J'en pense que je suis trop contente que tu sois rentrée ma biche. Finies les soirées foot !

— Finies les soirées foot ! scandai-je en lui tapant dans la main et en faisant tomber le carton que je tenais. *Certaines choses n'ont pas changé…*

Une heure plus tard, on est en plein centre de Nantes devant mon futur travail, le bar est en travaux pour pouvoir ouvrir samedi prochain.

Il y a deux mois Jack, mon patron en Nouvelle-Calédonie m'a informé de son projet de développer trois nouvelles enseignes en France métropolitaine : Paris, Nice et Nantes. J'ai sauté sur l'occasion pour prendre le poste de gérante que Jack m'a confié avec le Nouméa. Ce sera un bar d'ambiance, je suis pressée de voir l'agencement terminé lundi prochain.

J'adore relever de nouveaux défis même si celui-ci est de taille. J'ai toujours suivi ce bon vieux credo que mon père me répète en boucle depuis que je suis enfant, « Rien n'est impossible ! ». C'est cliché, mais ça marche pour moi. On s'installe dans un des bars en face et on commande des Mojitos.

Laura interrompt mes pensées avec une remarque des plus philosophiques :

— Mate le canon Ivy !

Je me retourne et regarde dans la même direction que Laura. Pour la discrétion on repassera.

— Attend pas celui avec un tee-shirt vert si ?

— Bah si qui d'autre ?! Je baaaave là.

Je lui touche le front pour voir si elle ne devient pas folle lorsqu'elle me repousse :

— Mais quoi à la fin ?

— Bah… il est roux pardi !

Elle roule des yeux en souriant.

— C'est vrai, j'avais oublié ton aversion pour les roux, dit-elle en riant.

— C'est pas une aversion, c'est juste que les mecs roux ne m'attirent pas. Imagine leurs poils de sboub roux ?

— T'es grave et puis je vois pas où est le problème ?

— Bah pour commencer, les pipes et je ne parle pas de tabac ! Imagine : « pour vous mesdames, ce soir c'est la pipe Bonduelle saveur carotte râpée ! » Ça craint.

Elle écarquille les yeux, la bouche grande ouverte avant d'exploser d'un rire tonitruant qui fait retourner tout le monde sur notre table et je finis par la suivre.

Après plusieurs Mojitos, on se décide enfin à rejoindre la fameuse soirée foot bras dessus bras dessous. On est accueilli par Fab qui se jette comme un affamé sur Laura.

— Pas la peine d'être aussi chaleureux avec moi Fab, je me contenterai d'une bise, dis-je d'un ton pince-sans-rire.

— Salut, Ivy, alors la journée s'est bien passée ?

— Super, dis-je en lui faisant la bise. J'espère que votre appart est grand, car vu toutes les fringues de Laura, il lui faudra une pièce rien que pour elle.

Il grimace avant de nous faire entrer. On s'avance dans le salon et mon frère vient m'accueillir en me faisant un petit câlin. Je salue ses collègues un par un, je ne mémorise pas tous leurs prénoms sauf deux que je me souviens avoir vue ce week-end, Marc et Louis, je m'approche d'eux pour les saluer. Ils ont l'air sympa, mais me regardent comme si j'allais leur servir de quatre heures. Ils sont en train de loucher sur mon décolleté alors je claque des doigts devant leurs yeux, quand ils me regardent enfin dans les yeux je dis :

— Je suis là les gars !

Ils deviennent rouge tomate et mon frère leur met une claque sur l'arrière du crâne en rigolant. Pour finir le défilé de testostérone, Théo me présente encore trois autres gars de son équipe qui sont plus vieux, la quarantaine environ je dirais. Ils me saluent chaleureusement et me racontent quelques anecdotes assez drôles sur mon jumeau.

— Chris n'est pas là ?

— Si, il est parti dans la cuisine avec ton futur coloc' chercher des bières. Tu connais le chemin sœurette !

Il rejoint les autres pour faire des pronostics sur le match. De mon côté, je file vers la cuisine et m'écrie en y entrant :

— Alors c'est ici qu'on trouve de l'alcool ?

— Hey Speedy !

Chris s'avance avec son sourire ultra-brite et me prend dans ses bras avant de me faire sauter en l'air. Enfin en réalité je décolle à peine du sol, mais on a le droit de rêver un peu. Je m'éloigne en le traitant de pervers, je crois que ce sera son nouveau surnom.

— Arrête t'adores ça. Mec, je te présente la sœur de Théo.

Après les présentations, il retourne au salon avec un carton de bières. Je me tourne vers mon futur colocataire qui me détaille de haut en bas et je ne me gêne pas pour faire de même, on dirait deux prédateurs qui s'évaluent.

Il est immense, il doit mesurer au moins 1m90 si ce n'est plus, il est pieds nus et ses jambes sont moulées dans un jean brut. Je continue mon inspection et observe son tee-shirt col V bleu nuit près du corps, je fixe ses bras dénudés dont un est entièrement tatoué. Mon regard remonte sur son visage et ses yeux aussi bleus que son tee-shirt. *Bon OK ce mec est canon !* Il a un visage d'homme et avec sa barbe très courte parfaitement entretenue et ses cheveux châtains mi-longs, il est à tomber.

Il me fait un sourire avenant alors je m'avance pour lui faire la bise. Le contact de ma joue douce contre sa barbe m'électrise. *Attends* ! *J'hallucine ou il vient de me renifler le cou ? Qui fait ça à notre époque ? Et pourquoi* ça me donne des frissons ? Il se présente :

— Salut la sœur de Théo moi c'est Maël, ça va l'appart te plaît ? Ton prénom c'est ?

— Ivy ! Oui j'étais déjà venue quand mon frère y habitait avec Chris, j'adore cet appart.

— Deuxième mi-temps ! crie Chris.

Maël s'incline et me montre la porte avant de s'exclamer d'un air supérieur :

— Les femmes d'abord.

Je souris, prends la bière qu'il tient dans sa main et bois une gorgée au goulot avant de repartir vers le salon.

L'alcool aidant, avec Laura on passe une bonne soirée, enfin l'alcool et Arsenal avec le canon Olivier Giroud. On se met à crier comme des pom pom girls quand il y a des gros plans sur lui, mais au bout d'une dizaine de minutes on se lasse alors on part voir ma future chambre. Elle est assez grande avec un parquet en bois massif magnifique, des moulures au plafond et une belle fenêtre avec un grand rebord en bois brut. Je me vois déjà mettre des coussins et me faire un petit coin lecture.

— J'avais oublié à quel point cet appartement est génial.

— Ouais je l'adore aussi. Attends ferme les yeux !

— Hein ?

— Ferme les yeux je te dis !

— OK OK.

— Retourne-toi et attends que je te dise de les ouvrir.

Je lui obéis et j'entends des bruits de porte avant qu'elle me dise d'ouvrir mes yeux.

— Woow ! C'est noël ou quoi ?

Ça, *c'est une tuerie. Un dressing dans ma chambre !* Il y a une double porte qui s'ouvre sur une petite pièce de cinq m² avec des étagères sur ma droite et une grande tringle sur ma gauche.

— Canon hein ? Fab ne l'utilisait même pas, mais moi j'y mettais mes fringues.

Je m'extasie devant le rêve de toutes les femmes quand Fab nous appelle.

Quand on arrive dans le salon il a la mine sombre, il nous voit et nous lance avec humeur :

— On y va. Il faut que je te ramène Ivy ?

Laura me chuchote :

— Oula son équipe a dû perdre. Je vais pouvoir me la mettre sous l'oreille ce soir, enfin façon de parler quoi.

Je rigole et Fabien me fusille du regard.

— Je vais m'arranger pour rentrer avec Théo. Bon courage pour le déménagement, n'hésitez pas si vous avez besoin d'aide.

Laura a à peine le temps de me faire la bise qu'elle se fait tirer vers la sortie. Je vais rejoindre ceux qui ne sont pas encore partis en riant.

— Qu'est-ce qui te fait rire sœurette ?

— Un truc de fille, tu peux pas comprendre, lui dis-je en tirant la langue.

— Peste !

À ce moment, Chris se fraye un chemin vers nous en criant :

— Femme ! dit-il en me tendant sa bière vide au loin.

En réponse à sa demande implicite, je m'apprête à lui balancer la télécommande que je viens de prendre sur la table basse, mais Maël vient se poster devant moi : imposant et avec un sourire qui laisse apparaître une petite fossette sur sa joue droite. J'oublie Chris pour me concentrer sur cette petite fossette que j'aimerais bien lécher. *Oh du calme les hormones !*

— Pose ton arme. Doucement, dit-il comme si je tenais une grenade.

Je lui souris comme une idiote. *Reprends-toi ma vieille tu dois ressembler à une groupie, manque plus que les banderoles « Maël épouse-moi » et tu ferais un parfait cliché.* Après cette prise de conscience, je me reprends et fais la moue avant de lui répondre :

— Sinon ?

Je vois ces yeux briller d'amusement. Chris arrive et passe un bras possessif sur mes épaules.

— Tu veux rentrer Speedy ?

— Je croyais que tu voulais reprendre une bière ?

— Non ton frère est fatigué donc on part.

— Je viens avec vous alors.

Maël intervient :

— Tu veux emménager quand du coup ? Histoire que je m'organise.

— Euhh samedi c'est bon pour toi ?

— Je serais pas là, mais prends le double de Fab et fais comme chez toi, je te ferais de la place dans la salle de bain.

Tandis que Chris part dire au revoir aux autres, j'écourte la conversation pour ne pas me retrouver à la rue :

— D'accord, merci. À samedi soir alors ?

Il se rapproche de moi doucement en me regardant droit dans les yeux. Ses yeux bleu nuit me troublent et ma salive se bloque dans ma gorge, je reste là sans bouger de peur de briser l'instant.

Il pose ses deux mains de chaque côté de ma tête et penche la sienne vers moi. J'ai de plus en plus chaud et je reste immobile à le regarder pour voir ce qu'il va faire.

Arrivé près de ma bouche il bifurque vers ma joue et y pose ses lèvres, c'est comme une caresse, je crois que mon string est foutu quand il me glisse à l'oreille :

— À samedi soir, Ivy.

Et il me laisse dans cet état : excitée et muette. Ce qui relève du miracle dans mon cas, en temps normal personne n'arrive à me clouer le bec.

Je savoure l'effet provoqué par mon prénom dans sa bouche, mais suis interrompue par le flot de départ et de bises.

Arrivée à la maison, je file sous la douche pour me remettre les idées en place puis je reviens dans le salon en bas de jogging et débardeur, les gars sont devant le débrif' du match.

Je leur fais un bisou avant d'aller me coucher.

Ce soir je m'endors avec les Kings of Leon – Sex on fire et je me rejoue la scène contre le mur au moins cinquante fois dans ma tête.

Je finis par fermer les yeux avec pour seule image de grands yeux bleu nuit. *Je suis dans la merde !*

3

Le reste de la semaine passe rapidement, entre le déménagement de Laura et Fab mercredi auquel j'ai fait une petite apparition pour « aider ». Ce qui s'est résumé à porter deux cartons, car en vérité j'étais juste curieuse de voir à quoi ressemblait leur appartement. C'est un T2 plein de charme dans le quartier Bouffay de Nantes. L'avantage c'est qu'on va habiter à dix minutes à pied l'une de l'autre, d'ailleurs on a déjà repéré un petit chinois qui a l'air délicieux en bas de chez elle.

Le jeudi, on est allé glander au Château des Ducs de Bretagne avec Théo. On a d'abord pique-niqué tranquillement installés sur l'herbe près des douves, puis on a parlé de ses histoires de cœur depuis mon départ. Autant dire qu'il y avait matière à développer. La conclusion est que mon frère est un éternel insatisfait, il passe d'une histoire à une autre et trouve toujours un défaut de plus en plus absurde à chacune de ses conquêtes. La dernière avait je cite : « Des mains trop boudinées ».

Il va falloir que je pense à lui trouver une fille bien avant qu'il finisse vieux gars !

Vendredi je me lève à 13 heures comme une fleur. Je fais partie de ces gens dormants énormément et pour être honnête, je ne sais pas ce que le mot « matin » signifie. C'est vraiment exceptionnel quand je mets un réveil, comme pour aider Laura la dernière fois par exemple. Enfin bref, Today is THE day ! Qu'on peut aussi traduire par : « aujourd'hui est LE jour », mais faut bien l'avouer, ça a moins de gueule. Car aujourd'hui, je me fais tatouer ! Depuis trois ans, je ne pense qu'à le terminer, mais il était hors de question qu'un autre que Chris s'en charge.

Je me dirige vers la cuisine et après un repas à base de pain et de Nutella. Oui je sais, ce n'est pas diététique, mais je m'en fiche royalement, je ne fais pas du sport pour rien et c'est vraiment trop bon pour que j'y résiste. J'entreprends la préparation des muffins aux pépites de chocolat pour Chris.

J'arrive sur le coup de 15 heures au salon. Il est situé au rez-de-chaussée d'un vieil immeuble en pierre. Il y a une grande vitrine d'où on peut voir l'accueil de la boutique, un beau carrelage imitation bois au sol, un grand comptoir noir laqué et de grandes photos de ses plus beaux tatouages accrochés au mur dans de jolis cadres. J'entre dans la boutique comme si c'était la mienne et lance un : « Livraison de muffins ! » J'entends le bruit du dermographe s'arrêter et la porte de la cabine de tatouage s'ouvrir.

— Viens là Speedy !

Je m'avance jusqu'à la porte et l'ouvre en grand pour y trouver Chris penché sur le cul nu d'un mec plutôt bien foutu, enfin du moins il a le fessier bien rebondi et bien ferme. Là tout de suite les muffins me semblent moins appétissants. Le type en question se fait tatouer la carte du monde sur les fesses, c'est plutôt original en soi.

— Euh salut, dis-je timidement.

— Viens me faire un bisou, Mike on fait une pause OK ?

— Ouais j'ai le cul en feu, lui répond Mike.

Il reste couché en me détaillant du regard. Avant de dire :

— Alors c'est toi la fameuse Speedy ?

— Eh oui. Qu'est-ce que cet imbécile t'a raconté sur moi ?

— Un tas de trucs.

Il me fait un petit sourire en coin et prend son téléphone pour jouer à Candy crush.

— OK…

Je sens que je n'en saurai pas plus alors je change de sujet.

— C'est quand mon tour Chriiis ? dis-je en retrouvant mon entrain.

— Patience petit scarabée ! J'en ai encore pour une vingtaine de minutes, tu n'as qu'à commencer à te préparer et à raser la zone à tatouer. Il me regarde de haut en bas et continue : il y a mon bureau dans la pièce au fond du couloir vas-y, tu vas devoir te mettre en sous-vêtements, dit-il avec un regard pervers.

Je prends un rasoir neuf en rigolant et pars dans son bureau. J'avais prévu le coup pour les sous-vêtements alors je porte un shorty noir en coton tout simple et un soutien-gorge noir opaque. Une chance, car en temps normal je ne porte que de la dentelle, je trouve ça plus féminin et plus confortable. J'entreprends de me raser à partir de la fin de mon tatouage à l'aine du côté droit, puis je rase également mon bas ventre jusqu'au milieu de ma taille du côté gauche.

Quand Chris arrive dans son bureau, je suis assise dans son fauteuil en train de manger un muffin en sous-vêtements, les pieds sur la table. Il a un temps d'arrêt et cligne plusieurs fois des yeux.

— Bordel ! On dirait une image directement sortie d'un de mes fantasmes. Là c'est à ce moment que tu dois me dire un truc du genre : « Que désire mon maître ? »

Lui et ses fantasmes je te jure ! J'ai la bouche pleine, mais attention pas la bouche pleine genre « sexy », les lèvres autour d'une banane ou d'un hot dog. Plutôt genre « goinfre », avec les joues de hamster, car j'ai pris une trop grosse bouchée. Je lui réponds en crachant des miettes à chaque mot :

— Que déch'ire mon maître ?

On éclate de rire avant qu'il me dise encore plié en deux :

— Ouais là, tu viens de tuer complètement mon fantasme. Va t'installer sur la table où était Mike petit cochon.

Je me lève et me prends une petite fessée quand je lui passe devant. Je me couche sur le dos, légèrement relevée sur mes coudes. Chris commence par examiner chaque recoin de mon tatouage, je ressens sa fierté quand il observe ses dessins et qu'il voit que j'en prends bien soin.

— Bon, pour aujourd'hui je te propose une séance de quatre heures, je vais te dessiner le motif à main levée et tu me diras si ça te convient d'ac' ?

— Oui chef !

— Bien, je vais mettre de la musique et préparer le matériel alors.

Trente minutes plus tard, je me regarde dans la glace sous tous les angles possibles. Le tatouage va être magnifique. Les contours des tiges sont fins, on dirait deux petits troncs d'arbres qui s'enlacent en tournant sur eux-mêmes. Une magnifique rose s'épanouit sur mon pubis, quand il mettra les couleurs tout à l'heure ce sera sublime j'en suis persuadée. Plus on monte vers ma hanche, plus il y a de roses et de petits bourgeons. Je regarde Chris en admiration complète devant son travail.

— T'es vraiment bon Chris.

— Je sais. Allez allonge-toi ma jolie et laisse-moi faire de toi une œuvre d'art.

Je m'installe sur la table et attends qu'il enfile ses gants et prépare son matériel. Il me regarde une dernière fois et attend mon feu vert pour commencer. Je hoche la tête et prends une grande inspiration avant de faire le vide et de me relaxer au maximum.

Putain de bordel de merde ! Je sens l'aiguille sous ma peau, c'est douloureux, j'ai l'impression qu'on m'enfonce une lame de rasoir et qu'on s'amuse à dessiner avec. Je sais maintenant que je suis déjà passée sur le billard, que dans quinze minutes cela se résumera à une sensation de gêne, alors je prends sur moi pour ne pas passer pour une mauviette comme la première fois et essaie de ne pas me crisper. Je grimace en serrant les dents et je suis récompensée quelques minutes plus tard par une bonne dose d'endorphines, du coup je me détends enfin entre les mains expertes de Chris.

Au bout de 1 h 30, il a terminé les contours en noirs. Il nettoie mon tatouage et j'observe son œuvre dans le miroir qu'il me tend. *Nom d'un petit bonhomme !*

— J'adore.

— J'espère bien, dit-il en rigolant. Bon prête pour la couleur ?

— Je peux mettre ma playlist pour me donner du courage ?

— Carrément, donne-moi ton tél !

Je sélectionne le mode aléatoire et lui tends mon téléphone. J'adore faire ça ! Je dois avoir pas loin de six cents chansons dessus et j'aime l'idée de ne pas savoir à l'avance sur quelle chanson je vais tomber.

Je me détends dès les premières notes d'un vieux tube que j'adore, UB40 – Red red wine. Ça fait sourire Chris et quand tout est prêt, il commence le remplissage du tatouage. Je siffle entre mes dents, la douleur dépend des gens et de leur sensibilité, mais pour moi le remplissage est clairement le plus douloureux. L'impression est légèrement différente que pour les contours, cette fois c'est plus comme si un râteau très pointu grattait sous ma peau.

Au bout d'un moment, je dois avoir libéré un niveau élevé d'endorphines, car je me sens groggy et regarde Chris me tatouer en silence. Je remarque qu'il a une sorte de tic, dès qu'il doit faire un tracer délicat, il hausse les sourcils jusqu'à ce qu'il ait terminé, ça me fait sourire. Il commence le remplissage de la rose quand je le vois rougir.

— Qu'est-ce qu'il y a dans ta tête en ce moment pour te faire rougir ?

Il arrête sa machine et me regarde agacé avant de me répondre :

— C'est un peu dur de rester concentré alors que je tatoue la chatte de la sœur de mon meilleur pote tu vois ? Surtout lorsqu'elle m'observe avec attention depuis plus d'une heure.

Je pars dans un fou rire incontrôlable quand il enchaîne :

— Arrête de rire ! Figure-toi que j'essaie de rester pro là.

Voyant que je n'arrête pas, il me pince les cuisses.

— Aïe, ouille ! D'accord d'accord j'arrête c'est bon. Qu'est-ce que tu veux que je fasse ?

Il a une expression choquée sur le visage et quand je comprends, le fou rire me reprend.

— Pour que tu te concentres ! Qu'est-ce que tu veux que je fasse pour que tu te concentres Chris ? Tu as vraiment l'esprit mal placé.

— Commence par arrêter de me fixer, dit-il avec humeur. Ça me perturbe.

— Moi je te perturbe ?

Alors ça, c'est la meilleure ! Si on m'avait dit qu'un jour je ferais de l'effet à Chris, je ne l'aurais jamais cru. Il me fait les gros yeux et je lui souris avant de m'allonger complètement pour ne plus le voir. J'ajouterais bien : « occupe-toi bien de ma chatte Chris », mais il est assez énervé comme ça. Quand il reprend, je serre les dents, mais au bout de quelques minutes j'entends la chanson de Jace Everett — Bad Things avec son fameux refrain : « I wanna do bad things with you ». Je lâche un petit ricanement et Chris me rejoint.

Finalement les quatre heures passent assez vite. On se met à discuter, à parler de tout et de rien. Il me fait rire ce qui a pour effet de me détendre et d'avoir moins mal. Quand j'entends sa machine s'éteindre, je soupire de soulagement, je me sens lourde et engourdie. Je me lève et me dirige vers le miroir. En observant les couleurs vives des roses et des bourgeons, je relève toutes les nuances, le travail pour rendre ce dessin réel. Il y a comme un effet de 3D qui donne l'impression que les fleurs prennent vie sur ma peau, les ombrages sont tout simplement sublimes.

— C'est magnifique.

— Faut dire que j'avais un support de qualité.

Je ris alors qu'il s'accroupit devant moi, je prends un air sérieux et lui lance :

— Non, je ne peux pas me marier avec toi tu comprends ? Notre amour est impossible.

Il secoue la tête de dépit en soufflant avant de crémer mon tatouage et de le recouvrir avec un film transparent.

— Tu me saoules Ivy. Mais je ne le crois pas, car il sourit en le disant. Tu as besoin que je te répète les consignes de soins ?

— Non, chef ! Je m'en souviens, chef !

— Brave petit soldat. Bon tu peux te rhabiller, on va fixer un nouveau rendez-vous pour dans deux semaines.

En rentrant, on prend un bon gros McDo à emporter et on se mate la rediffusion de Touche pas à mon poste sur D8. En mangeant, je me dis que je vais devoir reprendre le sport assez rapidement sinon je vais ruiner toutes mes heures de transpiration intensives et de galère pour garder un poids à peu près stable.

À la fin de l'émission, je file dans la chambre de mon frère afin de boucler mes deux valises pour demain. J'avoue que j'appréhende de revoir Maël, il a d'ailleurs fait passer son numéro à mon frère pour que je lui envoie un texto quand je serai installée. Après une douche méticuleuse, je masse mon tatouage encore un peu rouge avec de la crème avant d'aller me coucher.

**

Le lendemain, je me lève de bonne humeur. Je vais enfin pouvoir m'installer vraiment et me créer mon petit coin rien qu'à moi. Je mets un petit short en jean taille basse, un débardeur assez ample jaune pastel en coton pour protéger mon tatouage et mes converses blanches. Aujourd'hui, je serais uniquement avec Théo et Laura, car Chris travaille.

Finalement, le déménagement est assez rapide, on ne fait que deux allers-retours entre chez mon frère et mon nouveau chez moi. La chambre paraît encore plus grande que la dernière fois vu qu'elle est vide à l'exception du lit et de mon fauteuil baroque couleur prune qui était resté ici.

Tandis que Théo part en ville boire un verre avec ses amis, avec Laura on vide mes valises de fringues dans mon super dressing en dansant sur les musiques qui passent à la radio. Passer du temps avec elle me fait du bien, elle me raconte la vie de ses copines rencontrées au boulot. Laura est comptable, et le moins qu'on puisse dire c'est qu'elle ne correspond pas au cliché de la femme coincée et ennuyante qu'on associe généralement aux comptables. Une de ses collègues, Anne, quarante ans est mariée et à trois enfants qui la font tourner en bourrique, mais d'après Laura elle le vit bien. Il y a aussi Christine, trente-cinq ans et fiancée à Linda, vingt-huit ans qui travaille également avec Laura.

— Ce soir on va sûrement aller boire un verre en ville, viens je te les présenterai.

— Avec plaisir ma bichette.

— Mais je te préviens, elles sont beaucoup plus adultes que nous.

— Je suis adulte !

— Raisonnable, je veux dire.

— Ah… Je ne peux pas te contredire alors.

On passe le reste de la journée à ranger mes affaires et à accrocher des cadres. Laura finit par partir en catastrophe en se plaignant qu'elle n'a pas vu le temps passer et qu'elle n'aura jamais le temps de voir Fabien et de se préparer pour la soirée.

Je décide d'envoyer un SMS à Maël. Après plusieurs essais, j'opte finalement pour la simplicité :

~~Hey coloc' !~~ ~~Salut mec~~ ! Coucou !

~~I'm in !!!~~ Bien installée…

~~Gros poutous. Bisous sur ta fesse gauche.~~ A + :)

Je m'aperçois que je n'ai pas signé et qu'il n'a pas mon numéro alors je renvoie un deuxième texto :

Euh c'est Ivy hein !

Ciao.

Il me répond cinq minutes plus tard.

J'avais compris…

À tte ;)

Super, je passe pour une cruche maintenant ! Évidemment qu'il a deviné, personne n'emménage tous les quatre matins chez lui. Bon, on se reprend ma fille, du nerf ! Je vais me doucher et je me change pour aller rejoindre les filles plus tard. Il fait encore bon dehors alors j'enfile un classique : ma petite robe noire. J'aime cette robe, car elle est confortable et je peux la mettre avec tout et en toute saison. C'est une robe à manche courte avec un décolleté carré resserré à la taille et dont la jupe est évasée. Elle m'arrive quelques centimètres au-dessus du genou, j'ajoute des talons compensés rouges avec une bride de ruban que j'enroule autour de mes chevilles qui se fond parfaitement avec la rose rouge pétante de mon tatouage. Je retourne dans la salle de bain et essaie de dompter ma crinière, voyant qu'ils ont pris un mauvais pli je décide de les lisser. J'ajoute un peu de mascara et du baume à la cerise sur mes lèvres. Je m'observe dans la glace : simple et efficace, je suis prête à affronter les collègues de Laura. J'aimerais vraiment faire bonne impression, je sais que ça compte pour elle.

Je pars dans la cuisine en quête de nourriture quand j'entends la porte d'entrée claquer. Le bruit me surprend et je fais tomber la boîte d'œufs que j'avais dans les mains. *Putain* ! Je suis occupée à mettre la boîte et les coquilles brisées à la poubelle quand Maël entre dans la cuisine.

— Attention ça glisse ! Bouge pas je vais nettoyer.

Il a un grand sourire et je vois qu'il se retient de rire. Je me maudis cent fois et prends l'éponge pour nettoyer les dégâts. Je sens son regard peser sur moi et, j'imagine, la situation vue de ses yeux, je suis accroupie par terre à ses pieds à nettoyer le sol. En prenant conscience de ça je me relève le regarde droit dans les yeux et lui lance avec humeur :

— Quoi ? T'as jamais vu quelqu'un passer l'éponge ?

Il me sourit encore plus et sa petite fossette apparaît. *Bon sang, qu'il est canon* ! Il a l'air parfaitement détendu, appuyé contre le chambranle de la porte avec son regard rieur.

— Salut à toi aussi, Ivy.

Mon énervement laisse place au malaise. *Tu l'as* même pas salué, génial ! Il arrive et toi non seulement tu gâche*s sa nourriture, tu le snobes et après tu le rembarres. Y'a mieux comme entrée en matière.* Tandis que je me ratatine à vue d'œil, je n'en mène pas large et je joue la carte de l'honnêteté.

— Désolé, j'en ai marre d'être un boulet. Salut Maël.

— Je vois ça, dit-il en riant. Qu'est-ce que tu essayais de faire au juste ?

— À manger, mais tu m'as fait peur avec la porte, tenté-je de m'expliquer.

— Assieds-toi et laisse-moi faire.

— Je peux me débrouiller toute seule, je ne suis pas handicapée !

Il me prend par les épaules et me fait reculer jusqu'à un des tabourets de la table haute de la cuisine ou je m'installe sans broncher. Je m'attarde quelques instants et me penche légèrement vers lui, il sent bon le citron et l'homme. *Bon après tout, il veut te faire à manger, c'est plutôt sympa !* Je le regarde s'affairer en cuisine. Je ne sais pas ce qu'il a de plus que les autres, mais rien que de le voir se laver les mains m'exciterait presque. *Tout doux les hormones, on se détend.* Pendant qu'il me tourne le dos, je prends le temps d'observer sa tenue. *Miam !* Je vois se dessiner les muscles tendus de son dos sous son tee-shirt noir lorsqu'il attrape le sel dans le placard du dessus. Ses fesses sont moulées dans un jean gris anthracite un peu usé qu'il porte avec des Timberland gris/noirs. Il faut que j'occupe mes mains si je ne veux pas finir liquéfiée sur mon siège, je me lève et engage la conversation :

— Tu veux boire un truc ? Je peux préparer un petit cocktail pendant que tu cuisines.

— Si tu ne casses pas tout pourquoi pas ! C'est dans le placard à gauche du frigo.

Un vrai petit clown ce gars ! Il est nettement plus agréable quand il se tait. Je fouille dans le placard et décide de préparer des Mojitos.

— Où ranges-tu ton shaker et ton pilon ?

— Mon quoi ? C'est quoi un pilon ?

Je le regarde avec des yeux étonnés, je croyais vraiment que c'était le genre de mec à sortir tout le temps et à ramener une fille différente chez lui chaque soir pour « un dernier verre ». *À moins qu'il leur serve une bière.* Je pars chercher dans un des cartons de ma chambre mon matériel fétiche que j'emmène partout avec moi. Je m'installe à côté de lui et commence la préparation de ma mixture en coupant les citrons après les avoirs lavés. Je vois ses yeux faire des allers-retours entre mes doigts et les citrons si bien qu'il arrête même de faire à manger. Il m'observe ensuite les écraser avec le sucre et les feuilles de menthe.

— Wôw t'as été cuistot, barmaid ou un truc dans le genre ?

— Un truc dans le genre ouais, je suis gérante d'un bar maintenant, mais je suis souvent derrière le bar j'adore ça.

— Sérieux ? C'est génial, quel bar ?

— Le Nouméa, on ouvre dans une semaine tu n'auras qu'à passer.

Il se penche vers moi et me glisse à l'oreille :

— Et je pourrais boire à l'œil ?

Je lui donne un coup de hanche en gloussant bêtement. Je me déteste d'être aussi faible, c'est consternant. Ce n'est que la deuxième fois que je le vois, mais je me sens à l'aise avec lui. Je lui tire la langue et je vois que je l'ai surpris, car il fixe ma bouche avant de me regarder droit dans les yeux. *Wôw wôw wôw* ! Doucement l'homme de Cro-Magnon. J'ai l'impression qu'il va me lancer sur son épaule avant de m'emmener dans sa grotte pour une partie de jambes en l'air sauvage. OK j'avoue c'est très excitant, il a les yeux légèrement plissés presque félins et je décide de ramener le sujet à lui.

— Et toi, tu faisais quoi avant d'être pompier ?

— Qu'est-ce qui te fait dire que j'ai fait autre chose ?

— Et bien, tu ne colles pas vraiment au stéréotype du pompier. Je m'explique, continué-je en le voyant froncer les sourcils : Primo, tu n'as pas les cheveux rasés, ni ultra-courts. Secundo, ton style vestimentaire est trop sophistiqué. Et tertio, ta façon de te tenir. Les trois combinés me font dire que tu n'es pas pompier depuis longtemps.

— Ma façon de me tenir ?

— Ouep ! Alors impressionné ?

— Eh bien on dirait que tu m'as beaucoup observé Ivy.

Quoi ? Moi rougir ? Mince, mais oui je rougis, il faut que je me reprenne. Prends un air détaché et réponds-lui.

— Du tout. Asséné-je sûre de moi, enfin j'essaie du moins. Tiens ton Mojito.

Après avoir trinqué, je l'observe prendre sa première gorgée. C'est un truc qui m'amuse et que je fais de temps en temps au boulot, enfin c'est Léo, mon ancien collègue gay qui le faisait. On peut déduire plein de choses sur la personnalité des gens à leur façon de boire.

Enfin, rien n'est prouvé, mais il a fait plusieurs tests qui sont venus confirmer sa petite étude. Par exemple, un homme qui boit très vite aura plutôt tendance à être précoce au lit et inversement un homme qui savoure son verre est un excellent coup.

Je le vois poser sa lèvre inférieure contre le verre glacé. Je soupire intérieurement en imaginant ses lèvres sur mon corps.

Il approche sa langue du verre et prend une gorgée. Léo serait fier de me voir appliquer sa méthode et à première vue, Maël est censé faire partie des « bons coups ». Ça reste à prouver cependant.

— Mmmmm. C'est vraiment bon, j'avoue que j'avais peur, dit-il très sérieusement avant de lâcher un éclat de rire en voyant mon regard scandalisé. Aller à table, j'espère que ça va te plaire. Tu sors ce soir ?

— Oui je vais boire un verre avec des copines et toi ?

— Je ne sais pas j'irai peut être rejoindre les collègues en centre-ville. Si ça se trouve, on se croisera, dit-il en me faisant un clin d'œil. Vous allez où ?

— Aucune idée.

Je change de sujet et lui pose des questions sur sa famille, ses habitudes… Il n'est pas très bavard, mais j'apprends quand même qu'il est fils unique, que ses parents vivent à Pornic, une petite ville au bord de la mer a à peine une heure d'ici et qu'ils sont très proches. Au fur et à mesure qu'on discute, je sens qu'il se détend. Au bout d'un moment, il me fixe avec perplexité. Je m'apprête à lui demander pourquoi il fait cette tête-là, mais il enchaîne :

— Je te ressers ? dit-il tandis que je sauce minutieusement mon assiette.

— Oui s'il te plaît c'était trop bon !

Il me regarde avec étonnement comme s'il se demandait si je le faisais marcher. Voyant que je ne rigole pas, il finit par me remettre une cuillère et je lui fais signe que j'en veux encore une. Il obtempère avant de se resservir aussi. Il faut dire que c'est vraiment bon, il a fait des aiguillettes de canards caramélisés au vinaigre balsamique avec un peu de crème fraîche et des tagliatelles.

— Mmmm je me régale Maël merci. Quoi ?

— Bah… tu manges.

— Wôw le scoop ! Appelle Pujadas ça c'est de l'info, dis-je en riant.

— Je veux dire que tu as bon appétit quoi. C'est rare de voir une nana manger autant.

— Je mange normalement pourtant et quand c'est bon je suis gourmande c'est tout.

— Je vois ça, tant mieux si ça te plaît. Je suis juste surpris, mais ça me fait plaisir de satisfaire ta gourmandise, dit-il avec son air graveleux et je suis de suite moins intéressée par mon assiette que par ses lèvres pleines qu'il lèche pour y recueillir la sauce.

On termine le repas en discutant puis après avoir débarrassé on part à pied en direction du centre-ville. La nuit tombe doucement, mais il fait encore bon dehors, Laura m'a envoyé l'adresse du bar où je dois les rejoindre pour boire un verre, Le Havana. Maël connaît le chemin alors on fait les cinq minutes de marche ensemble.

— Alors à quoi ressemble une soirée en ville entre pompiers ? Attends laisse-moi deviner. Je le regarde et plisse les yeux pour réfléchir. Alcool et chasse aux nanas ?

Il me regarde avec un sourire en coin et ignore ma question en m'en posant une autre :

— C'est vrai ce qu'on dit sur les barmen ? Qu'ils savent à la tête du client ce qu'il boit ?

— Ca dépend, des fois ça marche, d'autres non pourquoi ?

— Vas-y essaie pour moi !

Il me fait rire, il a l'air tout excité, on dirait un enfant. Il passe du sérieux à la dérision sans arrêt, c'est troublant, mais je décide de le prendre au mot et ralentis le pas pour l'observer. Je m'émerveille de devoir lever la tête pour le regarder, car même avec mes dix centimètres de talon, il fait toujours une tête de plus que moi.

Alors il veut que je joue au mentaliste de l'alcool, allons-y. Du peu que j'ai vu, je sais qu'il est sûr de lui, qu'il a un style moderne sans forcément suivre la mode donc déjà ça élimine pas mal d'alcools comme les boissons tendances du style Vodka/Redbull.

Il a l'air simple et complexe à la fois tout en étant définitivement mâle, donc exit les cocktails, à mon avis il boit ses boissons pures. Je pencherais pour le whisky qui est la plus virile des boissons que je connaisse. Enfin c'est aussi mon alcool fétiche, avec la téquila bien entendu.

— Je dirais qu'en général tu bois des bières, brunes, je pense.

Bon là je ne prends pas de risque, je me souviens seulement des bières qu'ils buvaient à la soirée foot. Je poursuis ma petite analyse :

— Mais ton alcool préféré je dirais un bon whisky de marque avec au moins trente années au compteur.

Je vois que j'ai tapé dans le mille à son expression de stupéfaction. Il reprend sa marche en passant un de ses bras sur mes épaules avant de s'exclamer d'une voix douce qui me donne un frisson.

— Tu es décidément très surprenante Ivy.

On arrive au Irish pub qui se trouve être juste en face du Havana. J'aperçois mon frère qui a l'air déjà bien éméché en train de se prendre une veste de la part d'une jolie blonde. Bien entendu, ses collègues qui l'observent de loin se bidonnent. Chris est là aussi, il arrive avec une nouvelle tournée de bière. Lui non plus ne marche pas très droit, quand il me voit, il pose les bières sur la table et beugle en faisant de grands gestes comme si j'étais aveugle :

— Hey viens Speedy !

Je me dépêche de faire la bise à tout le monde en terminant par Chris. Je vois que les mecs à la table me regardent comme des morts de faim alors j'écourte ma conversation avec Chris et je file rejoindre les filles au Havana. Sur le chemin Théo m'attrape.

— Salut, ma sœurette chérie.

Il empeste l'alcool et j'ai un mouvement de recul, mais il me tombe littéralement dans les bras. Je peine à rester debout vu son poids et regarde aux alentours pour trouver de l'aide, Maël devait garder un œil sur moi, car il est déjà en chemin pour m'aider. Il arrive près de moi et prend un des bras de Théo pour le basculer sur ses épaules et l'aider à tenir debout. Il me regarde et me dit qu'il va le ramener et le coucher sur le canapé.

— Naaan, je veux rester ici ! Viens mec j'offre ma tournée, dit Théo avec une voix endormie. *Il est complètement fait.*

— Attend Maël, je vais prévenir les filles et je t'accompagne.

— Non c'est bon va profiter de ta soirée je m'occupe de ton frère. J'attends qu'il s'endorme et je reviens de toute façon.

Je ne peux pas m'empêcher de m'inquiéter pour mon frère quand je le vois dans cet état. Maël le remarque et pose deux doigts sous mon menton pour me faire lever la tête, il a le regard doux et rassurant.

— Je vais bien m'occuper de lui Ivy ne t'inquiète pas. Si tu veux, je t'envoie un texto quand il est endormi ?

Je hoche la tête et les regarde partir. Maël tente tant bien que mal de marcher droit, mais je vois bien qu'il galère à gérer les écarts de Théo. Je décide d'aller rejoindre les filles, je dois avoir l'air d'une maman poule c'est ridicule, mais j'ai vu tellement de gens trop alcoolisés qui terminent mal. C'est dur de ne pas agir et de laisser Maël se débrouiller tout seul, mais c'est un grand garçon et il a sûrement trois fois plus de force que moi alors je me fais une raison.

Avant d'entrer dans le bar, je mets mon téléphone en mode sonnerie pour ne pas louper le SMS de Maël. *C'est parti !*

4

Il est 21 h 30, le bar est encore calme et je repère vite les filles assises en arc de cercle dans l'angle du bar. Je souffle un bon coup et me dis que ça va bien se passer, après tout il n'y a pas de raison je suis quelqu'un d'assez sociable. Le truc c'est que je n'ai jamais eu beaucoup de copines, adolescente j'étais trop garçon manqué et je préférais la franchise masculine à l'hypocrisie féminine. Même si c'était il y a longtemps je redoute toujours ce genre de rencontre.

— Ivy, tu es enfin là ! Laura se lève de son tabouret et vient me serrer dans ses bras. Viens, je vais te présenter les filles.

On s'avance dans la fosse aux lions et je vois que ses amies me scannent du regard. J'inspire un bon coup et décide de mettre les pieds dans le plat avant de me mettre à stresser et de raconter n'importe quoi.

— Hello everyone ! *Sérieux ? Je suis un cas désespéré.* Je me mets une claque mentale avant de sourire nerveusement.

Bon ce n'est pas gagné elles me sourient, mais pas le sourire amical ou amusé, non, le sourire crispé enfin moi je l'appelle le sourire constipé pour des raisons évidentes, pas la peine de vous faire un dessin.

Je leur fais la bise et m'assois bien sagement et surtout je prends soin de ne pas parler. Au lieu de ça, j'écoute leur conversation d'une oreille distraite en observant les barmen. Lorsqu'on arrive au sujet des couches pleines du fils d'Anne c'est trop pour moi alors je lance un coup d'œil désespéré au barman qui prépare ses cocktails en face de moi. À ce moment, j'entends mon téléphone vibrer, je contiens à grand-peine l'éclat de rire qui me prend en voyant le message de Maël. C'est une photo de mon frère mal en point, endormi sur la cuvette des toilettes. Le message en dessous dit :

Tout est sous contrôle !

Je retourne au bar et toi ta soirée ?

PS : Ton frère dort à poil sur le canapé (je préfère te prévenir) :)

Je glisse mon téléphone sur mes genoux et lui réponds en douce :

Merci, Maël.

Bonne soirée ;)

PS : Rappelle-moi de désinfecter le canapé demain. Lol

Je range mon téléphone dans mon sac tandis que le barman s'approche. Je commande des shots de téquila avec du citron et du sel façon Teq Paf, il est grand temps de mettre un peu d'ambiance sinon je vais vite rentrer.

— Et toi Ivy ? Parle-nous un peu de toi, me demande gentiment Linda.

Je la regarde en souriant et me présente, contente qu'au bout d'une demi-heure, au moins une ait envie de me connaître.

— Ivy, vingt-cinq ans, célibataire, un peu dérangée et meilleure amie de cette petite dévergondée ici présente ! dis-je en désignant Laura.

Pari réussi, ma petite présentation l'a fait rire.

— Célibataire ?

Christine sa copine lui tape sur l'épaule avant de lui dire :

— Eh oh toi, t'es plus célibataire je te signale alors remballe-moi ce sourire aguicheur.

Cette remarque brise la glace entre nous et à partir de cet instant on discute toutes ensemble. À 23 h, le bar est plein à craquer et Anne nous quitte pour rentrer chez elle et retrouver toute sa petite famille et surtout pour, je cite : « Voir si mon mari n'a pas fait exploser la maison ou perdu un de nos enfants ». La soirée se poursuit dans la joie et la bonne humeur, on s'amuse à classer les mecs/nanas présents dans trois catégories bien distinctes et ça marche pour toutes les soirées :

— Catégorie n° 1 : Les « bombes » : Les mecs canon, à tomber, qui te donne chaud d'un seul regard ou ceux qui ont du charme et beaucoup d'humour.

— Catégorie n° 2 : Les « middle » : Ils n'ont rien de spécial, des fois ils sont mêmes insistants et lourdingues, mais ils ne sont pas méchants alors c'est excusable à partir d'un certain taux d'alcoolémie.

— Catégorie n° 3 : Les « mêmes pas la peine même bourrés » : rentre dans cette catégorie, le mec qui fait le tour du bar et drague toutes les nanas (il y en a un à toutes les soirées, souvent il se prend d'ailleurs pour un beau gosse), le type BCBG qui a l'air de s'être trompé de soirée (en général tu le trouves au bar ou en groupe dans un coin de la salle, il a souvent une chemise rentrée dans son pantalon et un petit foulard joliment noué autour du cou).

Après six tournées de téquila, on a un coup dans le nez avec Laura. Le coup dans le nez appelé également le « j'suis pompette » est la phase la plus agréable. Tu es grisé par l'alcool, tu rigoles pour un rien, tu te sens heureuse et sexy et surtout tu as encore conscience de ce que tu fais. La phase suivante est beaucoup moins drôle c'est le « j'crois que j'suis bourré » si tu gères tu peux éviter cette phase en arrêtant de boire à temps, mais si tu te loupes là c'est le drame. Si tu as de la chance, tu ne te souviendras pas de tes actes durant cette phase sinon et bien… Bonne chance à toi et vive Facebook !

On décide d'aller danser quand on entend Suavemente de Paul Cless. Mais alors qu'on descend de notre perchoir pour rejoindre la piste, Christine et Linda nous lâchent, car elles sont fatiguées. On se connaît à peine, mais l'alcool aidant on se quitte en se faisant un câlin collectif.

Avec Laura, on va mettre nos sacs au vestiaire pour pouvoir danser tranquillement et on garde seulement nos cartes de crédit qu'on range dans nos soutifs. On prend encore un Teq Paf et on se lance sur la piste ! Dès les premiers pas, je suis dans mon élément. La danse a toujours été une passion dévorante pour moi, j'ai dû en tester tous les styles depuis mes huit ans. Avec une préférence pour la salsa que je pratique depuis mes douze ans avec mon frère, le reggaeton et la Zumba, idéal pour se défouler et enfin le pole dance que j'ai découvert à mon arrivée en Nouvelle-Calédonie. J'ai complètement craqué pour cette danse qui était proposée dans ma salle de sport et au bout d'un an j'avais le niveau du professeur. J'ai appris de nouveaux enchaînements via internet et depuis je suis accro à la barre. Ce que je préfère, c'est danser seule sur des musiques très calmes et enchaîner les figures en rythme, ça me calme. La danse est harmonieuse et artistique très loin du cliché de luxure qu'on en a.

Pour le coup ce soir, je ne cherche pas à faire de pas particuliers, je me laisser aller et profite de la musique et de Laura. À un moment, on fait même cette fameuse danse que tout le monde a déjà faite au moins une fois dans sa vie, celle où tu te bouches le nez d'une main pendant que tu fais des vagues de l'autre et ensuite tu fais le « Twix, deux doigts coupent faim » devant tes yeux, pathétique, mais tellement drôle. Même en dansant n'importe comment un mec arrive derrière Laura pour l'inviter à danser, je la vois répondre sans entendre ce qu'elle lui dit, mais le type à l'air choqué et s'en va sans demander son reste. Je fais signe à Laura de m'accompagner au bar et dès qu'on y est je lui demande ce qu'il s'est passé.

— Il voulait danser ! dit-elle en flanchant sous l'effet de l'alcool alors que je la rattrape pour l'aider à s'asseoir.

— Oui, ça j'avais saisie morue ! Mais tu lui as dit quoi pour le mettre dans cet état ?

Elle explose de rire avant de me répondre toujours en riant :

— Que j'étais homo et que tu étais ma petite amie !

C'est morte de rire qu'on prend notre dernier verre avant de passer par les toilettes, à deux bien entendu et pendant que Laura fait son affaire avec la technique du « J'toucherai pas la cuvette pour pisser » je constate l'ampleur des dégâts. Mes cheveux sont tous ébouriffés, mon mascara a coulé et j'ai les yeux vitreux. J'essaie d'arranger un peu ma tête en me faisant un chignon très approximatif et en me passant de l'eau sur le visage pour enlever les traces de mascara. *Bon c'est déjà mieux, enfin je crois !* On échange nos places et je recouvre la cuvette de papier toilette, car je ne sais pas quel est mon problème, mais avec la méthode de Laura il y a plus de chance que je me pisse dessus donc je ne préfère pas tenter. Je l'observe se regarder dans la glace alors qu'elle lance un très classe :

— Oh la gueuuule !

En effet, ce n'est pas reluisant pour elle non plus.

— Tu ressembles à un panda t'es mignonne moi je trouve, lui dis-je en rigolant.

Elle se tourne vers moi avec un air très menaçant, mais au lieu de m'insulter comme elle en avait sûrement l'intention, elle me dit qu'elle a la dalle. On se regarde pendant quelques secondes avant de s'exclamer en cœur :

— KEBAB !

En récupérant nos sacs aux vestiaires, on constate qu'il est déjà 4 h du matin. On sort du bar main dans la main en riant et à peine dehors je suis déjà essoufflée, je sens que mes doigts de pieds sont tout ratatinés dans mes belles chaussures. Je fais signe à Laura de s'arrêter et je les enlève en soupirant de bonheur. Je fouille mon sac pour trouver la paire de tongs roses fluo que j'avais prise pour la journée avec mon frère au Château des Ducs de Bretagne et les enfile. Mon look est ruiné et les jeunes qui grouillent encore dans la rue me regardent bizarrement, mais ce n'est pas grave. On part pour chercher un Kebab quand on entend une voix derrière nous.

— Ma chérie ?

Je sens Laura s'immobiliser et se mettre de profil pour me regarder et lâcher en chuchotant :

— Oups !

Bien sûr on se bidonne comme des ados prises en flagrants délits avant de se retourner. Je vois qu'elle prend sur elle pour essayer de paraître sobre, mais c'est encore pire et en plus elle reste muette comme une carpe. Je prends le relais pour l'aider.

— Heyyyy ! Ça va Fabien ? On allait se chercher un Kebab tu viens ?

Il a l'air en colère, il ne doit pas souvent la voir dans cet état. J'ai bien envie de lui dire de péter un coup, mais j'ai l'impression que ce n'est pas le moment. Il la regarde froidement puis finalement il n'arrive pas à retenir son sourire et commence à rire. Avec Laura, nous restons interdites à le regarder comme s'il était fou.

— Si tu voyais ta tête chérie. Viens on rentre si tu veux je te ferais un truc à manger.

Elle soupire discrètement de soulagement puis elle me regarde.

— Je ne vais pas laisser Ivy toute seule !

— Bien sûr que non, mais… ah le voilà ! Tu rentres mec ?

Je suis son regard et vois Maël sortir du bar. *Oh non pas ça pitié !*

Il est toujours aussi beau lui, il faudrait que je lui demande son secret, car moi je ne suis pas au top du tout.

Mes cheveux sont encore humides de m'être défoulé sur la piste et mon sens de l'équilibre reste approximatif même sans les talons.

Il dévisage Laura puis ses yeux se posent sur moi et il commence à se marrer en voyant mes tongs. Je fais comme si de rien n'était et lui demande franchement :

— Un problème ?

— Aucun, ose-t-il me répondre avec un sourire en coin.

Je vois bien qu'il se retient de rire et honnêtement je pense que si je me voyais j'aurais envie de faire pareil. Heureusement pour lui, je ne me vexe pas facilement. On dit au revoir à Laura et Fab puis je le regarde et lui propose de venir au Kebab avec moi.

— T'as encore faim ? Mais t'as un estomac sans fond c'est pas possible !

— Je me suis dépensée moi monsieur je ne suis pas restée assis à baver sur les nanas en picolant.

Il ouvre grands ses beaux yeux choqués. C'est tellement facile de le désarçonner, ça ne doit pas lui arriver souvent d'avoir affaire à une fille à fort tempérament. J'insiste sur le terme « fort tempérament » et non « chieuse » même si la nuance est faible. Je pars en direction du Kebab et lorsque je remarque qu'il me suit, je ne peux empêcher un grand sourire venir me chatouiller les joues.

On s'installe en terrasse et je constate que je ne suis pas la seule à avoir eu cette idée. On est une dizaine en terrasse à attendre notre Kebab comme le saint Graal. On est vite servi et je lâche un grand soupir de plaisir en mordant ma première bouchée. Je regarde Maël qui a l'air d'apprécier autant que moi, on ne parle pas, mais entre deux bouchées on se sourit comme si on était parfaitement en phase. Une fois que mon estomac ne ressemble plus à une piscine de téquila, on rentre « chez nous ».

J'avais complètement oublié que mon frère dormait sur le canapé du salon alors quand j'entre et vois une paire de fesses blanches éclairées par la lune, je pousse un petit cri strident. Maël rigole derrière moi, je sens ses mains se poser délicatement sur mes épaules et les presser doucement. Il se penche à mon oreille et me chuchote :

— Chut ! Tu vas le réveiller. Détends-toi un peu, t'es toute nouée.

Je manque de défaillir. *Tu m'étonnes que je sois nouée.* La combinaison de sa voix, de ses mains et sûrement aussi de l'alcool font grimper mon excitation d'un coup. Ce n'est pas dans mes habitudes d'être inactive pourtant je reste parfaitement immobile, j'attends pour voir ce qu'il compte faire après, jusqu'où il ira. Il me masse doucement les épaules, mes sens sont exacerbés, j'ai de plus en plus chaud et je me laisse aller contre son torse en soupirant de bien-être. Il est excité lui aussi ça ne fait aucun doute, je sens son érection dans le bas de mon dos et mon entrejambe se contracte en réponse.

Je vois du coin de l'œil qu'il approche sa bouche de mon cou, nos respirations sont hachées. Alors que j'attends impatiemment de me retrouver dans le même état que la première fois que je l'ai vue, excité et humide, mon frère décide de briser le charme du moment en grognant avant de se retourner. J'ai une vue directe sur tout son attirail, mes yeux se ferme d'eux-mêmes, mais c'est trop tard le mal est fait je ne pourrai jamais oublier cette image. Je me frotte les yeux frénétiquement.

— Oh, mon Dieu ! Il faut que j'aille astiquer mes rétines à l'eau de javel.

Maël qui regarde en direction du canapé est pris d'un fou rire si grand qu'il est secoué de spasmes silencieux. Je pars vite en direction de ma chambre pour prendre mon plaid et retourne dans le salon en regardant partout sauf en direction du canapé. Je retrouve Maël ou je l'avais laissé, encore en train de rire.

— C'est pas drôle imbécile ! Tiens mets lui ça pour couvrir sa… ses… tu vois ce que je veux dire quoi.

Il rit de plus belle, mais s'exécute quand même en me prenant le plaid des mains.

— Je vais aller me coucher en espérant qu'à mon réveil j'aurai oublié tout ça. Beurk, dis-je en frissonnant.

— Tout ?

Je comprends qu'il veut parler de l'épisode d'avant que mon frère ne gâche tout. Je le regarde en haussant les épaules avec un petit sourire puis fais demi-tour en le plantant là pour aller me débarbouiller dans la salle de bains en lançant un « Bonne nuit Maël ».

Dans ces moments-là, je me sens vraiment puissante, je sais que je contrôle la situation. Pourtant ce n'était pas du tout le cas, il y a cinq minutes. Une fois ma douche prise, mon tatouage crémé et mon pyjama enfilé, je me couche et m'endors de suite.

**

Quand je me suis levée vers 14 h, Théo m'a informée que Maël était parti pour la journée chez ses parents. Avec mon frère, on décide de traîner devant la TV et de mater de vieux films. Alors que je m'installe du côté où il n'a pas dormi en grimaçant au souvenir de ce que j'ai vu hier, il me tend son plaid :

— Non ça va merci j'ai chaud.

— Tu vas me faire le plaisir de couvrir toute cette chair apparente avec ce plaid Speedy.

Je ne sais pas quand Maël va rentrer, mais ce qu'il y a de sûr c'est que je ne veux pas qu'il te voie dans cette tenue !

Je pouffe de rire en repensant à hier, mais je m'exécute docilement. Pour le moment du moins.

Après avoir regardé «*Le dîner de cons*» et «*Mme Doubtfire*» en riant comme des hyènes, on met un film plus récent dont je suis particulièrement fan : *Thor*. Bon c'est vrai que je suis encore plus fan de Chris Hemsworth que du film.

À peine a-t-il commencé que Maël entre dans le salon et s'écroule sur le canapé.

— Je suis mort ! Vous matez quoi ?

— Thor. Au fait merci de m'avoir ramené hier mec, j'ai dormi comme une souche.

— Pas de souci. Ouais on a vu ça avec ta sœur en rentrant, dit-il en se redressant sur le canapé pour me lancer un sourire de conspirateur.

Moi je me reconcentre sur la télé en souriant malgré moi. Plus tard arrive ma scène préférée, celle ou Thor est torse nu et où cette chanceuse de Nathalie Portman peut presque le toucher.

— Je jouerais bien avec son marteau moi.

Attends ! J'ai dit ça à haute voix ?

Je me tourne doucement vers mon frère et Maël pour voir qu'ils me fixent comme s'ils pensaient avoir mal entendu.

— Oh c'est bon jouez pas vos saintes-nitouches les gars.

Si Maël est pris d'un fou rire nerveux, Théo en revanche, roule des yeux exaspérés.

— Ivy, on en a déjà parlé. Arrête, je vais devenir sourd à force de t'entendre dire des trucs pareils ! Elle est passée où ma petite sœur qui croyait au prince charmant et se déguisait en princesse ?

Je lui souris, attendrie par l'image qu'il a gardée de moi et les souvenirs qui me reviennent en tête.

— J'ai plus huit ans Théo, ça fait bien longtemps que je ne crois plus au prince charmant. Je travaille dans un bar, je vois plus souvent des hommes bourrés que romantiques, ça aide. Je lui dis en souriant.

— Ouais. Un point pour toi sœurette. Bon c'est pas le tout, mais je vais rentrer me laver et dormir pour être en forme demain moi !

Je suis surprise quand il me serre dans ses bras, mais je lui rends vite son câlin. Ça doit être la nostalgie de voir que j'ai grandi qui le rend si émotif, car il me sert très fort. C'est perplexe que je croise le regard de Maël, lui est clairement amusé par la situation.

— Tu vas faire quoi de ta dernière semaine de vacances toi ? me demande Théo en me relâchant de son étreinte.

— Je ne serai pas vraiment en vacances, demain j'ai des entretiens pour former mon staff. Et après j'ai une commande à réceptionner et à mettre en place à peu près tous les jours jusqu'à l'ouverture vendredi soir. J'espère que tout sera prêt à temps. Tu seras là hein ?

— Bien sûr que je serai là ! Je ne manquerai ça pour rien au monde.

Je lui souris. C'est ça qui est extraordinaire dans notre relation, on se soutient toujours l'un l'autre. Oh, il nous arrive de nous chamailler ou de ne pas être d'accord sur quelque chose bien sûr, mais je sais qu'il sera toujours là pour me relever si je tombe, au propre comme au figuré d'ailleurs. Ça fait partie des grands avantages d'avoir un ou plusieurs frères et sœurs.

Une fois qu'il est parti, je retrouve les beaux yeux de Thor et on reste à glander devant la TV jusqu'à la fin du film. Quand on remet les chaînes, il n'y a rien, forcément ! Car il n'y a jamais rien le dimanche en fin de journée alors que c'est le seul jour où je décolle rarement du canapé. On se retrouve à regarder « Cassos' Land » aussi appelé *Tellement vrai*, le sujet du jour c'est : Je ne peux pas vivre sans Justin Bieber. Le sujet parle de lui-même, le gamin de seize ans vole la carte bleue de sa mère pour acheter des Tee-shirts à l'effigie de son idole, il est coiffé pareil et veut aussi se faire teindre les cheveux de la même couleur que Justin. Il fait vivre un enfer à sa mère qui a dû prendre un deuxième boulot pour pouvoir lui payer ses caprices.

— Si j'avais dit ça à ma mère, je me serais pris une tarte. Et je n'imagine même pas ce que m'aurait fait mon père.

Mes parents sont adorables et je les aime de tout mon cœur, mais franchement quand je me faisais prendre à piquer un euro dans le porte-monnaie de ma mère, croyez-moi il ne valait mieux pas être dans les parages. Ma mère ne m'a jamais frappée mis à part une gifle monumentale à l'adolescence quand je l'ai traitée de « connasse » pour la première et dernière fois. Elle n'a jamais eu besoin de ses mains avant ce moment, il lui suffisait de me faire les gros yeux. Je n'ai jamais rien vu de plus effrayant de ma vie ! Mon père lui nous collait des fessées et nous mettait au coin en nous privant de dessert. *Bon ça va y a pire, on n'a pas été maltraité loin de là !* Le pire finalement c'est quand ils nous disaient simplement qu'on les avait déçus.

— La même ! Enfin moi j'aurai eu affaire au père Fouettard.

Je le regarde en ouvrant grand les yeux. Stupéfaite.

— Attend tu veux dire que tu te prenais des coups de martinet ?

— Ouais, dit-il détendu. Enfin ce n'était pas plus douloureux qu'une fessée.

Je rectifie, on était très bien traité avec mon frère. *Le martinet !*

C'est quand même glauque d'avoir un instrument de torture pour ses propres enfants.

— Permets-moi d'en douter !

— Mes parents l'ont sûrement gardé, tu veux que je le ramène et qu'on teste sur toi ?

Je le regarde bouche bée puis lui rétorque en plaisantant.

— Tu vois maintenant tu as des tendances sadomasochistes, ça t'a indéniablement traumatisé.

Je n'ai pas le temps de dire « ouf » que je prends un des coussins de canapé dans la tête. Je lui lance un grand sourire.

— J'ai faim.

Il me regarde en riant avant de s'exclamer :

— Pourquoi ça ne m'étonne pas ?

La soirée se termine dans la bonne humeur, on mange les restes d'hier devant une rediffusion du film *Retour vers le futur* que j'aime beaucoup et je remarque vite que Maël aussi, car on passe le film à faire nous même les répliques que l'on connaît par cœur. Puis à minuit je déclare forfait et pars me coucher le plaid bien enroulé autour de moi. *Théo serait fier de moi.* Mais cette fois c'est uniquement parce que j'ai froid.

En me couchant, je me rends compte que j'appréhendais beaucoup de vivre avec quelqu'un que je ne connaissais pas, mais finalement j'ai peut-être fait toute une histoire pour rien. Il est vraiment sympa et surtout très sexy, y a pire comme colocataire !

C'est sur ces agréables pensées que je m'endors.

5

Je suis réveillée en pleine nuit par des bruits bizarres et mon premier réflexe est de mettre la tête sous la couette. D'ailleurs c'est complètement idiot comme réaction, soyons honnête si un tueur en série vient dans ma chambre ce n'est pas ma pauvre couette qui va l'arrêter.

Enfin bref, je sais que je donne l'impression aux gens d'être une dure à cuire et ça me va très bien la plupart du temps, mais en réalité je suis une vraie mauviette. J'ouvre les yeux et me concentre sur le bruit pour essayer d'entendre d'où il vient sans succès. Je me lève prudemment en mode zombie, ouvre doucement la porte de ma chambre et écoute attentivement. Le bruit ne vient pas de l'entrée ou du salon, mais de la salle de bain, je souffle de soulagement, ce doit être Maël. Je m'approche doucement et colle mon oreille à la porte pour vérifier. C'est bien lui aucun doute, je reconnais le timbre grave de sa voix.

Je l'entends gémir et souffler de plaisir alors je m'écarte brusquement de la porte. *Putain ! Il est en train de se branler !* Je me rapproche et continue d'écouter, par pure curiosité bien sûr, ce n'est surtout pas, car je commence à être excitée par la situation. *Menteuse.* À ce moment j'entends un profond bruit de gorge, c'est léger, mais c'est très viril, sexy. Je me rends compte que ça devait être le final, car je n'entends plus rien.

Je me dépêche de rejoindre mon lit avant de me faire prendre. Manquerait plus qu'il sorte et qu'il me trouve l'oreille collée à la porte. Ou encore mieux, que lorsqu'il ouvre la porte je me rétame à ses pieds, prise en flagrant délit d'écoute de branlette matinale et humiliée par la chute. Franchement ça ne m'étonnerait même pas, avec mon karma il peut m'arriver le pire, à tout moment. Une fois de retour sous la couette, je suis prise d'un petit rire nerveux. Je l'entends s'affairer dans sa chambre, juste en face de la mienne. J'attends que la porte d'entrée claque et je souffle enfin. *Avec tout ça je suis bien excitée moi !*

Je me lève et cherche Rocco puis je me souviens que je l'ai soigneusement rangé dans mon dressing, dans une boîte rouge, spéciale sexe et lingerie Olé olé. Rocco c'est mon petit miracle, un gode rouge vif tout doux, avec une fonction rotation et comportant cinq vitesses de vibration. Bref pour la Rolls Royce des Sextoys, je me suis dit que le nom de Rocco n'était pas exagéré. Je le sors de son petit sac de velours noir et l'allume impatiente. Je ferme les yeux et me laisse guider par mon imagination et pour le coup je n'ai pas à chercher bien longtemps. J'imagine à quoi peut bien ressembler Maël nu et une fois que j'ai bien l'image en tête, je me repasse la bande-son de la scène de tout à l'heure en l'imaginant sous la douche. Sauf que cette fois si, ce sont mes mains et non les siennes autour de sa queue. Je fais coulisser mes deux mains d'avant en arrière, n'arrivant même pas la tenir en entier. *Quoi ? On peut toujours rêver non ?* Au moment où il agrippe mes fesses pour me pendre sauvagement contre le mur de la douche, je jouis violemment.

J'ai le souffle irrégulier, une fine pellicule de transpiration me recouvre le corps et je reprends peu à peu mes esprits. *Putain, c'était bon !* Maintenant que je suis détendue, je sens mes paupières se fermer.

**

Je me réveille à 10 h, file me doucher et m'habiller. J'avoue qu'en entrant dans le bain/douche, je suis un peu perplexe, dans quelle position était-il ce matin ? Est-ce qu'il fait ça tous les matins ? Dès que je sens l'eau chaude, j'oublie mes interrogations et m'attelle à ma petite routine : Douche, crème et séchage de touffe. Je parle de mes cheveux bien sûr ! Pour le reste, je m'épile intégralement, je trouve ça bien plus pratique. Même si je l'avoue, je vais chez l'esthéticienne en moonwalk ! Je crois que je verse ma petite larme à chaque fois que j'y vais tellement je douille. J'ouvre la fenêtre de la salle de bain pour voir quel temps il fait et je souris en voyant le grand soleil. J'enfile un short en jean taille haute, brut avec les bouts effilés et un petit débardeur échancré dans le dos avec des motifs ethniques, rentré dans le short. Le tout couronné de mes Doc Marteens rouge carmin.

C'est tout excitée que je me dirige vers MON bar, j'ai rendez-vous avec les ouvriers pour faire l'état des lieux des travaux et pour qu'ils me rendent les clés. Cinq minutes plus tard, je suis devant et je reste interdite en regardant la façade. Je pense que c'est seulement maintenant que je réalise le défi que je me suis lancée, j'entre dans le bar pour trouver les trois ouvriers en train de prendre le café avec chacun leur thermos personnel.

— Bonjour, bonjour ! dis-je en leur adressant un grand sourire.

Ils me dévisagent d'un regard surpris, mais appréciateur et finissent par me rendre mon sourire.

— Bonjour, ma p'tite dame ! me répond l'un des trois en me tendant la main que j'accepte sans hésitation. Il a l'air satisfait de ma poignée de main, car son sourire s'accentue. Alors comment vous trouvez ?

Je prends le temps d'observer la superficie du local, toute la façade qui donne sur la rue est faite de grandes vitres légèrement fumées, le bar a été installé et il est exactement comme sur la photo lorsque je l'ai commandé. C'est un grand bar en bois massif et peint en noir. Il a une forme peu commune, ce sont deux arcs de cercle mis l'un à côté de l'autre, comme ça chaque serveur à son espace de travail. Il est long d'au moins 5 ou 6 mètres et la tablette du dessus est une plaque de verre rouge bordeaux épaisse comme mon pouce. Derrière le bar, je vois qu'ils ont fixé les étagères au mur du même verre que le dessus du bar. C'est magnifique, je passe derrière et observe tout l'espace de travail. C'est parfait, ni trop grand, ni trop petit et en plus c'est très fonctionnel. J'observe le reste du bar de la place qui sera désormais ma préférée j'en suis persuadée. Tout est vide, car je ne reçois les meubles que demain à l'exception du fond de la salle à ma droite. Bien au centre ils ont eu le temps d'installer ce pourquoi j'ai dépensé une grosse partie de mon budget, une estrade de 4 mètres sur 4 avec au centre, une barre de pole dance. En effet, j'ai prévu d'engager une danseuse pour faire des shows les week-ends. Il y a très peu de bars de ce genre à Nantes et aucun dans le centre, c'est pour cela que je pense que mon investissement sera vite rentabilisé.

Le sol en béton ciré couleur chocolat est très beau également et plus adapté pour faire le ménage que le vieux stratifié qui s'y trouvait auparavant. Je monte à l'étage constater où se trouvera le coin VIP. Il donne sur le bar qu'on voit en contrebas et se trouve juste en face de la barre de pole dance, si bien que quand la danseuse sera en hauteur, elle se trouvera juste à leur niveau ça va être super. Tout l'étage est longé d'une grande rambarde moderne en acier noir. Il y a également dans un renfoncement, une petite loge avec toilettes et salle de bain. Je redescends pour voir les toilettes au fond à gauche et enfin pour inspecter la taille de la réserve qui se trouve derrière une porte à gauche du bar.

— Parfait ! C'est exactement ce que j'avais imaginé.

— Tant mieux alors, tenez.

Il me tend les clés.

— Merci, n'hésitez pas à passer vous faire payer un verre vendredi soir pour l'ouverture.

— C'est très gentil on viendra. Et euh… C'est vous qui danserez là-bas ? dit-il en me montrant la barre plus loin.

Je rigole avant de lui répondre.

— Non, mais ne vous inquiétez pas elle sera bien plus jolie et expérimentée que moi.

J'espère vainement que ce sera suffisant pour me sortir d'affaire, mais évidemment avec le karma que je me tape en ce moment ce n'est pas le cas.

— Plus jolie ça me paraît difficile, vous êtes drôlement charmante. Célibataire peux être ?

— Et non désolé.

Oui c'est un mensonge, mais bon le type a beau avoir l'air sympa, il doit avoir l'âge de mon père. *Très peu pour moi.* J'arrive à les faire partir avec des phrases habiles et je me retrouve enfin seul dans MON bar.

Je prends une photo et l'envoie à Théo, Laura et Chris avec pour texte :

Matez-moi ça !!!

Rendez-vous dans votre nouveau QG vendredi mes chéris : D

Gros poutous XOXO

Les réponses ne tardent pas. La première vient de Laura :

Ça claque ma biche !

Je me fais chier royal au taff j'aurai bien besoin d'un verre de rouge…

Au fait les filles t'adorent ;)

Bizzz

Le suivant est de Chris :

Classe Speedy

Je suis pressé que tu me montres ce que tu sais faire avec cette barre… En privé bien entendu…

On dit 19 h ?

Je lui réponds de suite :

DANS TES REVES PERVERS !!!

J'ai le sourire jusqu'aux oreilles.

Ce que c'est bon de les avoir retrouvés, de pouvoir partager ce genre de moments avec eux. Le dernier arrive à l'instant, c'est Théo :

Fier de toi sœurette !

Je te laisse, une grand-mère est coincée dans ses toilettes…

Vivement vendredi :)

J'explose de rire, car je sais que ce n'est pas une blague. Des fois, il me raconte ces interventions et je me rends compte à quel point il nous arrive de faire des choses idiotes. Comme ouvrir des huîtres avec un couteau de boucher et s'ouvrir la main, ou encore acheter des guirlandes bon marché et faire brûler notre sapin de Noël avec la maison en prime.

Je passe l'heure suivante à récurer le sol et le nouveau bar pour que tout soit nickel pour l'arrivée des meubles demain. Je m'occupe également de toute la paperasse pour l'ouverture de la ligne téléphonique, internet, etc. Puis arrive mon premier candidat, pile à l'heure.

Avant mon départ de Nouvelle-Calédonie, j'ai fait en sorte que je n'ai à m'occuper de presque rien une fois arrivée ici. J'ai donc passé les annonces pour les postes à pourvoir et j'ai pris tous les rendez-vous par mail. Je suis quelqu'un d'assez organisée dans le travail, ce qui n'est pas vraiment le cas dans ma vie perso. Je prends ma fiche récap' dans mon sac pour voir à qui j'ai à faire. Normalement en début d'après-midi j'ai deux DJ et deux videurs puis en fin de journée c'est les barmen.

Je vous passe ce premier entretien catastrophique au cours

duquel le type me passe de la musique des années 80 alors que je lui ai demandé une ambiance latine. Le second arrive rapidement, je check ma liste, ce doit être Nino. Il entre et il a l'air maladroit ou stressé, il est de taille moyenne je dirais à peu près ma taille ou un peu plus peut-être ; ses cheveux châtain clair sont très courts sur les côtés et assez longs sur le dessus, coiffés de manière étudiée. Je lui donne la vingtaine, il est plutôt mignon je dois bien l'avouer. Il me regarde franchement avant de me saluer poliment. *C'est bien tu marques des points mon garçon !*

— Bonjour, Nino c'est ça ?

— Tout à fait madame !

OH… MY… GOD ! MADAME ? Là tu viens de perdre tous tes points ! Non, mais franchement j'ai une tête à ce qu'on m'appelle madame ? Je lui tends la main un peu rudement.

— Ivy ! Ne m'appelle plus madame, si tu veux ce job.

Il rougit, gêné. Je le prends en pitié et commence l'entretien. Il n'a pas d'expérience professionnelle dans ce domaine, mais il est passionné de musique depuis qu'il est adolescent et avec ses petits boulots, il s'est acheté tout son matériel au fur et à mesure. Il vient de terminer ses études de commerce pour « plus tard » comme il dit et souhaite désormais faire ce qui lui plaît vraiment.

Au fil de notre discussion, il finit par se détendre en voyant que je ne suis pas le diable. Je lui propose d'installer son PC avec mon matériel de son et de me faire une démo pendant quinze minutes environ. Je me lève pour retourner lustrer le bar et le laisse s'organiser tranquillement. Je le surprends à mater mon cul et lui fais le regard genre « Ce que tu vois te plaît ? ». Sa réaction ne se fait pas attendre, il rougit avant de prendre maladroitement son PC et de s'installer dans le petit espace qui lui sera réservé s'il est pris.

Vingt minutes plus tard, je suis conquise. Il a tout à fait compris l'ambiance recherchée, il me regarde de temps en temps pour voir ma réaction et finit par ranger son PC. En tant que gérante, je me sens puissante, mais je ne suis pas vache pour autant donc je ne vais pas le faire attendre plus longtemps pour lui annoncer la bonne nouvelle et parler salaire. Il ne devait pas s'y attendre, car il a du mal à contenir sa joie. J'imagine qu'après ses études de commerce, c'est un peu un tournant à 360° pour lui. Il a un sourire immense et ça me fait plaisir, car je sais qu'il va être très motivé et c'est exactement ce que je recherche. Je discute un peu horaire et salaire avec lui et lui demande de repasser ici mercredi pour signer son contrat.

Le reste de la journée passe à toute vitesse, j'enchaîne les entretiens et finis par trouver mon videur, il s'appelle Sam et il correspond au cliché du videur : grand, costaud et black. Le courant est très bien passé, il a vingt-huit ans et a déjà deux enfants. Étant donné que sa femme ne travaille qu'à mi-temps comme secrétaire pour pouvoir s'occuper des enfants le reste du temps, il a besoin d'un second petit boulot pour couvrir toutes les dépenses de sa petite famille. Il a déjà été videur, mais il a démissionné, car l'ambiance était mauvaise.

Je n'ai pas trouvé de serveur par contre, tous ceux que j'ai rencontrés étaient soit incompétents soit pas aimables. S'ils ne sont pas souriants avec la patronne, je n'imagine pas comment ils se comporteront avec les clients. J'ai donc décidé de laisser une annonce sur la porte du bar et sur mon compte pro Facebook.

En rentrant vers 18 h, je fais le plein de courses et en arrivant à l'appartement je mets ma musique fétiche à fond sur les enceintes du salon. « Le coup de soleil » de Richard Cocciante. Oui c'est vieillot et ringard, mais j'adore. Dès que les paroles résonnent dans l'appart' je me mets à chanter en cœur, une fois terminé j'ai des crampes aux zygomatiques.

Je me prépare pour une soirée tranquille pénarde : plateau avec des bâtonnets de concombre, carotte et de la mayo ainsi qu'une petite salade tomate, féta, herbes de Provence. Je prends de quoi me faire les ongles des pieds et des mains en rouge cerise et je me cale devant TPMP.

Plus tard on sonne à la porte. J'hésite à aller ouvrir, car je viens tout juste de finir mes ongles de pieds et le vernis n'est pas encore sec, mais la personne s'acharne sur la sonnette alors je me lève et marche précautionneusement jusqu'à la porte. *Un point pour la dégaine de pingouin que je me paye !* J'ouvre et trouve Chris avec des plats chinois sur le pas de la porte, un grand sourire aux lèvres.

— Holà chica !

Et puis il entre, comme s'il était chez lui. Je reste interdite puis je me retourne et lui demande ce qu'il fait là. J'avoue que sa réponse me fait rire.

— Bah vu qu'on est tous les deux seuls pendant que nos colocs sauvent des vies, enfin c'est ce qu'ils veulent nous faire croire du moins, je me suis dit qu'à défaut d'avoir droit à une démo à la barre, on pourrait manger ensemble !

Il n'est pas croyable ce mec. Je pense qu'il me surprendra toujours. Une fois mes mains lavées, je vais pour m'installer sur le canapé à côté de Chris, mais on sonne encore à la porte. Je vais ouvrir à une Laura toute souriante.

— Salut, ma biche !

— Mais… qu'est-ce que… dis-je en ouvrant la porte en grand.

— J'ai apporté du vin !

Que répondre à ça ? C'est un argument imparable. Alors qu'on s'installe dans le salon, j'apprends qu'ils ont planifié ça ensemble pour fêter l'ouverture prochaine du bar. Je leur montre toutes les photos que j'ai prises et leur parle de mes entretiens. On passe le reste de la soirée à parler de notre quotidien, Laura nous raconte ses premières embrouilles avec Fabien dans leur nouvel appartement. Chris lui nous montre ses nouveaux dessins et les tatouages sur lesquels il travaille en ce moment sur son compte Instagram.

Je mets un peu de musique en fond sonore en mode aléatoire et après le repas alors qu'on est en plein débat pour savoir ce qui va se passer dans la prochaine saison de Game of Throne, Chris nous interrompt.

— Écoutez ça ! Texto de ton frère : BRAAA En domination 29 tués pour 6 morts mec ! Et toi tu fais quoi ?

Avec Laura on le regarde comme s'il avait parlé chinois ce qui le fait se marrer.

— C'est un truc de geek. Call of ?

Il rit en nous entendant grogner puis il ajoute :

— Quand je vous dis qu'ils n'en foutent pas une à la caserne ! Attends j'ai une idée venez, on va faire une photo pour lui envoyer.

On se met de chaque côté de Chris en lui faisant chacune un bisou sur la joue.

— Wôw le kiff. Bougez surtout pas mes beautés, je prends la photo.

On reste à côté de lui pour voir ce qu'il envoie et on n'est pas déçu, le message dit :

Bossez bien les gars je m'occupe de vos femmes !

Il fait suivre le message à Théo, Fabien et Maël tandis qu'on se ressert un verre en levant les yeux au ciel avec Laura. *Irrécupérable.*

À la suite de ça, on entend son téléphone biper toutes les cinq minutes et Chris rigoler en lisant ses SMS.

Maintenant que ça me revient, j'en profite pour leur montrer le texto de Théo de ce midi et on se marre en imaginant mon frère et cette pauvre mamie coincée dans la cuvette de ses toilettes. On fait même les dialogues en exagérant bien sûr sinon ce n'est pas drôle. Moi j'essaie d'imiter la voix de la petite mamie et Chris, celle de mon frère. Franchement notre conversation est digne d'enfants de quatre ans, mais c'est tellement agréable de pouvoir rire de tout et de rien. On décide qu'on se fera une soirée de ce genre au moins un soir par semaine quand nos colocs seront de garde et ils finissent par décamper sur les coups de minuit. Je termine la soirée avec le beau Jax à mater les derniers épisodes de Sons of Anarchy.

**

Je ne sais pas pourquoi, mais je me réveille en sursaut, assise droite comme un « I » dans mon lit. Je regarde l'heure et vois qu'il est tout juste 8 h du matin, ce doit être Maël qui rentre de sa garde. Rassurée je me recouche avant d'entendre des bruits de talons, je tends l'oreille, les pas se rapprochent suivis de plusieurs bruits sourds comme s'il balançait des trucs. *Non, mais je rêve il va se taper une nana de bon matin ? D'ailleurs comment s'est-il débrouillé pour trouver une fille à 8 h du matin ?* Je commence à entendre de petits couinements de souris ridicules. *Bon, ils ont dû passer aux choses sérieuses.* Je me mets l'oreiller sur la tête, mais rien à faire, j'entends les cris exagérés de la truie qui doivent même réveiller nos voisins. Je sens l'énervement me gagner, mais je ne veux pas gâcher sa partie de jambes en l'air alors je prends sur moi et je me lève pour aller à la douche. Je claque involontairement la porte de ma chambre, mais ils ne s'arrêtent pas pour un sou. Je prends bien mon temps sous la douche pour leur permettre de finir et après m'être habillée d'une petite robe blanche, trapèze en coton, toute simple m'arrivant à mi-cuisse, je me dirige vers la cuisine en quête d'un petit déjeuner.

Je me prépare des tartines grillées au Nutella et me pose devant la TV. Bien sûr, un mardi à 8 h 30 il n'y a rien à part les émissions de télé shopping. Je suis en train d'écouter les vertus d'un jean amincissant en mordant dans ma tartine pleine de Nutella, cherchez l'erreur. Lorsque j'entends de grands cris. *Bon sang, mais ce n'est pas bientôt fini ? Il est endurant ce type !* Je rebrousse chemin vers la cuisine et branche mon téléphone sur la mini-enceinte tandis que je m'attelle à la préparation de cookies aux pépites de chocolat et amandes. La livraison pour le bar n'est qu'à 10 h donc autant s'occuper. Environ trente minutes plus tard, la truie comme je l'ai surnommée en référence à sa douce voix entre seule dans la cuisine, surprise de m'y trouver ou de trouver une femme, aucune idée. En tout cas, elle ne ressemble pas du tout à une truie, elle est petite, mince et très mignonne enfin elle a mis la dose de maquillage, mais à part ça elle a l'air bien foutue, malgré ses petits seins que je vois pointer sous un Tee-shirt XL qui lui arrive aux genoux.

— Mais t'es qui ?

— Salut à toi aussi, marmonnais-je. Je suis la coloc de Maël, enchaîné-je plus fort.

— Ah... Il ne m'avait pas dit qu'il avait changé de colocataire.

— Oui j'imagine que vous ne devez pas souvent parler, dis-je en plaisantant.

Elle rigole et me dit que ce n'est que la deuxième fois qu'elle vient ici et qu'elle ne sait pas grand-chose de mon cher colocataire. Pendant qu'elle est lancée, elle me déballe sa vie et m'avoue qu'elle ne sait pas si Maël prend leur relation au sérieux comme elle. Je souris intérieurement, j'ai envie de lui répondre : « Tu ne sais rien de lui et inversement, il t'appelle pour baiser à 8 h du mat' et tu te demandes au bout de la sconde fois s'il prend la relation au sérieux ? Je peux te répondre tout de suite, c'est non ma cocotte. » Mais elle n'a pas l'air méchante alors j'essaie d'être sympa pour une fois.

— Il t'a parlé de moi ?

— Euh non. Voyant son visage s'affaisser j'ajoute : mais je ne suis là que depuis samedi et on n'a pas énormément parlé, tu sais. Je suis sûre qu'il est fou de toi, tu veux un cookie ?

Voilà comment se sortir d'une situation embarrassante. Elle me réveille à 8 h du mat' en poussant des cris de cochons qu'on égorge pendant une heure et après elle vient me déballer sa vie. Je n'ai rien contre elle, mais franchement je m'en serais bien passé.

— Ah oui, tu crois qu'il est amoureux ? Je suis trop contente ! Il est temps que je me jette à l'eau alors.

Elle prend deux cookies avant de filer en direction de la chambre me laissant dans un état végétatif. *Amoureux ? Mais non je n'ai jamais dit ça. Houlala je vais avoir des ennuis moi.* Je me dépêche de mettre les cookies dans une boîte et d'enfiler une paire de ballerines pour me tailler d'ici illico presto. Au moment où je pose la main sur la poignée de porte, j'entends des cris venant de la chambre de Maël. Des cris d'un genre beaucoup moins heureux que ceux de ce matin. Je me dépêche de partir et une fois dans la rue, je grimace en pensant à la scène que je viens en partie de provoquer, car soyons honnête ce n'était pas complètement de ma faute. Pour une fois, j'ai voulu la jouer femme mature et sympa et bien on dirait que la maturité ne me réussit pas trop.

Sur le chemin du bar, je m'arrête au salon de Chris pour lui déposer ma boîte de cookies. Il est comme un enfant le matin de Noël, j'ai juste le temps de discuter un peu avec lui avant de filer pour ne pas arriver en retard pour toper les livreurs. Au programme aujourd'hui : installation du mobilier pour le bar, recrutement d'une danseuse et d'un barman ou d'une barmaid autant dire que j'ai du pain sur la planche. *Go !*

6

Maël

Je vais la tuer ! C'est exactement ce que je suis en train de me dire en pensant à Ivy pendant que Léa ou Léna, je ne sais plus quel est son prénom exact, alterne entre pleurs et cris dans ma chambre. Une bonne chose à savoir sur les hommes, on pourrait penser qu'on est sensible aux larmes des femmes, mais en fait on ne sait juste pas quoi faire d'elles dans ces moments-là. C'est la stricte vérité.

Au bout d'une bonne demi-heure et d'un nombre indéterminé d'insultes, j'arrive enfin à la faire sortir de chez moi. *La paix !* Je décide d'aller me doucher pour oublier ce début de journée à chier sauf que voilà, depuis qu'Ivy est là j'ai l'impression que la taille de la salle de bain a été divisée par deux. Des bouteilles de shampooings sont éparpillées sur le sol du bain et comme je suis assez maniaque, j'entreprends donc de les ranger sur les bords de la baignoire par ordre de taille. *Après shampooing, shampooing volumisant, démêlant, gel douche, masque réparateur, gommage corps oriental et mousse à raser à l'abricot. C'est quoi ce délire ?* Je reste dix grosses secondes à fixer les sept bouteilles devant moi et je regarde mon pauvre gel douche qui me fait aussi office de shampooing tout compressé contre le robinet.

En sortant de la douche, je me retrouve devant le lavabo pour me brosser les dents, mais là aussi on se croirait en zone de guerre. Une pince à épiler qui traîne, des cotons et plein de tubes. *Non, mais elle se fout de ma gueule ? Crème de jour et crème de nuit ! Qui est l'imbécile qui a inventé ce concept ? Genre la crème de jour ne fait pas effet la nuit ? C'est un attrape-couillon ça.* Cette fois, je ne prends même pas la peine de ranger et après m'être brossé les dents, je fais ce que je fais presque tous les lendemains de garde : Console, sport, courses, cuisine et sortie.

J'essaie d'avoir une vie saine et d'entretenir mon corps pour être au top de ma forme, après tout c'est mon outil de travail et puis pour être honnête c'est bien plus simple avec les nanas. Même si je dois l'avouer, en général il suffit que je leur dise que je suis pompier pour voir des étoiles briller dans leurs yeux. *Ce qu'elles sont naïves !* Attention, je ne me plains pas, moi ça me convient parfaitement. C'est facile et ça me permet d'avoir l'embarras du choix et de repartir avec une fille différente quand je le souhaite. J'ai dû faire une exception ce matin, car c'est assez compliqué de trouver quelqu'un prêt à vous rejoindre chez vous à 8 h du matin.

Si on couche plus d'une fois avec nana, elle s'imagine toujours que ça devient sérieux, je ne risque pas de reproduire cette erreur.

J'hésite à envoyer un texto à Ivy pour savoir pourquoi elle a dit à Léa/Léna que j'étais amoureux d'elle, mais finalement je décide d'attendre ce soir pour en discuter pendant le repas. Elle a intérêt à avoir une bonne explication, car notre colocation ne pourra pas fonctionner si elle raconte des trucs comme ça à toutes les filles que je ramène. Quand je dis toutes, c'est à prendre avec des pincettes il n'y en a pas tant que ça. C'est plutôt raisonnable par rapport aux autres mecs de la caserne.

En fin de matinée, je geek avec Théo en ligne à un jeu de guerre puis après avoir vu le chaos qui règne dans la cuisine, j'opte pour un sandwich avant de partir au sport. *Il va vraiment falloir que je lui explique les règles de base pour vivre en communauté !*

Une fois à la salle de sport et après une heure de course, j'ai repéré une nana qui a l'air mignonne, c'est une petite brune qui fait des abdos sur les tatamis plus loin. Je ramène mes cheveux en arrière, car ils me tombent toujours sur le visage lorsque je cours et me lance, prêt à faire mon petit numéro de drague habituel. Je m'approche tranquillement, mon tee-shirt est légèrement humide et après quelques gorgées d'eau j'arrive à côté d'elle. Elle est plutôt bien faite, elle a un corps mince et ferme. Je m'installe sur le dos à côté d'elle et commence une longue série d'abdos en soufflant en rythme.

Je vois que le charme opère, car elle ralentit pour m'observer de temps en temps. *C'est le moment d'attaquer ! Allez t'es un Dieu vas-y !* Quoi ? Je suis comme les grands sportifs, il faut que je me chauffe pour être au top. Je me redresse et la regarde droit dans les yeux.

— Salut.

Bingo, elle rougit c'est dans la poche !

— Euh salut.

— Tu veux de l'aide pour tes abdos ? Si tu veux, je peux te tenir les chevilles ?

— D'accord, dit-elle en gloussant. *Si prévisible !*

Je m'accroupis en face d'elle et lui maintient les chevilles au tatami pendant qu'elle continue ces séries. Si on est attentif, c'est fou ce qu'on peut apprendre d'une personne juste en la regardant ou en la touchant. Je lui caresse doucement les chevilles et elle rougit de plus belle sans rien dire. Au lit, elle doit être du genre soumise, c'est le genre de nanas que je ramène chez moi, docile et réactive. Après deux séries supplémentaires, je prends son numéro et je pars me doucher avant de passer faire des courses pour ce soir et demain.

Une fois à l'appartement je me cale devant un match de foot et je fais du tri dans mon répertoire téléphonique. J'enregistre la petite brune au nom de 15 br. Je note les nanas que je rencontre sur 20 puis j'ajoute les deux premières lettres de leurs couleurs de cheveux, ça donne « br » pour brune,

« bl » pour blonde et « i » pour indéterminé. Heureusement pour moi, elles ne sont pas au courant sinon je vois d'ici leurs réactions : « quel macho », « il est à vomir on ne traite pas les femmes comme ça », foutaises ! C'est une question d'organisation, avec tous les numéros que je chope, je ne peux pas me souvenir des prénoms de chacune et de leurs physiques. Avec ce système de classement, lorsque j'en ai envie, j'appelle les meilleures notes en priorité. Ça me permet de ne pas avoir de surprise du genre « Ah je me suis trompé de Cindy… désolé tu peux rentrer chez toi. ».

J'adore les femmes, leur charme, leur beauté et leur corps, ma mère me dit toujours que je suis un Casanova et qu'elle attend avec impatience le jour où je lui ramènerai une vraie femme à dîner. *Ah, maman…* Je l'adore, mais franchement je ne sais pas si ce jour arrivera, je n'ai jamais trouvé de femme vraiment unique en terme de beauté intérieure. Pour l'instant, elles se ressemblent toutes alors je me contente de les baiser pour leur beauté physique.

Je viens d'effacer la 16 bl de mon répertoire, la fameuse Léa ou Léna je ne le saurais jamais maintenant, me dis-je en riant quand Ivy entre dans le salon. Elle semble surexcitée, je n'ai jamais vu quelqu'un d'aussi speed de ma vie c'est pour dire. Elle me salue en vitesse avant de filer dans la cuisine. *Si tu crois que tu vas t'en sortir avec un « Salut, Maël ! » c'est que tu me connais très mal ma petite.* Je me place contre l'embrasure de la porte et entame les hostilités.

— On peut savoir pourquoi la blonde de ce matin est venue m'incendier, car finalement je n'étais pas amoureux d'elle alors que ma coloc lui avait affirmé le contraire ?

— Ah. Euh. En fait je ne lui ai pas dit ça du tout. Bon j'ai peux être insinué que j'étais sûre que tu étais fou d'elle.

Elle me lance un pauvre sourire d'excuse et je sens la colère monter progressivement en moi.

— Mais pourquoi tu as été lui raconter un truc pareil ? C'était un 16 putain !

— Un 16 ? Naaaan… ne me dit pas que tu notes les nanas avec qui tu couches ?

Elle commence à se marrer ce qui m'énerve encore plus et je m'emporte.

— Ne change pas de conversation ! Pourquoi tu lui as dit ça ? Ca y est tu vas jouer à «les amoureuses transies et jalouses» et me pourrir tous mes plans cul ? Car si c'est le cas, notre colocation va vite prendre fin je peux te l'assurer.

Je m'attendais à ce qu'elle parte bouder dans son coin, à ce qu'elle s'excuse ou à ce qu'elle me frappe à la limite enfin à une réaction de nana quoi.

Mais au lieu de ça elle est prise d'un grand fou rire, elle me saoule bien comme il faut et je me surprends à crier alors que d'ordinaire je suis quelqu'un de plutôt calme et réfléchi. Il faut croire qu'elle a le don de me fait sortir de mes gonds.

— Mais quoi bordel ? Qu'est-ce que j'ai dit de drôle ?

Elle arrête de rire et son regard me glace pendant une seconde. Elle a des yeux de tueuse, comme si son côté Mister Hyde prenait le dessus. *C'est flippant !* Mais elle ne me fait pas peur… Enfin presque pas.

Elle s'approche de moi et me dit calmement en me regardant droit dans les yeux.

— Écoute-moi bien grincheux. Si t'es pas réglo avec les filles que tu baises, c'est ton problème, moi j'essayais juste d'être une coloc sympa. Avec ta truie vous m'avez réveillée à huit heures en rejouant l'exorciste et après elle vient me déballer sa vie dans la cuisine en pleurnichant, car elle ne sait pas si tu es sérieux avec elle patati patata. Tu voulais que je fasse quoi au juste ?

Elle lâche un éclat de rire avant de continuer tandis que je l'écoute, médusé par son franc parlé.

— Et franchement que tu puisses croire que je suis amoureuse de toi c'est le pompon ! Tu t'es pris pour qui ? Je te connais depuis une semaine. Au mieux et je dis bien au mieux ce qui veut dire bourrée, j'ai tout juste envisagé de coucher avec toi. Mais ne t'inquiète pas cette idée vient de passer à la trappe il y a dix secondes.

Je suis soufflé, je ne sais même pas quoi lui répondre alors je dis la première chose qui me vient à l'esprit.

— Ma truie ?

— Oh s'il te plaît, tu l'as pas entendue peux être ? T'étais en pôle position pourtant.

Lorsque je comprends de quoi elle parle, je souris, c'est vrai qu'elle n'a pas tort et c'était vraiment agaçant. Je sais que je devrais être gêné qu'elle m'ait entendue, mais c'est tout le contraire, je commence à être excité. *Tu déraïlles complet mec réveille-toi !* Je me recompose rapidement un visage neutre, mais je ne peux pas me résoudre à enlever ce petit sourire en coin de mon visage depuis qu'elle a avoué avoir envisagé de coucher avec moi. *Eh eh laissez passer le beau gosse mes demoiselles ! Il y en aura pour tout le monde pas d'inquiétude !* Je n'écoute plus un traître mot de ce qu'elle me raconte. Au lieu de ça, mes yeux s'égarent sur ses seins et j'essaie de l'imaginer nue, je commence à me sentir à l'étroit dans mon jean. Malheureusement, elle n'a pas l'air très disposée à me soulager, mais elle finira bientôt dans mon lit, c'est sûr. Je bande en pensant à tout ce que je pourrais lui faire.

Elle est très différente des filles que j'ai l'habitude de ramener ici, elle est même tout le contraire de ce que je cherche pour un coup d'un soir. Tandis que les nanas que je ramène sont souvent douces et soumises, elle a l'air d'être passionnée et fougueuse. Je n'ai jamais été attiré par ce genre de femmes, mais elle change la donne. Il faut dire que physiquement, elle est canon, en général je préfère les femmes fine et athlétique, mais quand je vois à quel point Ivy à confiance en elle, j'avoue que son corps m'obsède un peu. D'ailleurs l'autre nuit après un rêve ultra hot mettant en scène Ivy déguisée en infirmière, j'ai dû me soulager sous la douche pour avoir l'esprit clair au travail. Il faut dire qu'avec son mètre 70 ou 75 peu commun et ses formes parfaitement dosées, on a qu'une envie : la prendre sauvagement.

Elle finit par me ramener sur terre en claquant des doigts devant mes yeux, je n'avais même pas remarqué qu'elle s'était déplacée tant j'étais perdu dans mes pensées.

— Oh grincheux tu m'écoutes ?

Et voilà elle a rompu le charme, ce qu'elle peut être chiante. Ca me rappelle ma mission commando dans la salle de bain ce matin.

— En parlant de truie, t'es un vrai petit cochon ! C'est Bagdad partout où tu passes.

— Quoi ?

Je la regarde avec de grands yeux avant de lui montrer la pièce où nous nous trouvons depuis vingt minutes.

— Tu trouves que c'est sale ?

— Non je trouve que c'est le bordel ! Quand tu prends un truc, genre la farine, dis-je en prenant le paquet resté grand ouvert sur le plan de travail. Et bien, tu le ranges quand tu as terminé, tu vois ? Simple.

— Oui papa ! me répond-elle avec humeur en rangeant les deux ou trois autres ustensiles qui traîne. Satisfait ?

— Très, lui répondis-je avec un grand sourire. Enfin il y a la salle de bain à ranger aussi. Tu as vraiment besoin de tous ces trucs pour les cheveux et le corps ?

Elle roule des yeux avant de faire un grand geste vers ses cheveux.

— Si je n'utilise pas tout ça, je ressemble à Mufasa dans le Roi Lion. Crois-moi tu ne veux pas voir ça.

Elle se dirige vers la salle de bain puis elle crie pour que je l'entende.

— Attend, tu parles de mes crèmes et mon démaquillant à ranger ? C'est complètement idiot je m'en sers matin et soir pourquoi je les rangerais pour les ressortir deux fois par jour ?

— Le matin je suis pressé et je n'ai pas le temps de faire attention à ne pas envoyer valdinguer tous tes petits produits en me brossant les dents !

— Tu n'as qu'à passer plus de temps à te laver et moins à te branler dans ce cas, tu gagneras un temps précieux ! Je me casse, bonne soirée. En passant, je suis chez moi aussi maintenant OK ?

Je ne trouve rien à répondre à part un faible « OK » avant de la voir tourner les talons et quitter l'appartement.

Ivy 1 - Maël 0. Bordel de merde !

Elle m'a entendu l'autre matin. Et voilà que cette putain de trique me reprend, sauf que maintenant ça m'énerve. Je prends mon téléphone et appelle la 15 br de tout à l'heure pour la rejoindre chez elle plus tard dans la soirée.

**

Le lendemain, je décide d'aller rendre visite à mes parents qui sont à la retraite depuis un peu plus de six mois. Mon père a soixante et un ans, mais il a attendu que ma mère puisse partir à la retraite pour s'arrêter en même temps qu'elle. Je ne pouvais pas rêver meilleurs parents, ils sont encore amoureux après 37 ans de mariage.

Je prends mon casque et je descends dans le garage que je loue un peu plus loin et où je gare mon petit bijou : une Honda Hornet noire mate 600 cm3, pour les nuls c'est un peu la BMW des motos. Je mets mon casque et prends la route. J'ai toujours adoré la vitesse ! Enfant déjà, j'étais toujours le meilleur en sport, j'adore le ski par exemple. Ma mère se rongeait les sangs tandis que mon père m'emmenait sur des pistes toujours plus abruptes chaque année. C'est de loin les meilleurs souvenirs de vacances en famille que j'ai, mon seul regret c'est de ne pas avoir de frères et sœurs.

Je file comme une flèche sur la route et le moins qu'on puisse dire c'est que je prends mon pied. Un peu plus de trente minutes plus tard, j'arrive dans la petite maison que mes parents ont construite eux même. La façade est blanche et les tuiles ondulées orange donnent des airs de vacances, d'ailleurs lorsque j'enlève mon casque je sens l'odeur iodée de la mer. *Ça y est, je suis chez moi.*

On prend l'apéro sur la terrasse face à la mer, ma mère me parle de leur nouveau potager et mon père me raconte sa dernière virée en mer et la taille des poissons qu'il a pêchés. Ils me posent des questions sur le boulot, mais je n'ai pas grand-chose à leur raconter. Par contre quand il me demande des nouvelles de Fabien, je réalise que je ne leur ai pas dit que je vis avec la sœur de Théo, c'est l'occasion.

— En fait, je ne vis plus avec Fabien, je vis avec une fille maintenant.

Mes parents s'étouffent dans leurs verres de pastis et me regardent comme deux ronds de flancs. Je vois les questions défiler dans la tête de ma mère genre : « Une fille ? Et tu ne nous l'as pas présentée ? », « Comment s'appelle-t-elle ? » ou encore « Elle fait bien à manger ? ». Mon père ce serait plutôt : « Elle est mignonne ? Décris-la-moi. » Je tiens mon amour des femmes de lui, c'est certain.

— En colocation maman ! Ce n'est pas MA copine.

Je leur explique que c'est la sœur de Théo, je parle rapidement de son parcours, son métier… je crois que j'ai anticipé toutes les questions qu'ils pouvaient me poser alors quand j'ai terminé, je me cale dans le fond de ma chaise et je les laisse faire le tri dans tout ce que je viens de leur dire. Ma mère est la première à oser me poser une question.

— Et sinon dans la vie de tous les jours ça se passe comment ? Vos caractères s'accordent ?

Je rigole franchement avant de lui répondre avec le sourire en repensant à notre petite dispute d'hier.

— Absolument pas. Elle est exaspérante ! *Pour rester poli.*

Je crois que j'ai loupé un wagon, car mes parents se regardent et semblent parfaitement se comprendre. Ma mère se retourne vers moi et me tapote la main en me souriant limite larmoyante. *Alors là je suis largué les parents !* Mon père enchaîne.

— Et elle est jolie ?

Je réponds à sa question en haussant les épaules, cette conversation devient bizarre. Je change de sujet et deviens tout de suite très bavard à propos de mon travail.

La journée se passe bien, je vais à la plage dans l'après-midi et j'en profite pour nager un peu. La plage c'est pas mal pour draguer aussi, mais aujourd'hui, à part des familles allemandes rouge écrevisse et des enfants qui courent le zgeg à l'air, je suis le seul sur le sable. Ma mère remplit mon sac des restes de ce midi et me dit de venir avec Ivy la prochaine fois. Je lui dis seulement que je lui demanderai et après les avoir embrassés, je prends la route du retour.

Quand j'arrive, il est déjà plus de 20 h et l'appartement est calme, Ivy ne doit pas être là. *Tant mieux !* Et puis je l'entends, c'est un vrai massacre musical qui semble venir de la salle de bain. Je m'avance dans le couloir et l'entends chanter sur la musique sur Enamorame de Papi Sachez. C'est vraiment horrible et c'est encore pire quand elle monte dans les aigus. J'éclate de rire bruyamment avant de frapper deux fois du plat de la main sur la porte de la salle de bain en lui criant : « Remboursé ! Remboursé ! » J'entends un cri et un grand boum et je me retrouve comme un con derrière la porte. J'essaie d'entrer, mais c'est fermé à clé. *Merde !*

— Ivy ? Ça va ? Ouvre !

Je colle mon oreille contre la porte pour tenter de l'entendre par-dessus la musique. J'entends des bruits des grincements et un autre boum suivi d'un gros : « Putain de bordel de merde » qui me fait sourire. *Bon elle est vivante déjà !*

— Ivy ?

— J'ai entendu connard ! Deux secondes.

Au lieu de me vexer, ça m'amuse qu'elle m'insulte. *Je suis peut-être vraiment masochiste.* J'entends qu'elle vient de déverrouiller la porte et j'entre pour la découvrir debout devant le miroir en train d'inspecter sa tête. Elle est encore trempée et… *Putain sa serviette est minuscule.* Elle s'arrête juste en dessous de ses fesses et compresse bien ses seins ce qui les fait ressortir légèrement. On dirait qu'ils se battent pour sortir comme s'ils avaient trop chaud. Ma pensée me fait rire doucement tandis que j'envoie un message mental à ma bite pour lui dire de se calmer.

— Arrête de te marrer, c'est ta faute tout ça, regarde je saigne !

— Assieds-toi sur le bord de la baignoire et laisse-moi regarder ta tête.

Je suis assez surpris de la voir obéir et s'asseoir comme je lui ai demandé de le faire. *Elle doit s'être cognée plus fort que je le pensais.* Je vais prendre la trousse à pharmacie dans le placard du bas et je m'accroupis devant elle pour ne pas me casser le dos, j'arrive un poil au-dessus de sa tête. Elle sent bon la fleur d'oranger et ça me donne envie de lécher la peau de son cou. *CON-CEN-TRE TOI MAEL !* J'écarte doucement ses cheveux et je la vois grimacer de douleur. En effet, elle saigne, mais pas abondamment, il n'y aura pas besoin de points de suture, j'entreprends de désinfecter la plaie.

— Comment tu t'es débrouillée pour t'ouvrir le crane ?

— C'est toi qui me poses la question ? Tu m'as foutu les jetons à taper comme un déglingué sur la porte et j'ai trébuché sur mes shampooings. Je me suis pris le robinet dans la tête en tombant et… pourquoi tu souris comme ça ?

— Non non pour rien. Désolé de t'avoir fait peur c'est juste que… bah si tu m'avais écouté et que tu avais rangé tes bouteilles tu serais en pleine forme.

— Pauvre con.

Après son insulte, elle se met à glousser et je commence à m'inquiéter de son état. Je devrais peux être l'emmener à l'hôpital pour être sûr que tout va bien.

— Bon, voilà. Tu n'as qu'à aller enfiler un truc plus…

chaud et pendant ce temps je vais aller préparer à manger. Fajitas, ça te va ? Ou j'ai des restes de paella de ma mère si tu veux aussi.

— Paella alors, me répond-elle en allant vers sa chambre à la vitesse d'un escargot.

Plus tard, on s'installe devant la télé avec chacun une assiette copieuse de paella fumante. On se met le dernier spectacle de Gad Elmaleh et on passe la soirée à rigoler, enfin surtout elle, mais son rire est tellement communicatif que je finis toujours par la suivre. Je vérifie l'état de son crâne et lui fais prendre des cachets pour la douleur avant d'aller me coucher. Quand elle me remercie et me souhaite bonne nuit, j'ai l'impression de voir pour la première fois un sourire sincère sur sa jolie bouche.

**

Le réveil à 6 h du matin est assez dur, mais je me motive et file prendre une bonne douche bien chaude. J'arrive à 7 h pile à la caserne et je vais directement à la cuisine me faire un café et déjeuner, les collègues sont déjà tous là.

— Eh il est venu. Qu'est-ce qui t'a fait traîner comme ça mec ? Je me tourne pour apercevoir Fabien qui vient me taper sur l'épaule en me tendant un café.

— Merci. Rien je suis juste mort ça doit être l'air de la mer, je suis allé voir mes parents hier. Et toi ça va ? T'as fait quoi de ton repos ?

— Pfff j'ai passé mes deux jours à déballer des cartons et puis hier après-midi, je suis passé faire un tour au bar d'Ivy avec Théo c'était sympa.

Entendre le prénom de son frère me fait penser que je devrais peut-être lui raconter pour l'incident de la douche, mais je n'ai pas vraiment envie de me faire frapper donc je vais éviter. Avec un peu de chance, Ivy ne lui dira rien.

Une fois que j'ai salué tout le monde, on écoute comme à chaque début de garde la nouvelle poisse de Théo. En deux jours de repos, il en a toujours une à nous raconter.

— Vous ne savez pas ce qui m'est arrivé hier ? J'avais ma visite médicale le matin et dans la salle d'attente j'explique gentiment à un gosse le métier de pompier et là il se penche et me dégueule sur les chaussures. Il venait pour une gastro en fait, mais bien sûr j'ai appris ça qu'après.

On est tous morts de rire. C'est vraiment de famille cette poisse c'est pas croyable.

La garde se déroule sans accrocs. On ne sort que six fois, car je suis assigné au véhicule de feu, mais toutes les interventions surviennent dans la nuit de jeudi à vendredi, du coup je n'ai pas dormi du tout et à 7 h vendredi matin et je suis rincé. Je dis au revoir aux collègues que je rejoindrais ce soir pour l'ouverture du Nouméa et rentre me doucher et me coucher directement.

**

À mon réveil, je constate que je suis tout seul alors j'en profite pour jouer un peu de guitare. J'en joue depuis l'âge de quinze ans, je trouvais ça cool et ça impressionnait les filles donc j'ai continué. J'avais beau être couvert de boutons, j'arrivais quand même à pécho ! Si ça, c'est pas du talent, je ne sais pas ce que c'est ! Je joue Prayer in C de Lilly Wood et Robin Schulz. Je ne connais pas les paroles par cœur donc je me contente de fredonner l'air, mais j'adore le rythme.

Il est déjà 17 h quand je me motive à aller à la salle de sport. Je m'installe comme d'habitude au tapis de course, mais je crois reconnaître une silhouette, c'est Laura. Je m'apprête à aller la saluer, mais surprise ! À ce moment-là, je vois une espèce de folle qui déboule en sautant sur place et qui lui met une fessée qui la fait crier puis éclater de rire. *Qu'est-ce qu'elle fout ici ? Elle me suit c'est pas possible...* Sans réfléchir, je me dirige directement vers Ivy et je la chope par le bras avant de l'emmener un peu à l'écart, mais je ne m'attendais pas à sa réaction. *Comme toujours d'ailleurs ça devient une habitude cette nana est vraiment imprévisible !* Elle se retourne et me tord le bras ce qui me force à me mettre à genou. Quand elle me voit, elle relâche sa prise.

— Mais c'est quoi ton problème ?

Je me dépêche de me relever pour faire face à une Ivy rouge de colère et une Laura avec des envies de meurtre.

— Oula doucement, les filles. C'est juste que je me demandais ce que tu faisais dans ma salle de sport. Je me suis peut-être un peu emporté désolé, mais c'est une salle de sport réservé aux pompiers et aux flics, tu sais ?

— Ouais et aux compagnes et à aux familles aussi trou du cul ! me crache Laura.

Je me sens un peu bête sur le coup et Ivy me fait me sentir encore plus mal quand elle me lance :

— Pas grave tu peux retourner à tes occupations et nous laisser tranquilles maintenant, je ferai tout pour t'éviter et t'épargner ma présence.

Sur ce, elle tourne les talons et part vers les vestiaires. Laura croit bon d'en rajouter une couche en me menaçant de m'arracher les couilles et elle part rejoindre sa copine.

Bon, je fais un rapide bilan de la situation. J'ai un peu exagéré enfin, si en plus on compte l'accident de jeudi dans la douche où j'ai merdé en beauté, je suis en mauvaise posture. Bon, je lui toucherai un ou deux mots ce soir pour m'excuser et puis tout sera arrangé. Enfin j'espère, car franchement, je n'ai aucune envie de me mettre cette nana à dos et encore moins son frère.

Je fais ma séance de sport comme d'habitude et je rentre me préparer pour la soirée. J'enfile un jean gris anthracite avec un polo blanc qui tranche avec ma peau hâlée. J'ajoute ma paire de Timberland noire mate et je rejoins les gars au Nouméa en espérant sortir vivant de cette soirée.

Car soyons honnête, si Théo apprend que j'ai malmené sa sœur, je ne donne pas cher de ma peau. Il a beau faire dix centimètres de moins que moi, je l'ai déjà vu énervé et croyez-moi personne n'a envie d'être celui d'en face. Enfin, il n'y a pas de raison qu'il l'apprenne, j'entre le cœur léger dans le bar ou je repère facilement les gars. Théo se dirige droit sur moi et il n'a pas l'air content.

Et merde ! Je suis foutu !

7

Ivy

Cette semaine est passée à toute vitesse, je n'ai même pas eu le temps de dire « ouf » qu'on est déjà vendredi. Il est bientôt 20 h, heure d'ouverture et tout est en place. J'avoue que je n'y croyais pas trop il y a une semaine avec tout ce qu'il me restait à faire. Mais heureusement Laura, Théo, Chris et Fabien sont venus m'aider mercredi et jeudi à tout installer. Il est temps de motiver les troupes avant l'ouverture.

En parlant de troupe, j'ai fini par trouver la perle rare des barmen alias Dimitri, un beau métis d'1m80. Ce qui m'a fait tilt chez lui c'est sa joie de vivre, c'est limite flippant il a toujours le smile, mais c'est un atout indéniable dans le métier, sans compter qu'il sert les cocktails plus vite que son ombre. C'est un peu le Lucky Luke des cocktails !

J'ai également trouvé une serveuse, Lydia. Elle est venue se présenter spontanément au bar alors que je déballais des cartons, elle m'a expliqué qu'elle est étudiante en droit, mais que ses études et son logement lui coûtent trop cher pour qu'elle puisse continuer sans travailler donc elle cherche un boulot compatible avec ses cours. Elle n'a aucune expérience, mais honnêtement elle avait l'air vraiment dans la mouise, genre moisi comme le morceau de pizza momifié que tu retrouves sous ton canapé en faisant le ménage. Elle m'a fait bonne impression donc je l'ai prise à l'essai ce week-end.

Ah et j'allais oublier ! J'ai trouvé ma danseuse. Alors là, je dois dire que j'ai décroché le Jackpot, elle est sublime. *Bitch* ! Elle s'appelle Désirée. Quand elle est arrivée pour le casting dans son bustier et tanga assorti, rose framboise qui contrastaient avec sa peau chocolat, j'ai su que j'allais la prendre pour le poste. En plus d'être une bombe du haut de son mètre soixante-dix et son corps parfait, elle s'est avérée être très bonne danseuse. On dit toujours que les blacks ont la musique dans la peau et je n'ai jamais été trop d'accord, mais aujourd'hui, impossible de le nier. Du coup, elle viendra danser trois fois dix minutes par soir uniquement les vendredis et les samedis soir.

Je réunis tout le monde devant le bar pour notre première réunion d'équipe. J'avoue que je stresse un max, mais ils ont l'air encore plus stressés que moi.

— Oyez, oyez mes petites truites fumées !

Ça les fait rire. À *la bonne heure, faut qu'ils se détendent on n'ouvre pas un couvent là.*

— Bon premier soir de travail les enfants ! Je pense que ça va être le rush d'ici une heure donc ça nous laisse un peu de temps pour nous organiser en équipe. Sam, tu connais bien ton métier donc je vais être brève ! *Rolala c'est le pied, j'ai l'impression d'être PDG d'une grande boîte. J'adore ce boulot.* Tu ne laisses pas entrer les mecs complètement saouls enfin les filles aussi, même tarif bien sûr. Tu gardes bien ta radio sur toi en cas de problème tu as un voyant bleu qui clignote en plus du son. C'est bon pour toi ?

— Parfait, me répond-il avec le sourire.

Pendant son entretien, il avait évoqué le manque de confiance de son ancien patron et ses directives qui duraient trois plombes à chaque ouverture. Eh oui je ménage mon équipe, car selon un proverbe que je viens d'inventer : Patron aimé, patron respecté !

— Nino, tu fais monter l'ambiance progressivement jusqu'à 23 h puis tu restes à fond jusqu'à 2 h pour ensuite calmer le jeu jusqu'à la fermeture, OK ?

— Ca marche boss.

OH, MON DIEU ! BOSS ! Alors là mon petit DJ rattrape direct tous ses points perdus avec son « Madame ». Intérieurement, je fais la danse de la joie, je crois même que j'ai eu un orgasme. Je lui lance un grand sourire puis je reprends.

— Dimitri avec moi au bar, tu prendras la partie droite et moi la gauche et Lydia au service. Je viendrai t'aider souvent ce soir, j'alternerai entre le bar et le service alors n'hésite pas à me poser des questions ou à me solliciter d'accord ?

— Oui.

Elle a l'air timide, mais pas d'inquiétude avec moi elle ne va pas le rester longtemps.

— Et enfin Désirée ma belle je te laisse gérer avec Nino pour la musique et je pensais espacer tes shows d'une heure. Le premier à 23 h et le dernier à 1 h c'est bon pour toi ?

— Oui c'est nickel Ivy.

— Parfait ! Bon bah voilà c'est tout. Inutile de vous préciser qu'on se tutoie, par contre si vous voulez m'appeler « boss » je ne dis pas non, mais à part ça pas la peine de me cirer les pompes je ne peux pas vous augmenter, dis-je en riant. Et puis surtout, souriez, même si vous avez mal aux pieds ou si vous êtes fatigués on s'amuse ici, OK ?

Ils me répondent « OK boss » en cœur avant de se mettre chacun à leur poste, j'en ai des frissons partout. J'accompagne Désirée à l'étage où j'ai aménagé une petite loge pour elle.

Il y a un grand miroir et un siège club douillet sur la droite, j'ai aussi installé une petite console avec un miroir sur la gauche à côté du petit coin douche.

— Si tu veux laisser des affaires ici, tu peux, il n'y a que toi et moi qui avons la clé. Elle est insonorisée donc si tu veux te reposer ou lire un bon livre pendant tes pauses, fait comme chez toi, lui dis-je en souriant.

— Bah merde alors !

Je regarde de nouveau la pièce pour voir où est le problème.

— Désolée Ivy s'est sorti tout seul, mais cet endroit est canon ! C'est que pour moi ?

Je lui souris, je suis contente, car je me suis donné du mal pour que tout le monde soit à son aise ici.

— Ouep ! Pense à bien fermer à chaque fois que tu sors, mais tu seras plutôt tranquille c'est le coin VIP à l'étage. Pendant les shows tu pourras laisser tes clés à Sam.

— C'est génial merci beaucoup je ne sais pas quoi dire.

— Rien, ça fait partie de ton contrat, mais si tu veux me remercier dis-moi plutôt comment tu fais pour ne pas avoir de cellulite ?

Elle rigole franchement et c'est communicatif. Si nos relations restent comme ça, on va très bien s'entendre.

— Du sport, du sport et du sport.

Bah j'en fais, moi aussi du sport. Alors pourquoi j'ai l'impression qu'on pourrait surfer sur les vagues qui se trouvent à l'arrière de mes cuisses hein ?

— Ah et bien sûr une alimentation irréprochable avec le

moins de graisse et de sucre possible. *Ah ! Oui je vois mieux d'où vient le problème du coup*. C'est tellement invraisemblable pour moi que je la fais répéter comme une idiote.

— Tu ne manges pas de gras ou de trucs sucrés ?

— Non, j'évite.

Cette phrase me fait froid dans le dos. Je suis tellement sidérée que j'en rajoute une couche.

— Alors pas de Nutella ? Ni de Mac Do ?

— Surtout pas ! Pas de viande rouge ni d'alcool. Surtout pas d'alcool.

Houla minute papillon ! *Moi tu m'enlèves le Nutella et l'alcool et je crève à petit feu, c'est sûr. Et puis bon est-ce que c'est vraiment grave la cellulite ?* Après avoir délibéré avec mes «moi» intérieurs, j'ai décidé que non, la cellulite ce n'était pas grave. À quoi bon se priver des bonnes choses de la vie ? Moi je dis amen à la peau d'orange ! Avec un peu de chance, ce sera tendance l'année prochaine.

— Ah oui quand même ! Je vais garder mes grosses fesses et ma cellulite alors.

Elle rigole et je me demande à quoi peut bien ressembler sa vie au quotidien. Pas de soirée fromage et vin rouge, pas de soirée séries et pot de Nutella… Je n'ai heureusement pas le temps de l'imaginer plus en détail, car j'entends Sam m'annoncer l'arrivée des premiers clients à la radio.

— Bon je te laisse Dési. Je peux t'appeler comme ça ?

— Bien sûr.

Je m'éclipse et redescends au rez-de-chaussée pour voir ma petite bande entrer.

— Coucou, tout le monde !

Après avoir salué Laura, Fab, Chris et mon frère, je les présente à mon équipe vu qu'ils vont se voir souvent, autant partir sur de bonnes bases. Je sens que Théo est intrigué par Lydia, il lui demande même s'ils ne se sont pas déjà vus, mais elle lui répond que non et retourne vers Dimitri en vitesse sans demander son reste. Je passe sur ce détail et les fais monter à l'étage pour leur montrer leur table.

— C'est top Speedy ! Théo passe son bras sur mes épaules et se rapproche de moi pour me chuchoter : je suis hyper fier de toi.

Je lui souris, j'ai l'impression qu'il m'enveloppe dans un gros plaid tout doux et bien chaud. Les compliments de mon frère sont assez rares, mais c'est ce qui les rend si agréables lorsqu'il m'en fait.

— Tu crois que tu auras le temps pour une petite danse avec ton frère pendant la soirée ?

— Et comment !

S'il y a bien une chose que j'adore faire avec lui, c'est danser.

— Oh fait j'ai passé le mot à toute la caserne pour ce soir donc il devrait y avoir pas mal de monde à nous rejoindre.

— Super de toute manière vous avez les trois tables de l'étage rien que pour vous donc faites les monter directement.

Laura me dit qu'elle descend bientôt me rejoindre au bar, car être la seule fille est un peu déprimant et je la comprends. Franchement qui voudrait passer sa soirée avec des mecs ivres morts qui parlent de jeux et de paires de seins toute la soirée ? *Merci, mais non merci.*

Une fois en bas, j'entends Nino démarrer la soirée sur les Pliers – Bam bam. Je prends place derrière mon côté du bar en regardant les premiers clients entrer. *C'est parti mon kiki !* Avec l'ambiance et les lumières rouges tamisées, je retrouve vite mes bonnes habitudes. Je commence à me déhancher au rythme de la musique pendant que je prépare mon premier cocktail. Je lance un regard à Dimitri qui me sourit jusqu'aux oreilles.

C'est à ce moment seulement que je réalise ce que j'ai accompli : gérante d'un bar dans la ville que je considère comme mon chez-moi. Je crois que je ne pouvais pas rêver mieux, pour moi c'est vraiment le job parfait. Je m'agite tout en préparant trois cocktails à la fois et ça fait sourire les clients. Tant mieux, s'ils sont contents moi aussi. J'envoie Lydia offrir une bouteille de champagne à la table de Laura et dire que je ne serais même pas là pour trinquer avec eux. *Oh monde cruel !*

Deux heures plus tard, le bar est plein à craquer. C'est parfait, dans une heure on aura le premier show de Dési et j'avoue que je stresse un peu. Laura descend enfin me voir et quand elle prend place en face de moi sur un des tabourets, je vois bien qu'il y a quelque chose qui cloche. Je parle plus fort pour qu'elle puisse m'entendre.

— Ça ne va pas ma bichette ? Le champagne n'était pas bon ?

Elle me regarde comme une enfant qui vient de faire une bêtise avant de me répondre avec une grimace.

— Euh... Si merci pour le champagne d'ailleurs, mais c'est pas ça… J'ai raconté un truc aux gars et… J'ai peur d'avoir des problèmes avec toi maintenant.

Je la regarde vraiment surprise et me demande ce qu'elle a bien pu leur dire. Peut-être que je me suis fait tatouer le minou par Chris, ça énerverait mon frère à coup sûr, mais je la vois mal raconter un truc pareil. Voyant que je continue à la regarder sans rien dire, elle poursuit.

— J'ai peut-être malencontreusement raconté ta petite altercation avec Maël à la salle de sport tout à l'heure.

Putain ! Je jette un coup d'œil à l'étage et je vois le regard de Théo et Chris braqué sur moi. On dirait des papas ours protecteurs, bien que je n'ai jamais vu d'ours de ma vie d'ailleurs… Enfin bref.

— Mais merde Laura tu déconnes là !

— Je sais… Désolée.

Après plusieurs minutes d'excuses, je craque.

— Oh c'est bon, c'est bon ! Oui t'as merdé, mais arrête d'en faire tout un plat, il ne doit pas être si énervé. Elle me fait la grimace alors que je continue. Tiens regarde, Théo descend donc je vais le calmer et tout ira bien, je gère.

Sauf que Théo se dirige en furie vers la sortie. Je jette un œil et vois Maël sur le point d'entrer. *Ah. Bon. Bah chacun sa merde hein. Je ne suis pas mère Theresa moi, j'ai du boulot.* Je les observe entre deux rondelles de citron se disputer à l'extérieur, mais je n'ose pas intervenir, après tout il l'a un peu mérité ce con. Non, mais franchement il me pourrit la vie depuis le début de la semaine, alors un petit sermon ne pourra pas lui faire de mal.

Dix minutes plus tard, alors qu'on a imaginé mille scénarios différents avec Laura, Théo vient me voir au bar et me demande un double whisky. Laura en profite pour s'éclipser en douce, la chanceuse. En le servant, je lui glisse doucement :

— Ca va frérot je n'ai pas besoin d'un sauveur, je vais très bien.

Ses traits se détendent, i, car ses collègues arrivent.

Je jette un regard vers l'entrée et je vois Maël se diriger vers moi avec un air dur. *Qu'est-ce que j'ai fait encore ?!* Quand il arrive à ma hauteur, je n'ai même pas le droit à un bonjour, il me demande d'une voix froide.

— Je peux te parler au calme ?

— Bien sûr ! C'est demandé si gentiment. *Pauvre con !* Suis-moi.

Je l'emmène dans la réserve sous les yeux perplexes de Lydia et Dimitri. Quand je ferme la porte, je n'ai même pas le temps d'en placer une qu'il me crie dessus.

— À la base, je suis venu pour m'excuser ! Mais je ne pensais pas que t'étais le genre de nanas à aller courir se réfugier sous les jupons de son frère. Je veux dire on est adultes, on pouvait régler ça en discutant non ? Au lieu de ça tu m'envoies ton chien de garde.

Il commence vraiment à me faire chier et encore là je reste polie.

— Complètement d'accord ! C'est Laura qui a lâché l'info sans le faire exprès. Alors je veux bien les excuses maintenant. Allez, je t'écoute.

Il prend un air perplexe avant de me répondre vexé :

— Je ne pouvais pas deviner ! Théo arrive en mode Hulk pour me prévenir que si je te touche encore je crève alors permets-moi d'être un peu sur les nerfs. En plus, on ne peut pas dire que tu me facilites la tâche, t'es une vraie peste depuis quelques jours.

— Une peste ?

Je le pousse contre le mur de la réserve et viens me coller contre lui.

— Si tu penses vraiment que j'ai été une peste crois-moi tu me sous-estimes. Tu veux que je te montre à quoi je ressemble quand je suis une peste, lui dis-je en me pressant encore plus contre son corps, c'est ça que tu veux ? Dis-le-moi, je me ferais une joie de te faire une petite démo !

Je le vois déglutir alors qu'il me regarde droit dans les yeux, pour une fois je lui ai coupé le sifflet. Je sens également son érection de plus en plus prononcée contre mon ventre et je constate qu'au lieu de m'énerver, ça m'excite alors je recule et retourne au bar avec un sourire satisfait. *Il veut jouer ? On va bien s'amuser,* me dis-je en souriant.

Je vais aider un peu Lydia au service, car il y a pas mal de commandes aux tables. Puis quelques minutes plus tard, je vois qu'à l'étage ils ont encore commandé une bouteille alors je m'en occupe et prends ma première pause de la soirée.

Quand j'arrive en haut, je me rends compte que les trois tables sont pleines de mecs baraqués avec deux ou trois filles pressées comme des citrons entre eux. Comme Laura qui est coincée entre Fabien et Théo et qui a l'air de s'ennuyer ferme.

— Qui a soif ? dis-je en brandissant la bouteille de whisky comme un trésor et à cette heure-ci c'est exactement ça pour eux. D'ailleurs, je suis accueillie par des cris de sauvages qui me font un peu peur.

— Tu restes un peu ma biche ? me demande Laura avec ses yeux chat potté.

— Ouais ! Je vais même me servir un verre pour trinquer avec vous.

Oui je sais on ne boit pas quand on est en service. Mais bon je m'accorde de temps en temps le droit de déroger à cette règle et aujourd'hui est le jour idéal pour le faire.

Après avoir trinqué, je m'aperçois que Maël est resté. Je pensais qu'il allait rentrer bouder dans son coin, mais il est à la table de droite et il discute avec des pompiers et une petite brune qui lui fait des yeux de biche. Je cherche Chris et m'aperçois qu'il me fait signe de le rejoindre à la table de gauche.

— Je passe une bonne soirée Speedy. Ta danseuse est vraiment canon ! Elle est célibataire ?

Alors celle-là je ne l'avais pas vu venir. *Ah ironie quand tu nous tiens, il est si prévisible c'est presque décevant.*

— Aucune idée, lui dis-je en riant. Je me renseignerai pour toi promis.

— Parfait. Une petite danse collée serrée contre mon corps d'apollon ?

Je lui tape sur l'épaule.

— Te vexe pas hein, mais je doute que tu saches bouger. Avec tous ces muscles, tu dois être raide comme un piquet.

Je vois qu'il me lance un regard lubrique avant de me dire en souriant.

— Oh c'est un message ? Tu veux que je sois raide comme un piquet parce que je peux te…

Je le coupe en lui pinçant la cuisse, mais ça le fait se marrer. *Ce mec est une cause perdue.*

Je me lève et propose plutôt à Laura qu'on aille danser un peu. Il y a une petite piste pour danser à l'étage, ce n'est pas grand, mais c'est largement suffisant pour une dizaine de personnes. Enfin pour l'instant, on est seules, mais on fait quand même les connes, après tout la honte ne tue pas et on connaît cette chanson par cœur. C'est Décalé Gwada de Jessy Matador, c'est vieux, mais Nino a raison de la passer, car en jetant un œil au rez-de-chaussée, je vois que la piste est noire de monde. En plus de la chanter, on fait bien sûr la petite chorée ridicule qui va avec. Les mecs sont morts de rire et Chris vient nous rejoindre, il nous prend toutes les deux par la main et nous fait tourner. On joue le jeu et danse avec lui le reste de la chanson en lui criant les paroles aux oreilles. Vers la fin de la chanson, on retourne vers les tables, bras dessus bras dessous, mais mon frère se lève.

— À moi !

Je rigole alors qu'il m'emmène sur la piste.

— Ca fait trois ans qu'on n'a pas dansés ensemble frérot on va se marcher dessus.

— Mais non t'inquiètes c'est comme le vélo !

Finalement après quelques pas, il avait raison c'est comme

si on ne s'était jamais arrêté de danser, en plus j'adore Taboo de Don Omar, ça bouge bien. Nos pas sont rapides, mais précis et on fait un mix entre de la salsa et du merengue. Théo mène très bien et je n'ai pas de mal à le suivre et à comprendre ce qu'il veut que je fasse. Je me laisse emporter par le rythme avant de sauter dans ses bras pour qu'il me fasse tourner autour de sa taille avant de me reposer, on est un peu maladroit par moment, mais je m'amuse comme une folle. Je vois que lui aussi a un grand sourire, j'ai l'impression de le retrouver une deuxième fois ce soir. À la fin de la chanson, on est essoufflé, mais mort de rire et quand on se retourne vers les autres, ils nous applaudissent. La plupart ont l'air surpris enfin Chris et Laura se moquent de nous en disant qu'on est rouillé, car bien sûr, ils ont vu mieux, mais je m'en fiche. Je regarde discrètement vers Maël, mais ma tentative pour être discrète échoue, car il me fixe intensément. Son regard brûle mon corps partout où il se pose, je n'ai aucun doute sur ses intentions à ce moment précis. *Il faut que je sorte d'ici !* Je serre mon frère dans mes bras et je redescends au bar.

— Je suis de retour ! Prends ta pause Dimitri je gère.

— Ah je tuerai pour une clope. À dans cinq minutes.

— Prends au moins quinze minutes, tu n'as pas fait de pause de la soirée.

Il me tape dans les mains avec son éternel sourire, je me demande s'il sourit aussi quand on lui annonce une mauvaise nouvelle.

À peine cinq minutes plus tard, le second show de Dési commence et je m'arrête pour la regarder, comme tout le monde d'ailleurs. Ils sont tous subjugués. Elle ne fait pas beaucoup de figures techniques, mais elle n'en a pas vraiment besoin, elle est plus dans le sexy que dans la technique et on voit qu'elle maîtrise à merveille. J'observe un peu les clients et je peux presque voir la bave couler le long de leurs mentons, même les femmes apprécient, c'est sexy, mais ce n'est pas vulgaire.

Après le show c'est le rush, tout le monde a soif et le bar ne désemplit pas avant la fin de la soirée. Ce n'est qu'un peu avant 4 h que tout le monde commence à quitter l'établissement. Je suis fatiguée, mais franchement je suis hyper fière de mon équipe, ils ont gérés comme des pros. La petite bande à l'étage est partie en boîte il y a une heure à peu près, ils m'ont dit de les rejoindre, mais là je n'ai qu'une seule envie : manger, me laver et dormir. Je félicite tout le monde et après avoir rangé et nettoyé, je rentre chez moi.

L'appartement est vide alors je me déshabille tout en me rendant dans la salle de bains ou je prends une longue douche bien chaude. Une fois séchée j'enfile mon pyjama, je l'adore celui-ci. Il est identique à l'autre, mais il y a un gros pot de Nutella sur le devant et sur l'arrière du short il y a écrit « NUT » sur la fesse gauche et « ELLA » sur la fesse droite. C'est un cadeau de Théo pour le dernier Noel, comme quoi il me connaît bien.

Je suis trop fatiguée pour faire à manger, mais en fouillant dans le frigo j'arrive à me concocter un truc pas trop mal, un plateau de charcuterie et fromage. Je me cale devant la télé, mais malheureusement à cette heure-ci il n'y a rien, alors je me mets un épisode de la série Chicago Fire. J'adore cette série, surtout Severide en fait, mais il n'y aura que les adeptes qui pourront comprendre ce passage, en gros c'est une série sur des pompiers. Quand je l'ai découverte, je me suis dit que j'allais la regarder pour mieux comprendre le métier de mon frère, mais au final j'accroche bien. Il faut dire qu'ils ont mis le paquet sur le casting des mecs. Je pique du nez au milieu de l'épisode. Alors là, si même les beaux yeux de Kelly ne me tiennent plus en éveil c'est que je suis vraiment crevée. Je coupe l'épisode et vais me coucher.

Je vais pour ramasser mes fringues et mes chaussures éparpillées dans le couloir puis je me ravise en les laissant à leur place. J'ai remarqué que Maël était assez maniaque et j'ai bien envie de l'embêter un peu. Et quand je commence à m'endormir, j'entends la porte d'entrée s'ouvrir.

8

Après s'y être repris à quatre fois pour ouvrir la porte d'entrée, je l'entends tituber jusqu'au couloir puis rigoler tout seul. *Paye ton arsouille !* Je regarde l'heure, il n'est pas loin de 6 h du matin. Je reste couchée et essaie de m'endormir, mais j'entends un gros boum comme s'il était tombé de tout son long alors je décide de me lever pour aller le voir lorsque je l'entends gronder :

— Mais c'est quoi ces chaussures bordel !

Merde ! Il a dû trébucher sur les affaires que j'ai laissées traîner dans le couloir.

Je fais demi-tour pour rejoindre mon lit. Hors de question que j'aille le voir alors qu'il est énervé contre moi, je ne suis pas encore suicidaire.

Je tire les couvertures sur moi, mais je reste à l'écoute. Il a l'air d'avoir du mal à se relever, mais cinq minutes plus tard j'entends l'eau de la douche couler.

Je baille à m'en décrocher la mâchoire et mes yeux se ferment d'eux-mêmes alors que je m'endors.

Je suis réveillée par la lumière du couloir qui me fait cligner douloureusement les yeux. Je ne comprends pas tout de suite ce qui se passe, mais il n'y a plus de lumière alors je fais mine de me rendormir quand j'entends des pas qui me paraissent proches, comme s'il était dans ma chambre. Puis je sens mon lit s'affaisser et Maël se coucher comme si de rien n'était en m'écrasant à moitié. Il m'a filé une trouille telle que j'ai crié un bon coup en me dépêchant d'allumer ma lampe de chevet.

Je reste bouche bée, il est couché sur le dos, nu, enfin il a quand même tiré la couette sur le bas de son corps donc il est peux être en boxer. *Fiouffff* ! Ma colère retombe comme un soufflet et au lieu de m'énerver, j'ai juste envie de caresser son torse taillé en V. Il est musclé, ça je ne peux pas dire le contraire, il a un bras relevé et calé derrière sa tête ce qui fait augmenter un peu le volume de son biceps. Il sent bon le citron. *Reprends-toi ma fille tu baves !*

Je décide d'être sympa, après tout ça fait un bail que je n'ai pas eu un mec aussi canon dans mon pieu, alors rien que pour la vue je vais la jouer cool. Je me mets à genou à côté de lui sur le matelas et pose ma main doucement sur un de ses pectoraux chaud et ferme en le pressant et le secouant légèrement tout en l'appelant pour le réveiller en douceur. *Bon sang ce qu'il fait chaud dans cette chambre d'un coup.*

— Maël… Réveille-toi. Maël !

Il a ouvre les yeux et me regarde, les yeux dans le vague. Il ne doit rien comprendre de ce qu'il lui arrive, me dis-je. Il fixe ma main avec insistance alors je la retire. J'ouvre la bouche pour lui expliquer qu'il s'est planté de chambre, mais il me lance peu amène :

— Qu'est-ce que tu fous dans mon lit ?

Son haleine sent toujours le whisky et même s'il y a aussi une petite odeur de menthe, je plisse quand même le nez. Il a l'air perdu alors je rigole du nez avant de reculer de devant son visage pour qu'il réalise que c'est lui qui est dans ma chambre.

Ça lui prend plus de temps que je ne le pensais pour comprendre puis il baisse les yeux sur son corps à moitié nu avant de s'exclamer platement.

— Ah.

Il se marre en me détaillant du regard.

— C'est quoi ça ?

Roh, mais ça va pas continuer ! Mon frère d'abord lui maintenant, enfin lui il se moque clairement de moi contrairement à Théo que ça énerve. Je vais finir par me vexer il est génial ce pyjama.

— C'est mon pyjama Nutella qu'est ce qui ne va pas avec celui-ci à la fin ?

Il rit de plus belle, car je me suis levée pour m'éloigner de lui, il a dû voir mon côté pile avec le mot Nutella imprimé sur les fesses. *Ce qu'il m'agace !* Il a vraiment un don pour tout gâcher.

— Rien rien.

— Tu parles ! Je vois bien que tu te retiens de rire. Allez oust Mr-je suis trop-bourré-et-je-sais-plus où-est mon lit.

Il me regarde avec des petits yeux de chien battus et me demande sérieusement d'une voix un peu hachée de quelqu'un qui a trop bu.

— J'peux dormir ici ?

Je crois que j'ai bugué à ce moment. *Dormir ici ? Mais pourquoi ?* Je commence à imaginer plein de scénarios possibles, mais dans aucun d'eux on ne dort alors je me reconcentre.

— Tu as juste le couloir à traverser ce n'est pas la mort Maël.

— S'te plaît, j'suis vraiment crevé.

Voyant que je continue à lui montrer la porte du doigt, il enchaîne.

— J'suis un très bon masseur tu sais, j'pourrais t'montrer. Comme ça t'enlèvera enfin c'pyjama ridicule. Et ensuite on pourra s'tenir chaud, me lance-t-il en mimant des coups de reins sous la couette.

Je bugue pour la seconde fois de la soirée enfin la troisième si on compte la surprise de le trouver dans mon lit tout à l'heure. Ça commence à faire beaucoup, si bien que mon bras tendu vers la porte retombe mollement contre mon corps, je dois ressembler à un poisson hors de l'eau. J'ai la bouche ouverte et je n'arrête pas de l'ouvrir et de la refermer sans jamais rien trouver à lui répondre.

Il éclate d'un rire bruyant puis comme si de rien était, il se recouche. *Si tu crois que tu vas dormir là mon vieux, tu rêves !* Je me précipite sur le lit et lui saute dessus en le secouant énergiquement. Je l'entends râler et je me retrouve sous lui en moins de deux secondes. Je ne comprends pas trop comment il a réussi son tour, mais je suis solidement bloquée entre ses avant-bras serrés contre mes épaules. Le reste de son corps m'écrase complètement et je sens son entrejambe qui elle, a l'air fin prête pour la dernière partie des festivités.

— Oh ça tourne.

J'essaie de me débattre, mais ça le fait rire.

— Arrête de t'agiter comme ça tu m'excites bébé.

Pour le coup, j'arrête tous mes mouvements et je le regarde dans les yeux et manque de défaillir, on dirait qu'il va me manger toute crue. Le problème, c'est que je n'en vois aucun justement, je me rends compte à ce moment que j'en ai envie moi aussi. Il faut dire que de le voir nu sur moi me met les sens en éveil, j'ai l'impression d'être déjà humide et prête.

Son visage s'abaisse tout doucement vers le mien, il a un sourire carnassier qui semble me prédire une nuit débridée et franchement je ne demande pas mieux. Il se rend compte que je n'oppose aucune résistance et me lance un sourire victorieux plein d'arrogance, mais pour une fois je mets ma fierté de côté et je baisse les armes, j'en ai trop envie. Comme le premier soir de notre rencontre, il dérive vers mon cou et j'attends avec impatience que ses lèvres touchent enfin ma peau.

Quand je les sens enfin, douces et chaudes, je soupire de plaisir puis… Puis plus rien. Sa tête s'écrase dans mon cou et je l'entends respirer fort. *Euhh… Il vient de s'endormir là ? Sur moi ? Enfoiré !*

Je commence à me débattre et à bouger dans tous les sens pour me libérer de son étreinte forcée, mais il se met à ronfler comme un buffle. J'ai beau l'appeler et lui pincer le ventre, il ne réagit pas, mais j'arrive tout de même à libérer un bras et une de mes jambes. C'est suffisant, en faisant levier j'arrive à le faire tomber à côté de moi et je le secoue furieusement en criant son prénom. Il peste doucement puis se tourne et se remets à ronfler comme un bien heureux.

Je suis furax ! Je fais un état de la situation pour tenter de trouver une solution pour le virer de ma chambre, mais je n'en vois aucune. Il dort profondément donc pas moyen de le réveiller, j'ai bien pensé à le traîner jusqu'à sa chambre, mais vue qu'il mesure plus d'1m90, il doit bien peser au moins 100 kg donc je me vois mal tenter quoi que ce soit pour le faire bouger.

Je me lève, prends mon oreiller et ma couette avec moi en

lui laissant uniquement le drap. *J'espère qu'il se les pèlera tiens !* Et je vais m'installer dans le canapé du salon qui a l'air trop dur, mais ça devra bien faire l'affaire, car il est hors de question que j'aille dormir dans sa chambre.

D'ailleurs, j'espère qu'il aura oublié tout ce qu'il s'est passé d'ici demain, particulièrement le fait que je lui sois tombée dans les bras aussi facilement. Je suis toujours en colère, personne ne m'avait jamais fait ce coup-là. Le fait que je ne sois même pas assez intéressante pour le tenir éveillé est un coup dur, il passe son temps à me chauffer puis à m'énerver et la vérité c'est que je ne sais pas du tout comment gérer cette situation. Vu le niveau d'alcool qui doit courir dans ses veines je ne doute pas qu'il fera face au fameux trou noir demain. Je finis par m'endormir d'épuisement vers 7 h du matin.

**

Je me réveille vers 15 h et je suis de mauvaise humeur. La soirée d'hier me revient en mémoire et j'ouvre les yeux en pestant contre mon corps douloureux et courbaturé autant par ma première soirée de travail que par ma nuit sur ce canapé exécrable.

— Ah, la belle aux bois dormants se réveille enfin ?

Je sursaute et me tourne vers Maël qui est tranquillement installé à l'autre bout du canapé à boire son café avec la télé sans le son. Je m'apprête à l'envoyer sur les roses puis je me ravise et décide que je n'ouvrirai pas la bouche sans avoir bu un bon café avant.

Je me dirige en furie vers la cuisine à grands pas et je vois qu'il me suit. Je suis en train de me servir un café quand il en rajoute une couche.

— Tu as décidé de ne plus me parler ?

Je l'ignore royalement et bois ma première gorgée de café en soupirant de bien-être. Ça fait du bien après cette nuit pourrie.

— Ivy ! Tu vas me parler oui ? Je ne me souviens pas trop de ma fin de soirée, mais quand je me suis réveillé dans ton lit ce matin à poil et crevant de froid, je me suis dit que j'avais dû déconner à un moment ou un autre ?

Je lui fais les gros yeux. *Déconner ? Ouais c'est le moins qu'on puisse dire.* Le truc c'est que je suis vexée qu'il se soit mis à pioncer alors qu'il allait m'embrasser. Sauf que je ne peux absolument pas lui dire ça, il serait trop content et j'en entendrais sûrement parler pendant un moment. Je sais que c'est puéril et je suis plutôt du genre à dire la vérité en toutes circonstances, mais je ne sais pas trop comment lui expliquer et je me dégonfle alors j'opte pour la semi-vérité.

— Tu es rentré complètement imbibé et tu t'es planté de chambre. Je n'ai pas réussi à te bouger donc je suis partie dormir sur le canapé.

— Ah mince et c'est tout ? Tu as l'air fâché contre moi, j'ai dit ou fait quelque chose de mal ?

À *part t'endormir à poil sur moi après m'avoir bien chauffé tu veux dire ? Connard !* Je me force au calme et termine mon café avant de lui répondre sèchement :

— Non c'est juste le canapé qui est tellement nase que j'ai l'impression d'avoir dormi sur des graviers.

Pour le coup, ça, c'est la stricte vérité, enfin j'oublie peut-être un ou deux détails, mais je sens encore les barres du canapé imprimées sur mes cotes. Si je n'ai pas de bleu, ce sera une chance.

— Sûre ?

— Sûre ! lui répondis-je en m'emportant un peu. Si tu as fini, j'aimerais assez aller me laver.

Je le pousse légèrement et pars d'un pas décidé vers la salle de bain, mais alors que j'y étais presque, il m'interpelle. Je me retourne pour le voir adosser au mur à l'autre bout du couloir avec un petit sourire en coin.

— On peut savoir pourquoi tu oublies la partie la plus intéressante de cette fin de soirée bébé ?

Je reste de marbre. *Bébé* ? Il se souvient c'est sûr, mais pourquoi il m'a laissée *m'embrouiller toute seule s'il se souvient ?*

— Mais… Tu as dit que…

— Ouais… j'ai menti. Je voulais avoir ta version.

— C'est super mature bravo.

Il se met à rire avant de me rétorquer de bonne humeur.

— Techniquement toi aussi tu m'as menti. Alors pourquoi ?

— Parce que ça n'avait aucune importance.

— Je ne dirai pas ça. J'ai appris une chose très intéressante.

Il est si sûr de lui, c'est à la fois sexy et vraiment exaspérant. J'essaie de sauver les meubles et de garder la face, mais je ne suis pas très à l'aise avec ce petit interrogatoire. Déjà, il me ment sciemment pour observer mes réactions et maintenant il se la joue mystérieux. Je n'aime pas ça du tout, mais plutôt crever que de le laisser s'en apercevoir.

— Ah oui ? Éclaire-moi, je t'en prie.

— Eh bien, je te plais.

Je ne m'attendais pas du tout à ce qu'il me dise ça. Pour le coup, ça me fait rire puis je réplique.

— Ce que tu peux être arrogant !

— Tu ne dis pas non, me réplique-t-il avec un petit sourire en coin en s'avançant vers moi.

— Va te faire foutre Maël.

Son sourire s'accentue alors qu'il pose un regard carnassier sur ma bouche. *Alors là tu rêves mon gars !*

Je file dans la salle de bain et lui claque la porte au nez et je m'y adosse en soufflant.

— Oh allez, laisse-moi te frotter le dos bébé.

Je vois rouge, il est en train de jouer avec moi et ça, ça ne me plaît pas du tout.

— Dans tes rêves ! Et arrête de m'appeler comme ça, je déteste.

— OK bébé ! Mais magne-toi faut que je me douche aussi.

Je me déshabille rageusement et me glisse sous l'eau bouillante en prenant tout mon temps. Je me fais même un masque pour les cheveux qui doit poser dix minutes que je ne prends jamais le temps de faire. En regardant la mousse s'écouler par le siphon de la baignoire, une idée me vient pour lui donner une petite leçon.

Je prépare mon petit plan avant de sortir de la douche. Je croise Maël dans le couloir qui s'arrête pour me regarder de haut en bas, je fais pareil et c'est vrai que la serviette est assez courte alors je passe devant lui en le traitant de pervers, ce qui le fait beaucoup rire.

À peine deux minutes plus tard, j'entends un gros boum suivi de plusieurs jurons et j'éclate de rire quand il crie mon prénom. Il n'a pas l'air d'apprécier ma petite farce et j'ai envie de dire tant mieux, ça lui fera les pieds. J'ai savonné tout le fond de la baignoire avant de sortir pour qu'il glisse dedans en y entrant et apparemment ça a bien fonctionné. Il faudra que je pense à remercier Théo qui me l'avait fait quand nous étions plus petits. Je me dépêche de me préparer avant qu'il ne termine sa douche et je file au bar où j'ai une livraison à réceptionner.

Une fois les cartons déchargés et rangés dans la réserve, je me dirige vers l'appartement de Laura. Elle s'est levée tard elle aussi et n'a pas mangé alors quand elle me propose de venir manger chez elle, je saute sur l'occasion. Il est déjà presque 17 h, mais je suis complètement décalée et j'ai faim.

En arrivant, je remarque qu'elle est seule, elle m'explique que Fabien fait un tournoi de foot sur console chez Théo et Chris. Je ne comprendrai jamais l'attrait des gens pour les jeux vidéo et Laura passe un moment à s'en plaindre devant une pizza et un téléfilm à l'eau de rose du genre un jour une histoire sur M6.

Je regarde mon téléphone et vois un message non lu qui date d'une heure. C'est de Maël et il est plutôt succinct, mais il me fait on ne peut plus plaisir, je dirais même plus que je le savoure :

GARCE : @

Je le montre à Laura en lui expliquant mon petit tour et on se marre ensemble. Je décide de ne pas lui répondre.

— Au fait, c'était comment votre soirée en boîte hier ? Des ragots intéressants ?

— Mais ouiii, je ne t'ai pas raconté la soirée !

Ca y est on est redevenu des ados et on se met en condition ragots. Il y a deux conditions à remplir pour que les confidences se déroulent dans les règles de l'art :

Premièrement, il faut toujours avoir un truc à manger sous la main, en l'occurrence on se sert chacune une part de pizza et on s'assoit de côté sur le canapé pour se faire face.

Et Deuxièmement, en général, on boit du vin ou tout autre alcool, mais bon vu qu'elle sort d'une bonne cuite on fait une exception, on est au café.

C'est donc bien installée qu'elle commence son récit.

— On est allé au Colors vu que ce n'est pas loin du Nouméa, par contre on a eu un peu de mal à entrer vu qu'il n'y avait pas beaucoup de filles, mais ton frère connaît une des serveuses donc on a fini par y arriver. Bon c'était une soirée plutôt banale, Chris a dragué tout ce qui avait des seins et une belle paire de fesses. Par contre Maël avait l'air contrarié, il est resté dans son coin à picoler. Il paraît qu'il s'est pris la tête avec Chris sur le trajet de la boîte.

— Ah bon ? Et tu sais à propos de quoi ?

— Pfff non. On était les derniers à être partis et quand on les a rejoints ils étaient déjà devant la boîte.

— Umm.

— Bref c'est pas ça le super potin !

Je suis tout ouïe, je la regarde en attendant avec impatience qu'elle me raconte ce « super potin ».

— Ton frère a une copine ! C'est la serveuse qu'il connaissait là-bas, elle lui a quasiment sauté dessus quand on est entré dans la boîte. Théo m'a demandé de rien te dire alors s'il t'en parle fais semblant d'être surprise OK ?

Je rigole en acquiesçant. C'est toujours dur de garder un secret entre copines, on a toujours envie de tout se raconter.

— Et elle est comment ?

— Honnêtement ? Elle a l'air d'être une bonne connasse.

Houla, pour que Laura me dise ça c'est qu'il a dû se passer quelque chose. Je la laisse continuer.

— Déjà après l'avoir embrassé goulument, elle est venue se présenter en temps que sa petite amie à tout le monde. Tu aurais vu la tête de ton frère, il était gêné.

J'imagine. Mon frère a horreur de parler de sa vie sentimentale et je suppose que si c'était sérieux pour lui, il me l'aurait présentée avant ses amis… Enfin j'espère.

— À la fin de son service, elle venue à notre table et je ne lui ai pas beaucoup parlé, mais je te jure, je la sens pas cette fille ! J'ai bien cru que j'allais la zigouiller quand elle s'est moquée de mon taff cette blondasse.

— Qu'est-ce qu'elle t'a dit ?

— Mots pour mots : Ah ouais t'es comptable ? J'aurais dû m'en douter avec tes lunettes et ton air guindé. Ce n'est pas méchant hein ! Qu'elle m'ajoute après la salope non, mais sérieux je vais lui en foutre moi de l'air guindé !

Je reste choquée devant sa petite tirade. C'est tellement rare de la voir aussi énervée, elle doit vraiment être spéciale cette fille, je ne suis pas pressée de la rencontrer.

— La conne. T'es pas guindée ma poule t'inquiètes.

— Je sais bien… J'en étais où ? Ah oui après ils sont repartis ensemble donc je n'en sais pas plus, mais peut-être que Chris aura plus d'info.

J'acquiesce avec un air de conspiratrice.

— On va mener notre petite enquête alors. Comme au bon vieux temps.

Elle me sourit et on passe le reste de l'après-midi à conspirer pour trouver un moyen de savoir le fin mot de l'histoire.

Vers 19 h je la laisse, il faut que je repasse par chez moi pour me changer et que je file travailler. Quand j'arrive, l'appartement est silencieux, je me dépêche d'aller me changer et enfile un jean noir slim avec mes Doc Martens fleuries et un top noir tout simple, mais bien cintré. En me regardant dans le miroir, je vois que mes cheveux partent dans tous les sens alors je les attache en chignon haut et passe l'étape du maquillage, car je n'ai plus beaucoup de temps si je ne veux pas arriver en retard au bar. Ça ferait tache si mes employés arrivaient avant moi.

Avant de repartir, je passe par la cuisine pour me faire une petite tartine de Nutella. J'avoue qu'entre prendre du temps pour manger ou pour me maquiller le choix est vite fait. En ouvrant le pot, je me rends compte qu'il y a un Post-it dessus.

À dans deux jours bébé

Bon appétit

É*trange. Pourquoi est-ce qu'il m'écrirait un truc sympa après le coup de ce matin ?* Je réfléchis toujours en ouvrant le pot de Nutella et je lâche un cri d'horreur en voyant le pot complètement vide.

— Il a fini mon Nutella ?

Je cherche, mais je ne trouve pas une goutte de Nutella, il a dû carrément laver le pot pour s'assurer que je ne puisse pas en manger rien qu'une cuillère. Ce mec est malin, il me tient avec la bouffe. N'ayant plus le temps, je pars en direction du bar en râlant.

Quand j'arrive, je suis la première sur les lieux alors une fois installée derrière le bar pour passer un petit coup de chiffon dessus avant l'arrivée des autres, j'en profite pour écrire un message à Maël :

C'était MON Nutella !!!

Il me répond deux secondes plus tard, à croire qu'il attendait que je réagisse à sa connerie.

Ça vaut bien le bleu au cul que je me tape par ta faute !

Ah ça c'est une bonne nouvelle ! Mais je n'ai pas le temps de lui répondre, car tout le monde arrive et après les avoir salués et félicités pour hier soir, on se met rapidement au boulot.

La soirée se passe bien malgré le fait qu'on soit un peu speed au bar avec Dimitri. Je ne prends aucune pause de la soirée et à 4 h du matin je suis un peu fatiguée, il faut que je décompresse.

— Rentrez chez vous les enfants, je vais terminer le ménage et fermer.

Ils se retournent et arrêtent leurs tâches.

— Sûre boss ? On peut rester, me dit Nino gentiment.

— Sûre aller zou dehors avant que je change d'avis !

Ils me font tous de grands sourires et se dépêchent de partir, mais je rappelle Nino.

— Dis-moi tu peux me montrer comment mettre de la musique avant de partir s'il te plaît ?

— Bien sûr, viens.

Il se place derrière sa console de DJ et rallume son PC. Ça m'épate de voir à quel point il est à l'aise quand il est dans son élément.

Il me montre des choses et je crois que je comprends l'essentiel.

— Voilà ! C'est pour te motiver pour le ménage ?

— Non, ça fait longtemps que je n'ai pas dansé au calme alors je vais en profiter.

— Ah et tu as besoin d'un cavalier ? me demande-t-il en retenant sa respiration. Il est trop chou, je lui souris.

— Non ça va aller je vais danser à la barre, lui dis-je en lui faisant un petit clin d'œil.

Il rougit fortement en regardant ladite barre avant de me dire.

— Toi ? Tu fais de la Pole dance ?

— Oui pourquoi ? Tu trouves ça bizarre ?

— Non non ce n'est pas ce que j'ai voulu dire boss. Ivy. Euh c'est juste... Il y a un truc que tu ne sais pas faire ?

Je rigole franchement.

— Pleins ! Comme mettre de la musique sur cet appareil d'origine inconnue par exemple. J'ai eu l'impression que tu me parlais chinois tout à l'heure.

Il me sourit, puis il s'éloigne pour remettre son manteau avant de me regarder un moment. Je ne sais pas trop pourquoi il m'observe comme ça, on dirait qu'il hésite à me dire quelque chose.

— Bon… Bah bonne soirée alors. Ah demain boss.

— Merci rentre bien Nino.

Une fois qu'il est dehors, je ferme le rideau de fer pour qu'on ne puisse pas me regarder à travers la vitre puis je ferme également la porte de devant à clé.

Je m'attelle au ménage et pas loin d'une demi-heure plus tard, j'ai enfin terminé. *Alors je branche ce câble ici, puis là et ensuite je mets la musique en route !* J'entends les premières notes de My salvation de Gabrielle Aplin tandis je me mets en sous-vêtements. L'avantage c'est qu'il ne fait pas froid ici, je m'avance presque timidement de la barre et après quelques échauffements je grimpe en tournant doucement autour. Un grand sourire s'étend sur mes lèvres tandis que je ferme les yeux pour entrer dans mon monde à moi. J'adore ça c'est fou, je m'abandonne et enchaîne quelques figures en me retrouvant tantôt de face et tantôt dos à la barre. La musique se termine doucement alors que j'ai la tête à l'envers et je relâche la pression que j'exerçai sur la barre avec mes cuisses pour me retenir. Je tombe d'un coup puis je resserre les cuisses autour de la barre au dernier moment, ma tête est à deux centimètres du sol, mais je suis morte de rire. J'adore faire ça, j'ai l'impression de sauter dans le vide. Pendant une fraction de seconde je ne contrôle plus rien et j'adore cette sensation de liberté.

The Power of love qui est du même artiste résonne dans le bar alors je remonte en faisant des cercles de plus en plus rapides autour de la barre, jusqu'à tourner si vite que je ne distingue plus aucune forme autour de moi. Un peu comme ces patineuses qui se replient sur elle-même et tournent à une vitesse folle. J'essaie des figures que j'ai apprises avant mon départ de Nouméa et c'est avec plaisir que je me rends compte que j'y arrive toujours. Je ferme les yeux et me laisse porter par la musique qui suit.

Après une bonne demi-heure, je suis en nage alors je vais me doucher dans la loge à l'étage et je remets mes fringues sans sous-vêtements, vu que j'ai transpiré dedans. Il faudra que je pense à laisser une tenue de danse ici.

Une fois à la maison, je vais directement au lit et je remarque que Maël a changé mes draps et fait mon lit. *Eh bah dit donc, c'est gentil ça !* Je me méfie et soulève la couette d'un coup pour voir s'il n'y a pas des insectes cachés ou une autre blague de son cru, mais tout est nickel.

Je me couche dans mon lit tout moelleux et dans mes draps propres et je soupire de bien-être. Qu'est-ce qu'on est bien quand est dans son lit. Demain, je ne travaille pas donc je compte bien glander comme il se doit vu qu'en plus je serai toute seule chez moi. C'est parfait me dis-je en baillant avant de sombrer dans un sommeil sans rêves.

9

La semaine qui suit passe à une vitesse folle, j'ai l'impression d'entrer dans une petite routine. J'ai vu Laura lundi pour une petite séance shopping où on lui a trouvé une petite robe bustier magnifique pour son rendez-vous en tête à tête avec Fabien. Avec le recul, je trouve qu'il lui correspond parfaitement, ils sont mignons ensemble et j'ai vraiment été bête de tirer des conclusions hâtives sur les choix de Laura.

Ah oui j'ai aussi vu Chris vendredi pour une nouvelle séance de tatouage. En parlant de mon tatouage, il ne me reste plus qu'une séance et il sera terminé. Déjà, Chris a terminé tous les contours en noirs et j'étais presque émue en regardant le motif prendre forme sur le haut de mon dos, je suis pressée d'être à dans deux semaines pour voir enfin le tatouage de mes rêves terminé. J'ai essayé de le faire parler sur la soi-disant copine de mon frère, mais il est devenu muet comme une carpe alors je n'ai rien pu tirer de lui, mais je ne perds pas espoir, je trouverai le moyen d'en savoir plus.

Je n'ai presque pas croisé Maël de la semaine, en plus de ces gardes il avait également plusieurs jours de formation, ce qui fait que je n'ai pas vu Théo non plus. Le fait de ne presque pas voir mon coloc' pendant une semaine a eu le mérite d'apaiser un peu les tensions même si je ne suis pas prête d'oublier mercredi matin.

Il était tôt puisqu'il allait partir pour sa garde et je m'étais levée pour aller aux toilettes, j'étais encore groggy et je marchais au radar vers la salle de bain quand il en est sorti avec seulement une petite serviette nouée grossièrement autour des hanches. J'ai cru que j'allais défaillir, je me revois encore les yeux grands ouverts et rester plantée là à regarder une petite goutte d'eau tomber de ses cheveux encore humides et rouler sur ses pectoraux, zigzaguer entre ses abdominaux jusqu'à aller se perdre sous sa serviette. Quand j'avais enfin relevé la tête pour le regarder dans les yeux, il avait ce petit air arrogant en me demandant si la vue me plaisait. Reprenant mes esprits, je l'avais poussé pour aller dans la salle de bain pendant qu'il se moquait de moi. Comment un mec aussi chiant et arrogant peut-il être aussi sexy ? J'en suis arrivée à la conclusion qu'il fallait vraiment que je me trouve un mec, ne serait-ce que pour apaiser la tension sexuelle qui ne fait que grimper depuis trois semaines que je le connais.

En revanche, au travail je suis vraiment contente de la tournure que prend le bar. La semaine, on a pas mal de jeunes qui viennent après les cours ou après le travail et le week-end, la clientèle est un peu plus âgée et dépense plus d'argent.

Parmi l'équipe, l'ambiance est bonne à part Lydia qui a l'air de vouloir rester à l'écart. Je lui laisse encore une semaine pour prendre confiance et s'ouvrir un peu plus avant d'aller creuser moi-même pour trouver pourquoi elle est sur la réserve en permanence.

On est samedi et il est un peu plus de 5 h du matin, je rentre enfin chez moi. Maël était de garde aujourd'hui donc je ne le verrai que demain alors quand je rentre, je me mets à l'aise et je sème mes vêtements un peu partout avant de me diriger vers ma chambre pour trouver quelque chose de confortable à enfiler. J'opte pour un grand tee-shirt que j'ai pris à mon frère quand je dormais chez lui, le week-end de mon arrivée. C'est un ancien tee-shirt de sapeur-pompier et vue nos 10 cm d'écart de taille, il m'arrive juste en dessous des fesses, j'ajoute un petit shorty noir en coton confortable et je pars dans la cuisine en quête de nourriture. Le frigo est vide alors je fouille dans les placards, mais je ne tombe que sur des soupes de poules et une boîte de flageolets, autant dire, tout ce qu'on n'a pas envie de manger à 5 h du matin. Une petite boîte jaune cachée au fond du placard attire mon attention et je me lèche les lèvres en l'ouvrant, elle est remplie d'oursons en guimauve. Je termine la boîte devant mes séries et je m'endors sur le canapé bien emmitouflé dans mon plaid.

**

Je suis réveillé par la porte d'entrée qui s'ouvre sur Maël qui rentre de sa garde en bonne compagnie. Il ne m'a pas encore vue, mais moi je n'en loupe pas une miette. Il entre et plaque une petite blonde contre le mur de l'entrée. Au début, je pense à m'éclipser doucement pour ne pas les déranger, mais après tout je suis chez moi aussi et il est hors de question que je sois encore dérangée par les cris de jouissance hystériques de sa nouvelle proie. Une idée se faufile dans mon esprit tordu et je décide de rigoler un peu.

Comme une actrice, je me concentre et fais le vide tandis qu'ils sont toujours absorbés l'un par l'autre contre le mur. Je me lève et pars doucement dans le couloir pour ne plus les voir avant de revenir à grand fracas de portes.

— Maël ? Tu es rentré ? Bon sang chéri j'étais si inquiète je t'ai attendue toute la nuit ou est-ce… Oh mon Dieu !

J'essaie de paraître stoïque et horrifiée par ce que je vois, mais intérieurement je lutte pour ne pas lâcher un éclat de rire en voyant leurs têtes. Maël est totalement stupéfait et me regarde sans comprendre tout en me détaillant de haut en bas avec la bouche grande ouverte. *Ah c'est moins drôle quand les rôles s'inversent hein ?* La petite blonde rougie, gênée puis elle semble bouillir sur place et se retourne vers mon colocataire en le fusillant du regard.

— Espèce de connard, hurle-t-elle avant de lui coller une gifle bien sentie sur la joue gauche.

Elle quitte l'appartement comme une furie en le traitant de tous les noms tandis que j'affiche un petit sourire victorieux. Maël n'a toujours pas bougé ni dit un mot quand il se retourne lentement vers moi. Sa colère et la lourde tension sexuelle qui règne dans l'appartement me font perdre mon sourire, j'ai l'impression d'être en face d'un prédateur qui n'attend qu'un mouvement de ma part avant de me sauter à la gorge. Je fais un pas en arrière tout doucement alors que son regard trouve le mien.

— Viens ici.

Sa voix est grave et autoritaire et mon corps y répond immédiatement, je sens mes tétons pointer à l'air libre sous mon tee-shirt trop grand. Voyant que je fais un autre pas en arrière, il reprend encore plus durement.

— Tout de suite Ivy !

J'aurai pu m'expliquer ou m'excuser pour ma petite blague foireuse comme une adulte, mais j'entends encore la voix de mon père me répéter « Ma chérie quand tu es face à un danger, ne cherche pas midi à quatorze heures. Cours te mettre à l'abri ! » Alors c'est ce que je fais, je me retourne et cours à travers le salon jusqu'au couloir pour me réfugier dans ma chambre. J'entends Maël me suivre en criant mon nom alors j'accélère, mais il m'attrape alors que j'agrippe la poignée de porte. Je lui donne des coups de coude tandis qu'il me chatouille les côtes pour me faire lâcher la poignée. Morte de rire tout en criant pour qu'il mette fin à ce supplice, je tombe à genoux sur le parquet du couloir avec lui. Je le regarde en lui lançant un grand sourire, mais je n'ai pas le temps de parler, il me regarde avec un air malicieux avant de prendre un de mes pieds et de le chatouiller. Je rigole d'une manière assez difficile à décrire, c'est horrible à entendre même pour moi c'est dire, je le supplie d'arrêter entre deux éclats de rire bruyant. C'est son tour de sourire.

— Je crois que tu n'as pas encore assez payé et encore je suis gentil tu mériterais une bonne fessée !

Je pleure de rire sans pouvoir m'en empêcher en lâchant des petits cris stridents. Quand j'arrive enfin à libérer mon pied, je me couche sur le dos pour reprendre mon souffle.

— Putain Maël. T'es un malade, faut te faire soigner, lui dis-je en riant toujours.

Je ne l'entends pas, ce qui n'est vraiment pas habituel alors je me hisse sur mes coudes pour relever la tête et je le découvre en train de me reluquer sans gêne. En me regardant, je constate que pendant notre altercation, mon tee-shirt est remonté au-dessus de mon nombril. Il suit mon tatouage des yeux et son regard s'arrête sur… *oh merde !* Je resserre les jambes et me rassois droite comme un piquet. *Bon sang Ivy* ! J'avais les jambes grandes écartées et il avait une vue plongeante sur le petit bisou imprimé sur mon shorty.

Il est toujours bloqué sur mes cuisses nues et fermement serrées l'une contre l'autre alors je me relève et lui propose ma main pour l'aider à se relever.

— On fait la paix ?

Il me regarde à peine, agrippe ma main et la tire si fort vers lui que je me retrouve par terre une fois encore, mais cette fois je suis presque à califourchon sur ses cuisses. Il cherche mon regard et quand il le trouve, je ne vois plus ni colère ni amusement dans ses yeux, juste un désir brûlant qui me chamboule complètement. Je sens la température grimper alors que je pose les genoux au sol afin de peser sur lui et de le sentir contre moi. Lorsque mon entrejambe se pose sur la sienne, je suis comme électrisée, il est dur et prêt pour moi. J'ai le ventre qui se noue et je n'ai qu'une envie, l'embrasser et le laisser me prendre ici, dans le couloir devant ma chambre. Ce n'est que lorsque je remarque son souffle court et sa bouche qui s'approche de la mienne que je me demande ce qu'on fabrique. Il y a dix minutes, il rentrait avec une autre, prêt à la baiser toute la matinée ni plus ni moins. Comment s'est-on retrouvé dans cette situation en dix petites minutes ? Et que dois-je faire ?

Pendant que ça turbine là-haut, je sens qu'il lâche prise. Il est beau avec ses joues légèrement rougies par notre altercation et ses cheveux qui lui tombent sur le visage. J'approche une main et la glisse dans ses cheveux pour mieux voir ses yeux me dévorer. Je n'ai jamais ressenti une connexion pareil avec un homme auparavant, c'est comme si on avait fait tomber nos armures respectives et que je pouvais lire en lui. Il passe une main dans mon dos et trace un chemin brûlant en remontant jusqu'à ma nuque qu'il serre brièvement avant de tirer mes cheveux en arrière. C'est presque douloureux, mais c'est tellement bon et je soupire de plaisir quand il lèche la petite parcelle de peau derrière mon oreille en redescendant doucement le long de mon cou et en suivant mon pouls. Je ferme les yeux pour savourer l'effet qu'il me procure, j'ai le ventre noué d'excitation à ce qui va suivre. Je reprends le contrôle de mon corps et relève la tête pour le regarder. Personne ne m'a jamais regardée avec un air aussi affamé puis soudain son regard change, comme s'il se fermait d'un coup.

— Tu peux te lever s'il te plaît ?

Je le regarde sans comprendre. On était pourtant bien parti, je n'avais absolument pas l'intention de m'arrêter en si bon chemin. Il comprend sûrement mes pensées alors il ajoute :

— C'est que… t'es pas toute légère et je commence à avoir une crampe à la jambe donc...

Oh le connard ! J'inspire tout en me relevant vivement de ses cuisses, piqué au vif. Je ne sais même pas comment réagir à cette phrase, c'est tellement… je ne trouve plus mes mots. J'ai envie de le frapper et de le réduire en bouillie pour m'avoir dit ça. En même temps je me frapperai bien aussi, qu'est-ce qui m'a pris d'entrer dans son jeu ? À bien y réfléchir, j'aurais dû m'éclipser et le laisser avec sa blondasse ! Il se relève lui aussi et étend sa jambe comme pour l'étirer ce qui me met dans une colère noire. Un nombre incalculable d'insultes me passe par la tête et avec la manière dont je gère les situations stressantes ou embarrassantes, je ne trouve rien de mieux à lui envoyer, qu'un petit condensé qui me vient au fur et à mesure.

— Saloperie de putois mâchouilleur de merde !

Oh non j'ai pas dit ça. Pitié faites que je n'ai pas dit ça. Il relève brusquement la tête avant d'exploser de rire, si bien que je vois des larmes briller dans ses yeux tellement il se fout de ma gueule. *Ca y est je suis au fond du trou c'est pathétique, quelle idiote !* J'entre dans ma chambre et lui claque la porte au nez, et son rire redouble d'intensité.

Au bout de dix minutes alors que je me lamente silencieusement sur mon lit, il se calme enfin.

— Bon je vais me doucher OK ?

Je me lève et ouvre la porte en trombe avant de lâcher ma bombe.

— Ouais et tape-toi une petite branlette comme tu en as l'habitude ça te calmera !

J'ai le plaisir de voir son grand sourire s'effacer d'un coup et laisser place à l'agacement avant de claquer une nouvelle fois la porte.

— Garce !

Et pour le coup c'est moi qui ris à gorge déployée. Quand je repense à ce qu'il m'a dit, j'arrête de rire et retourne me coucher. Je sais bien que je ne suis pas légère, pas la peine de me rappeler. Déjà vue ma taille c'est impossible et c'est sûr qu'avec tout ce que je mange, j'ai beau travailler debout et faire du sport, j'ai des formes généreuses. Mes hanches sont trop larges, mes fesses à défaut d'être prononcées ont au moins le mérite d'être fermes et rebondies. Je ne suis pas mal dans ma peau, j'aime mon corps comme ça c'est juste que ce n'est jamais agréable de s'entendre dire qu'on est trop lourde.

D'autant plus par le mec qu'on est sur le point d'embrasser. Contre toute attente au bout d'une heure, j'arrive à me rendormir, épuisée.

**

Il toque à ma porte à 11 h et entre sans bruit.

— Je viens en paix avec du café, ne me jette rien à la figure.

Je m'assois dans le lit, la tête encore dans le coaltar. Je regarde la tasse de café avec envie et il doit le remarquer, car il me l'a tend sans rien dire et attend que j'ai bu quelques gorgés pour parler.

— Je peux savoir pourquoi tu m'as fait une scène digne d'une amante jalouse toute à l'heure ?

Je souris légèrement avant de lui répondre.

— Je me suis endormie sur le canapé du salon hier soir donc je vous ai vus entrer ce matin et j'ai pensé te faire une petite blague c'est tout. Je ne m'attendais pas à ce que tu le prennes comme ça.

— Hum. Tu as un sens de l'humour particulier, tu le sais ?

Je rigole avant de hocher la tête.

Ça, on me le dit souvent, je ne sais jamais comment le prendre.

— Bref ! Désolé pour tout à l'heure. Je ne… Enfin désolé quoi.

Je suis un peu stupéfaite je dois bien l'avouer, il s'excuse de quoi au juste ? De m'avoir chauffée à bloc ou de m'avoir dit que j'étais trop lourde ? Je n'ai pas vraiment envie d'avoir une réponse à ses questions alors je me contente de hocher la tête, mais il ne part toujours pas. Il a l'air de réfléchir à comment formuler sa phrase alors je m'attends à tout.

— Euh… Le frigo est vide.

Ah oui je m'attendais à tout, mais à ça pas du tout si bien que je ris avant d'ajouter

— Et ?

Il prend un air agacé, je ne sais pas si c'est moi qui l'agace, mais il continue.

— Et j'avais pensé aller au marché vu qu'on est dimanche. Tu veux m'accompagner ?

C'est qui ce mec ? C'est les montagnes russes avec lui ! Mais après tout c'est mon seul jour de congé et ça fait une éternité que je n'ai pas été au marché alors j'accepte et je file me doucher en vitesse. De retour dans ma chambre, j'entends qu'il s'impatiente alors je me dépêche d'enfiler un short en jean clair avec un débardeur blanc cassé tout simple en coton et ma paire de spartiates. Je m'attache les cheveux en un chignon approximatif, prend mes lunettes de soleil et mon sac et j'arrive dans le salon fin prête sous le regard appréciateur de

Maël. Il s'est changé lui aussi, je n'avais pas remarqué tout à l'heure quand il est venu dans ma chambre. Il a remis le même jean moulant qu'il portait le premier soir où je l'ai vue, il a vraiment un cul d'enfer dans celui-là ! *Stop stop Ivy concentre toi.* Il a mis un polo près du corps bleu marine avec le col rayé blanc, mais s'il est parfaitement ajusté à son corps, on sent qu'il est bien serré au niveau des biceps. *Miam !*

Le marché n'est qu'à cinq minutes de marche et le temps est au beau fixe. On se met à parler de tout et de rien sur le chemin, c'est agréable de pouvoir avoir une petite conversation sans se disputer pour une fois. Il me montre ses stands préférés pour les fruits et légumes et je comprends qu'il y va régulièrement. Je suis assez nulle pour la cuisine alors j'essaie d'apprendre de nouvelles choses et il ne se prive pas de se moquer de moi quand je lui montre un fruit en lui demandant ce que c'est. Je n'en ai jamais vu, c'est de la taille d'un citron, mais c'est orange avec des épines.

— C'est un Kiwano, on l'appelle aussi le melon à cornes. Tu veux goûter ?

Après en avoir acheté quelques-uns, il demande un couteau au marchand et coupe le fruit en deux.

Je m'approche pour regarder l'intérieur. C'est une espèce de gelée verte avec des pépins, ça ne donne pas très envie.

— Fais pas cette tête, dit-il en riant. Regarde comment ça se mange.

Je l'observe prendre une moitié de fruit et renverser la tête en arrière, il presse le fruit sans toucher les cornes et la gelée lui tombe directement dans la bouche. Il me regarde en mâchant et en souriant.

— C'est hyper bon, allez fais-moi plaisir et goûte.

Je le regarde, sceptique. Oh et puis ce n'est pas un petit fruit qui va m'effrayer si ?

— OK je goûte, mais tu peux me le presser ?

Il me regarde avec de grands yeux en se retenant de rire.

— Je parle du fruit andouille.

— Hum. Donc tu veux que je presse ton fruit c'est bien ça ?

Je souffle, mais je ne peux retenir un petit sourire. Je renverse la tête en arrière et attends bêtement.

— OK donc tu n'avales pas d'un coup hein ? Tu mâches sinon tu n'auras pas le goût. Ouvre la bouche.

Je m'exécute et je sens la gelée tomber sur ma langue. Je mâche prudemment, mais en fait il avait raison c'est très bon, ça me fait un peu penser au goût du kiwi en moins acide.

— C'est super bon ! Je pourrais même créer un cocktail avec. Comment ça se fait que tu t'y connaisses autant ?

Il m'explique que quand il était ado il travaillait sur les marchés pour se faire un peu d'argent et pouvoir aller draguer les filles en ville. Je rigole, car ça ne m'étonne pas du tout et finalement on passe un bon moment. Il s'éclipse pour aller chercher de la salade tandis que je reste sur un stand rempli de fraises bien rouges qui me font de l'œil, quand j'entends une voix que je pensais avoir oublié depuis trois ans.

— Ivy ? C'est pas vrai c'est bien toi ! Comment vas-tu ?

Je le regarde, interdite. C'est bien Marc, mon ex, le seul que j'ai vraiment aimé et qui m'a brisé le cœur avant mon départ pour Nouméa. Celui qui est la cause de mon départ et que je pensais avoir oublié. Il faut que je tombe sur lui aujourd'hui, je souffle et me compose un visage aimable en souriant légèrement.

— Salut Marc. Bien et toi ?

— Super ! Alors comme ça tu es rentrée ? J'ai entendu parler de ton voyage.

Ah bah non j'y suis encore là tu ne vois pas ? Idiot ! Je retiens ma remarque acerbe et essaie de rester polie.

— Et oui comme tu vois ! Et je suis partie pour le travail pas pour faire bronzette.

Mon ton est cassant, mais je n'ai jamais été douée pour jouer la comédie.

— Oui oui. Ah et bien puisque tu es là, je vais te présenter ma femme. Alice ? Viens voir.

Sa femme ? Je n'en reviens pas et en plus il n'y a rien qui le gêne, il a l'air parfaitement à l'aise. Il ne se rend pas compte qu'il remue le couteau dans la plaie. Il se passe la main dans les cheveux avant de chercher sa « femme » des yeux. J'ai encore du mal à prononcer ces mots, même dans mes pensées ça sonne faux. Il n'a pas vraiment changé depuis la dernière fois que je l'ai vu, il est toujours aussi… lui, avec son look d'homme d'affaire qui lui va comme un gant. Il est assez grand, mais largement moins que Maël, il doit faire la taille de Chris. Il est très mince et pas très musclé, mais ses cheveux blond coupé très court et ses yeux dorés m'avaient fait craquer à l'époque.

Perdue dans mes pensées, je ne vois pas Maël arriver avant de l'entendre et de réaliser qu'il s'adresse à moi.

— Ivy j'ai pris du melon pour ce midi tu aimes ?

Je me tourne vers lui, les yeux dans le vide et je crois qu'il remarque le malaise, car ses yeux font des allers-retours entre Marc et moi. Il s'approche et vient se caler à côté de moi alors je fais les présentations d'un air absent.

— Maël, je te présente Marc.

Marc lui tend la main tout sourire et je vois Maël lui rendre sa poignée de main.

— Ah la voilà ! Alice, viens. Je te présente Ivy, une amie.

Une amie ? Dans tes rêves mon pote ! On est tout sauf amis toi et moi. Je me tourne vers la fameuse Alice et qu'elle n'est pas ma surprise en voyant son ventre aussi gonflé qu'un ballon de baudruche. *Putain il est marié et en plus il va avoir un enfant !* Je regarde Alice avec mon sourire de constipée et je la salue d'un ton égal. Je ne sais plus où me mettre ni quoi dire alors je reste là comme une imbécile à les fixer et regarder leur bonheur qui me donne envie de tout casser autour de moi. Heureusement Maël vient à ma rescousse.

— Félicitations, dit-il en pointant du doigt le ventre d'Alice. Je suis désolé, mais on est assez pressé, bébé ça t'ennuie si on rentre ?

Bébé ? Je lui souris, sincèrement cette fois et je hoche la tête.

— Bon et bien salut et bon courage pour les couches alors !

Ouais… J'aurais pu trouver mieux. Maël rigole avant de passer un bras sur mes épaules.

— Elle rigole bien sûr. Quel humour ma belle, dit-il en riant de plus belle sous les yeux étonnés de Marc et Alice.

On leur dit au revoir et on prend le chemin du retour en silence. Je suis plongée dans mes pensées et le moins que l'on puisse dire c'est qu'elles ne sont pas gaies. J'aide quand même Maël à ranger les courses, mais il me dit de m'asseoir sur le tabouret en face du plan de travail. Je m'exécute comme un robot et je reste là, à le regarder déballer les courses. Il s'éclipse de la cuisine pendant un instant et revient pour me déposer un verre de whisky, il me regarde pour que je trinque avec lui.

— Je ne vais pas boire de whisky à 13 h Maël.

— Oh que si ! T'as l'air d'en avoir besoin et si je trinque

avec toi c'est uniquement pour que tu n'ais pas l'air d'une alcoolique alors fais-moi plaisir.

Je soupire et trinque avec lui avant de boire mon verre cul sec tandis qu'il ne prend qu'une petite gorgée. L'alcool me brûle la gorge, mais ça me fait du bien il avait raison, encore une fois. Ça me fait penser que je ne l'ai même pas remercié.

— Merci pour tout à l'heure.

Il me sourit avant de me faire un petit clin d'œil.

— C'était un ex ?

Je hoche la tête et il n'insiste pas. Je ressens le besoin de me confier, mais je ne sais pas trop si je peux lui en parler. Finalement après plusieurs minutes de blanc, je remarque qu'il est en train de cuisiner alors j'en profite, car je sais que s'il est occupé, ce sera plus simple de parler pour moi.

— On est sorti ensemble pendant deux ans.

Il relève la tête, surpris que je me confie à lui, mais je vois qu'il apprécie puisqu'il me lance un petit sourire encourageant. Il ne me met pas la pression, il attend que je parle à mon rythme et j'avoue que c'est agréable.

— Et puis je l'ai largué le jour où je l'ai surpris dans la réserve avec une de mes collègues de taff.

Il me regarde avec des yeux ronds sans trop savoir quoi répondre à ça et je le comprends.

— J'étais folle de lui, je pensais que j'avais trouvé le bon, mais ce n'était pas le cas. Le pire c'est que j'avais envie de le reprendre alors quand j'ai décroché le poste à Nouméa, je suis partie. En fait quand j'y pense, je suis partie pour le fuir, c'est idiot.

— Non, c'est courageux Ivy. Si tu étais restée, tu aurais sûrement un ou deux enfants en bas âge et un mari qui te trompe à tous les coins de rue. Tu as bien fait de partir, regarde toi !

Je fais ce qu'il me dit sans comprendre.

— Oui je suis pathétique, je sais.

Il me regarde comme si j'avais trouvé le moyen de créer de l'eau par la pensée.

— Exactement ! Tu es pathétique !

— Euh ton discours est censé me remonter le moral ou m'enfoncer ?

Il rigole et poursuit en agitant les bras dans tous les sens.

— Tu es pathétique Ivy ! Regarde ce que tu as réussi à accomplir en trois ans ! Tu as voyagé, travaillé, fais des rencontres et maintenant tu tiens un bar génial ! Tu as une famille et des amis au top et tu es en train de te miner le moral pour un pauvre type. Tu mérites mieux que ce minable !

Je reste bouche bée en le regardant, il reprend la cuisson de sa viande comme si de rien était. Mon cœur bat la chamade, décidément cette journée se déroule en dents de scie. Je ne sais même pas quoi dire, en y réfléchissant il a bien raison sur un point : Pourquoi je me rends malade pour un gars qui ne fait plus et ne fera plus partie de ma vie ?

Je sens les changements s'opérer en moi et c'est comme si je tournais enfin la page sur cette période de ma vie. Je me lève et même si ce n'est pas dans mes habitudes d'être aussi démonstrative je m'approche de lui et le serre contre moi. J'ai la tête contre ses pectoraux et je lui souffle un timide merci. Il me serre brièvement dans ses bras avant de me demander de mettre la table. C'est avec un grand sourire que je m'exécute et vu que la bonne humeur est revenue, j'en profite pour en savoir un peu plus sur lui, ce midi au marché j'ai adoré l'écouter parler de son passé. On apprend à mieux se connaître, je lui parle de ma passion à moi et mon frère pour la danse et lui me parle de ses parents et de son métier. On passe la journée à faire un peu de ménage et on finit comme deux grosses larves sur le canapé devant des films d'action que Maël choisit.

En allant me coucher, je me dis que c'était une journée bizarre, mais une super journée quand même. J'ai enfin tourné la page sur mon histoire avec Marc, ce qui n'est pas rien. Il faut reconnaître que Maël a beau être un con fini la plupart du temps, il a aussi ses bons côtés.

**

Le lendemain, je retrouve Laura dans une galerie marchande pour déjeuner avec elle, le temps de sa pause. Je lui raconte mon week-end, ma rencontre avec Marc et ma découverte du « gentil » Maël et elle me raconte le sien avec son rendez-vous en amoureux.

— Et après ?

— Comment ça et après ? me répond-elle.

— Bah quand vous êtes rentré vous avez fait quoi après votre resto ?

Elle a compris où je voulais en venir et me regarde avec un air scandalisé qui me fait rire. Je sais qu'elle a horreur de parler de sa sexualité, mais il y a un début à tout, je l'encourage.

— Allez s'il te plaît raconte. Pense à moi, à part Rocco je n'ai eu personne depuis un moment.

Elle souffle et rougie fortement avant de me dire.

— Ça reste entre nous Ivy !

Je rigole. À qui voudrait-elle que j'aille dire ça ? Je hoche la tête et la regarde avec impatience. Elle prend un petit air malicieux avant de me raconter sa fin de soirée.

— Eh bien après le restaurant on est rentré chez nous, il s'est jeté sur moi et on a fait l'amour pendant très longtemps.

Elle est tout excitée et elle a chuchoté tout le long de sa phrase. Je la regarde perplexe, je crois qu'elle n'a pas bien compris le principe des confidences.

— Et alors ? Il t'a pris dans quelles positions ? Qu'est-ce

que tu as ressentie racon…

Je suis interrompue par sa main qu'elle vient de plaquer violemment sur ma bouche.

— Chutt ! Ivy bon sang c'est personnel ça !

Je lui souris, elle a l'air scandalisé qu'on puisse parler de ça dans un lieu public. Moi ça ne me dérange pas le moins du monde.

— Alors ?

Elle souffle et se rapproche de moi pour me chuchoter :

— Il m'a fait de ces trucs, je ne saurais pas comment l'expliquer, mais c'était le pied.

Je la regarde avec un grand sourire, je suis heureuse pour elle, elle a l'air rayonnante avec ses petites joues roses.

Plus tard pendant le repas alors que je parle du boulot elle s'exclame :

— Oh, mais je ne t'ai pas dit ! Je pars ce week-end et toute la semaine prochaine en vacance !

— C'est génial ça tu pars ou ?

— Pas loin on a loué un gite immense en bord de mer pour la semaine avec tout le monde.

— Tout le monde ?

— Oui ! Il y aura ton frère, Chris, Maël et pas mal de

collègues et amis des gars. Pitié dis-moi que tu viens. S'il te plait ? Je vais trop me faire chier sinon.

— Personne ne m'en a parlé.

— Oui c'est prévu depuis longtemps, bien avant que tu rentres. Alors tu viens ?

— Non, je ne peux pas laisser le bar alors qu'on a ouvert il n'y a que quelques semaines ma bichette.

Je la vois bouder alors après y avoir réfléchi, je continue.

— Mais je pourrais venir vous rejoindre samedi soir ou dimanche et rester jusqu'au lundi qu'est-ce que tu en dis ?

Son visage s'illumine et je souris aussi. Je n'aime pas la voir triste, mais elle le sait et elle sait aussi très bien comment parvenir à ses fins. On termine le repas à parler des choses qu'on pourra faire durant ce micro week-end de vacances. Départ dans cinq jours !

10

Mardi, je passe ma journée à faire la comptabilité du mois de juin et la soirée au bar se passe sans accros. Je rentre et mange mon repas seule devant la télé en envoyant des SMS à Laura. Maël est de garde jusqu'à demain matin alors j'en profite pour me faire les ongles devant un film avant d'aller au lit.

Je me couche complètement crevée et je repense à Marc et sa femme, c'est fou comme il a évolué tandis que moi je n'ai eu personne de sérieux depuis lui. Il avait l'air si heureux.

Tourner vraiment la page sur notre histoire m'a véritablement soulagée d'un poids. J'ai mis tellement de temps avant de comprendre qu'on n'était tout simplement pas compatible tous les deux et qu'il n'était pas l'homme de ma vie. Il a fallu que Maël me le dise pour que ça fasse tilt en moi.

Je pense qu'à la naissance, on est tous plus ou moins semblables. Ensuite, on commence à évoluer en fonction de nos parents, de l'école, de nos amis et des épreuves auxquelles chacun fait face à sa manière. Tout cela nous rend plus forts ou plus fragiles, mais tous ces évènements nous font évoluer.

Après Marc j'ai souffert, j'ai compris que la vie ne prenait pas toujours le chemin qu'on espère, j'ai grandi. Je suis en quelque sorte devenue une Ivy 2.0, plus solide, mais aussi plus réaliste et je dois bien l'avouer, plus blasée des relations amoureuses. Je me suis blindée en me disant : « De toute façon c'est tous les mêmes ! » ou encore « A quoi bon réessayer si c'est pour souffrir à la fin ? ». Peut-être que mon point de vue changera avec le temps, car ce qui est chouette avec l'évolution, c'est ce que ça ne cesse jamais. On peut choisir quel genre de personne on veut être, mais on ne s'en rend pas toujours compte.

On prend parfois de bonnes décisions et souvent des mauvaises. L'important, c'est de se relever, de faire le point et de se remettre en question pour pouvoir avancer. Si on ne fait pas ce travail après un échec, on continue à faire les mêmes erreurs encore et encore… sans comprendre qu'on est responsable de ce qui nous arrive et qu'on peut tout changer si on s'en donne les moyens. Ce n'est pas toujours facile, ça, c'est certain, mais tout le monde en est capable. Seulement pour certains, ça demande plus de temps, plus d'énergie et plus de soutien que d'autres.

Je pense que la vie est une grande aventure ou rien n'est écrit. Le tout est de déceler et de comprendre les signes qu'on nous envoie au détour d'une rue, d'une personne ou d'un regard. Une fois qu'on en a le courage, on a plus qu'à sauter dans le vide vers l'inconnu et espérer faire les bons choix, mais si on se plante ce n'est pas bien grave, on y arrivera dans notre version 2.1.

C'est sur ces pensées apaisantes que je trouve enfin le sommeil.

**

Le lendemain je me lève, apaisée et de bonne humeur, je n'entends pas de bruit dans l'appartement ce qui veut dire que Maël n'est pas là ou qu'il est seul. En me levant, je ne le vois nulle part et je n'ose pas entrer dans sa chambre même si j'avoue que je me demande à quoi elle peut bien ressembler. J'imagine bien des posters de camion de pompier ou des nanas à poil, accrochés aux murs, mais je reste sage et file sous la douche.

Je mets la musique à fond et me mets à danser en shampouinant mes cheveux. Je chante, enfin je crie plutôt, mais on s'en fiche personne ne m'entend. J'ai quand même une petite pensée pour mes pauvres voisins qui je l'espère pour eux, sont au travail. Je me déchaine sur Uptown Funk de Mark Ronson et Bruno Mars, je fais le fameux pas du refrain qui consiste à se balancer d'une jambe sur l'autre en fléchissant tout en faisant la même chose avec ses bras. Je suis donc là, couverte de mousse de la tête aux pieds à me dandiner comme un mec quand je remarque un mouvement sur ma gauche. En relevant les yeux, je vois Maël complètement bloqué comme l'autre jour quand il regardait mon shorty dans le couloir. Il ne bouge pas et m'observe la bouche grande ouverte et les sourcils froncés. *Oh non pas ça, pas ça !*

La honte ne tue pas c'est sûr, mais je crois que je préférerais être morte plutôt que de rester dans cette pièce une minute de plus. Je me dépêche de me couvrir la poitrine avec un bras et de cacher ce que je peux de mon entrejambe avec mon autre main, mais il ne bouge toujours pas. Je maudis mon frère de ne pas avoir installé une vitre opaque.

— Mais dégage putain !

Je hurle dans l'espoir de le faire réagir et ça marche, ses yeux trouvent les miens et il secoue la tête avant d'éclater de rire en se tenant le ventre. *Quel connard ! Il croit que je vais rester bien sagement à attendre qu'il termine de m'humilier pour sortir ou quoi ?* J'enjambe tant bien que mal la baignoire et attrape ma serviette au vol pour me couvrir le corps avant de le pousser avec une force que je ne pensais pas avoir.

— Va te faire foutre Maël !

Il rigole tandis que je le mets dehors et ferme la porte à clé derrière lui.

— Oh allez fait pas la gueule Ivy. C'était une danse très… intéressante je te jure j'ai adoré.

Je suis appuyée de l'autre côté de la porte et je ferme les yeux en essayant de me dire que ce n'est pas vraiment arrivé, mais il continue de rire.

— Excuse-moi, mais je dormais tranquillement quand j'ai cru que tu te faisais agresser dans la salle de bain, mais en fait tu chantais !

Et c'est reparti, il rit tellement fort que je crois qu'il va finir par s'étouffer s'il ne reprend pas son souffle. *En fait ça m'arrangerait, qu'il crève ! La journée commence bien, tient* ! Je monte le son à fond et je retourne sous la douche pour me rincer tout en pestant contre mon connard de colocataire.

Quand je sors de la salle de bain enveloppée dans ma serviette, je remarque qu'il m'attend devant la porte, il me regarde de haut en bas avant de me faire un grand sourire. À ce moment précis, j'ai envie de lui coller une gifle magistrale, mais je me retiens et me renfrogne à la place. Je souffle et me dirige vers ma chambre quand il m'interpelle. Il est toujours devant la salle de bain.

— Joli tatouage au fait, dit-il d'un ton mielleux en fixant son regard sur le bas de ma serviette.

Si ces yeux pouvaient voir à travers le tissu, je jurerais qu'il mate ma chatte. Je lui fais un beau doigt d'honneur en le traitant de pervers et je file m'habiller quand je l'entends répliquer.

— Je ne suis pas pervers. Je suis observateur, nuance !

Je l'entends se diriger vers la salle de bain en gloussant. Je me laisse aller sur mon lit en soufflant et j'appelle Laura pour lui raconter. Sa réaction ne se fait pas attendre, je l'entends d'ici se retenir de rire.

— Je te préviens si tu rigoles je…

Je n'ai même pas le temps de finir ma phrase qu'elle explose de rire, si bien que je suis obligée d'éloigner le téléphone de mon oreille pour ne pas me griller les tympans. Je patiente le temps qu'elle se calme et je la mets sur haut-parleur pour pouvoir m'habiller en même temps.

— Désolée ma biche, mais j'ai imaginé la scène et… enfin bref, si tu veux mon avis, il s'intéresse à toi.

J'ouvre de grands yeux tout en sautillant pour enfiler mon jean slim noir.

— T'as fumé ? S'il s'intéressait à moi, il m'aurait baisée la semaine dernière.

— Quoi ?

Ah oui, je ne lui ai pas raconté l'épisode du couloir. Une fois que je la mets au parfum, elle est en colère.

— Ivy ! On peut savoir pourquoi je n'étais pas au courant de ça ? Oh puis merde ce n'est pas le sujet. Quel connard ! Il t'a dit que t'étais trop grosse ?

Je grimace. Je n'ai pas l'habitude que Laura soit si grossière, elle doit être remontée.

— En gros oui donc tu vois il ne s'intéresse pas à moi.

— Ouais... C'est bizarre tout ça.

— PUTAIN !

— Qu'est-ce que tu as fait encore ?

— Je viens de trouer mon putain de tee-shirt en l'enfilant.

Elle se marre et je lui raccroche au nez. Je connais très bien ce type de journée, ça commence par une poisse et ensuite ça ne s'arrête plus jusqu'au soir. Si je pouvais, je prendrais une journée de RTT et je ne toucherais plus rien de la journée, mais ce n'est pas la peine de rêver, j'ai du boulot aujourd'hui. J'enfile un autre tee-shirt et je vais me préparer à manger en vitesse, car j'ai une commande à réceptionner vers 15 h et il est déjà 14 h.

Alors que je suis plongée dans la contemplation des secondes qui défilent sur le micro-onde, il arrive dans la cuisine. Je lui jette un coup d'œil pour voir s'il a toujours son sourire moqueur et je me claque intérieurement pour avoir fait ça. Il ne porte qu'un jean qui tombe dangereusement bas sur ses hanches, il torse nu et pied nu et ses cheveux encore humides manquent de m'achever. Le fait que je le trouve attirant m'énerve et son petit numéro de tout à l'heure m'a mise en rogne pour la journée.

— Les tee-shirts, c'est en option ?

Il se sert un mug de café puis s'adosse au frigo et ses abdominaux se contractent puis se détendent. Il met une de ses mains dans la poche de son jean ce qui le fait descendre encore plus et je peux apercevoir la bande de son caleçon. *Les yeux Ivy* ! Regarde-*le dans les yeux.* Ma salive se bloque dans ma gorge quand je remonte doucement le regard sur son torse ferme. Il me regarde avec ce petit air suffisant qui me remet très vite dans le contexte avant de me répondre.

— Pourquoi, je te perturbe ma belle ?

Si j'en avais, je montrerais les crocs.

— Absolument pas !

Ma conscience hurle au mensonge, mais je l'envoie paitre. Je ne sais pas ce que ma réponse a d'amusant pour le faire ricaner comme ça, mais il m'énerve encore plus. Je suis sauvée par la sonnerie du micro-onde et en prenant l'assiette que j'ai sûrement mis trop longtemps à chauffer pour changer, je me brûle les doigts. Au lieu de la lâcher comme toute personne saine d'esprit, je pousse des petits cris et cours jusqu'au plan de travail pour la poser brutalement dessus.

Maël s'approche de moi l'air inquiet tout d'un coup. C'est un bon comédien je dois bien l'avouer, j'y croirais presque et il me demande même de lui faire voir mes mains. *Non, mais il se prend pour mon sauveur ou quoi ?* Je l'envoie balader pour aller faire couler de l'eau fraîche dessus. Il souffle.

— T'as vraiment un caractère de merde ! Laisse-moi voir je te dis c'est mon métier je te rappelle.

Alors là c'est la goutte d'eau !

— Un caractère de merde ? Je suis plus une enfant qui

a besoin d'un bisou magique. Je sais quoi faire quand je me brûle, connard !

Cette fois si je l'ai vraiment énervé, je le vois, car son visage est déformé par la colère. *Bien comme ça on est dans le même état d'esprit !* C'est vrai que j'ai un sale caractère, mais plutôt crever que de lui avouer. Il tourne les talons et pars dans le salon en pestant. Après avoir mangé en vitesse, je vais dans la salle de bain et me mets de la pommade pour les brûlures avant de quitter l'appartement sans un au revoir en claquant la porte d'entrée. J'espère que le reste de la journée se passera mieux sinon ça va être compliqué de garder mon sang-froid.

Malheureusement, ce n'est pas le cas. Pourtant, nous sommes mercredi et en semaine les horaires sont plutôt cool, j'ouvre le bar de 17 h à 1 h du matin contrairement au jeudi et au week-end ou ont fait 19 h-4 h du matin. Après avoir réceptionné ma commande d'alcool à 15 h, j'entreprends de faire l'inventaire et d'entreposer le tout dans la réserve.

Enfin, c'était sans compter sur ce stupide carton qui s'est mis en travers de mon chemin me faisant trébucher par la même occasion. Je m'étale de tout mon long et me réceptionne comme je peux avec mes avant-bras et mes genoux en râlant.

— FAIS CHIER !

J'ouvre le carton et constate que la moitié des bouteilles de vodka sont brisées, décidément cette journée est vraiment pourrie.

Quand tout le monde est là, on ouvre le bar, mais il n'y a pas énormément de clients pour le moment. Je décide de m'occuper et aide Dimitri, mais au bout d'une demi-heure, je casse trois verres par maladresse. Je regarde les verres cassés d'un œil mauvais et essaie de garder mon calme, ce qui me demande un sérieux effort.

— Ca va boss ? me lance Dimitri en me tendant une balayette. Même le fait de l'entendre m'appeler boss ne m'apaise pas.

— Sale journée ! Je réponds énervée. Tu peux gérer le bar seul ?

Il regarde le bar à peine rempli en souriant.

— Bien sûr.

Je le remercie et m'occupe d'aller faire tourner une machine de torchons dans la réserve. Le reste de la soirée, j'évite toute situation dangereuse et me cantonne à des tâches simples et sans risques. À minuit, le bar étant presque vide, nous attendons que les derniers clients partent pour fermer et je leur propose de boire un verre ensemble.

J'arrive avec les cocktails de chacun à la table et je trinque avec eux.

— Bon ça fait presque deux semaines qu'on a ouvert maintenant alors j'aimerais qu'on fasse un tour de table pour avoir votre ressenti sur tout ça. Dites-moi ce qui vous plaît ou ce qui vous plaît moins.

— Moi tout me convient, l'ambiance, les horaires et les collègues je n'ai rien à redire !

— Ça ne m'étonne pas de toi Dimitri. Ça t'arrive d'être de mauvaise humeur ou en colère des fois ?

Ma remarque fait rire tout le monde autour de la table et Dimitri se contente de me lancer son sourire ultra brite pour seule réponse. Sam et Désiré aussi sont contents et n'en disent pas plus. Je me tourne vers Nino qui vire à l'écarlate, il est trop mignon, je lui fais un petit sourire d'encouragement.

— Euh boss. J'adore travailler ici, j'ai jamais été aussi épanoui dans mon taff que depuis que tu m'as embauché et franchement les gars je vous adore, dit-il au reste de l'équipe. Je me demandais… Euh... Je sais pas comment expliquer ça…

Je rigole doucement du nez en l'écoutant attentivement.

— J'ai pensé à un truc... Je ne veux pas que tu te dises que le concept du bar ne me plaît pas, car franchement j'adore, mais je me disais…

— Accouche Nino ! dit Lydia qui commence à s'impatienter.

Nino la regarde d'un air mauvais avant de souffler.

— Je me suis dit que ce serait sympa de faire une soirée à thème une fois par mois. On ferait des flyers et de la promo via internet, je peux même m'en charger. Ça pourrait éviter que les habitués se lassent. Enfin, je ne veux pas dire qu'ils vont se lasser, mais…

Je le coupe, car il commence à devenir bleu.

— Respire Nino. C'est une bonne idée.

Il prend une grande inspiration et me regarde avec des yeux brillants.

— C'est vrai ?

— Bien sûr ! Il faut que je planche dessus pour voir si financièrement c'est faisable, mais l'idée est géniale. Qu'est-ce que vous en pensez ?

Tout le monde approuve même Lydia qui hoche la tête. On passe l'heure qui suit à discuter et à créer doucement des liens. Je leur rappelle que demain le bar sera exceptionnellement fermé vu qu'il y aura des travaux dans la rue et qu'ils couperont l'électricité, puis tout le monde commence à partir.

— Lydia, tu veux bien rester cinq minutes s'il te plaît ?

Quand je vois sa tête, j'ai l'impression de me voir à l'âge de seize ans quand j'étais convoquée chez le directeur et ça me chagrine, je ne veux pas qu'elle me craigne.

— Ça va ? Je lui demande gentiment.

— Oui bien sûr pourquoi ? me répond-elle sur la défensive.

— Je m'inquiète c'est tout.

Son regard exprime clairement de la surprise et je vois qu'elle se détend aussitôt.

— Désolée Ivy. Je suis un peu sur les nerfs cette semaine.

— T'inquiète pas, on a tous de sales journées de temps à autre. *C'est peu de le dire !* Je voulais juste que tu saches que tu peux compter sur moi si tu as envie de parler ou si tu as besoin d'aide OK ?

Elle me lance un petit sourire timide et me remercie puis on quitte le bar ensemble. Je ne veux pas insister et lui tirer les verres du nez, au moins elle sait que je suis là si elle en ressent le besoin. Je rentre et file directement au lit sans manger pour oublier cette journée catastrophique.

**

Le lendemain, je me réveille en pleine forme. J'ai bien dormi et quand je me lève, je ne vois pas Maël, ce qui améliore encore mon humeur. Je sais que j'ai toute la journée devant moi alors je pars faire les soldes en ville où je trouve une petite robe en jean magnifique. C'est une sorte de longue chemise aux manches ¾ et m'arrivant à mi-cuisse. Je me vois déjà dedans avec ma belle ceinture cow-boy pour resserrer la taille et mes spartiates.

Sur un coup de tête, je décide d'aller chez le coiffeur et de raccourcir de moitié mes cheveux. J'entends déjà Laura hurler au scandale, mais j'en ai marre de mes cheveux trop longs, ils m'arrivent presque aux fesses et je trouve que j'ai l'air d'une ado. Le coiffeur me regarde une dernière fois dans la glace et je serre les dents lorsqu'il coupe les premières mèches.

Je me regarde timidement dans la glace puis je souris à pleine dent, je manque de peu d'embrasser Marco, le coiffeur avec qui j'ai eu le temps de sympathiser.

— J'adore !

— Oui, ça fait plus femme. Si je n'étais pas homo, je vous draguerais à coup sûr.

Je rigole à sa plaisanterie, j'ai un dégradé qui donne du volume à mes cheveux et avec un séchage naturel, ils ondulent joliment. Ce n'est pas si court finalement, ils m'arrivent environ 10 cm en dessous des épaules et ça me plaît.

La journée est vite passée, il est déjà 18 h alors avant de rentrer je passe faire des courses et je tombe sur une silhouette que je connais dans le rayon en face du mien.

Je m'approche en souriant derrière lui quand je vois qu'il est au rayon capote. *Ce qu'il est cliché celui-là. Enfin au moins il se protège c'est positif !*

— Tu te demandes si le format standard ne va pas être trop grand pour ta petite queue ?

Il sursaute et se retourne pris sur le fait et je me marre de voir le rouge lui monter aux joues, mais c'est de Chris dont on parle alors il retrouve vite son assurance.

— Non je me demande si tu préférerais fraise ou pomme ?

Qu'est-ce que je disais ? Je lui mets une petite claque sur l'épaule en riant.

— Va pour la fraise alors. me dit-il avant de lancer sa boîte dans mon chariot.

Il me regarde plus attentivement et ajoute avec un petit sourire en coin :

— Tu as fait un truc à tes cheveux ?

Je lui lance un sourire charmeur.

— Pour une fois qu'un mec remarque que je suis allée chez le coiffeur !

Il se marre et passe son bras sur mes épaules avant de me pousser pour que j'avance dans le rayon.

Pendant qu'il m'aide à faire mes courses, on discute tranquillement quand ce qui devait arriver arriva. Alors qu'on est au rayon fruits et légumes, je glisse sur une feuille de salade et atterris lourdement sur l'arrière-train. *Pitié achevez-moi c'est pas possible ! Je suis vraiment un boulet !*

Au lieu de se précipiter pour m'aider à me relever, Chris éclate de rire. Pas le rire discret non ce serait trop lui demander, le rire spontané et bruyant, très bruyant. Mais son rire est communicatif et je me rends compte du ridicule de la situation. Je le rejoins et rigole de bon cœur avec lui en lui racontant toutes les emmerdes de ma journée d'hier, ce qui nous provoque des crampes aux abdos. Les gens nous regardent bizarrement et ça ne m'étonne pas, on parle fort et on rit encore plus fort, les courses ne m'ont jamais paru aussi courtes.

Il est venu en voiture et me propose de me ramener chez moi, inutile de préciser que je ne me fais pas prier, avec mes deux gros sacs je n'ai pas vraiment le courage de me taper le chemin pour rentrer à pied. Il me porte même mes courses dans les escaliers pendant que je bataille pour ouvrir la porte d'entrée.

Maël est sur le canapé quand j'entre et je l'ignore pour aller directement dans la cuisine ou Chris me suit en saluant rapidement mon coloc'. Je ne sais pas vraiment comment me comporter avec lui depuis notre petite engueulade d'hier.

On rigole en se remémorant ma chute tout en rangeant les courses quand Maël vient nous voir. Ça fait beaucoup de monde dans notre petite cuisine.

— Chris, tu restes prendre l'apéro ?

— Carrément !

— Bon alors filez au salon, j'apporte de quoi manger et boire.

Ils ne se font pas prier et au bout de quelques minutes, je les entends déjà rire. Je prépare des petits roulés au jambon et Boursin et des tartines de pain sur lesquelles je frotte de l'ail puis j'y mets de l'huile d'olive, des tomates et des olives noires, tout ça chauffé quelques minutes au four.

Je fais aussi des Ti Punch, c'est un cocktail à base de Rhum blanc, de sirop de sucre de canne et de citron vert que j'adore boire pour l'apéritif.

J'emmène le tout au salon sur un plateau que j'ai piqué au bar.

— Ça a ses avantages de connaître une barmaid, me taquine Chris.

Je lui souris et en profite pour m'asseoir à côté de lui.

— Alors t'as fini de tatouer le cul de ton ami ?

Maël s'étouffe avec son Ti punch tandis que Chris me lance un sourire crispé puis espiègle.

— Tu veux qu'on parle de nos courses ? Maël n'est pas au courant, je crois, il faudrait lui raconter que tu…

Je me jette littéralement sur lui pour lui plaquer ma main sur la bouche, mais ça n'a pour effet que celui de le faire rire sous mes doigts.

— Qu'est-ce qui lui est encore arrivé ?

Je me retourne vers Maël pour lui faire les gros yeux.

— Rien du tout.

— Elle s'est cassé la gueule en glissant sur une feuille de salade !

Chris et moi avons parlé en même temps et Maël ne peut s'empêcher de rire. Encore. *Allez foutez vous bien de ma tronche, c'est gratuit !*

— Chris !

Les gars continuent de rire pendant ce qui me paraît une éternité, alors je me venge sur les tartines qui m'ouvrent l'appétit. Chris daigne enfin changer de conversation.

— Au fait ça va ton dos ? Tu arrives à te mettre de la crème partout ?

— Bof, je galère ! Il y a toute une zone que je n'arrive pas à atteindre.

Il prend un air sévère avant de me rappeler l'importance de l'hydratation pendant la période de cicatrisation.

— Je sais, je sais. Mais je n'ai pas encore des bras télescopiques je te signale !

— Faut demander ! Je suis sûr que ça dérangerait pas Maël de t'aider, je me trompe ?

Je me tourne vers Maël qui me fait les yeux doux. *C'est louche tout ça.*

— Bien sûr. Je ne savais même pas que tu avais un tatouage dans le dos.

Là-dessus, la conversation s'oriente sur le métier de Chris et il nous montre plusieurs clichés de ses derniers tatouages. Il y en a même un où on se demande franchement où il est situé, c'est une licorne très travaillée et colorée dans des nuances de rose. On penche pour l'épaule avec Maël et quand Chris nous répond que c'est un tatouage réalisé sur une poitrine, on se marre. On reste à discuter encore deux bonnes heures avant qu'il ne s'en aille. J'ai passé une bonne soirée et ça nous a permis à Maël et à moi d'apaiser les tensions. Je file prendre une énième douche, d'ailleurs vivement que mon tatouage soit terminé et cicatrisé, car j'ai l'impression de me laver 15 fois par jour depuis que je suis rentrée de Nouméa.

Je passe mon short de pyjama et je me tâte à appeler Maël pour lui demander de me mettre de la crème. D'un côté, Chris à raison il faut absolument qu'il soit bien hydraté et je ne peux pas le faire toute seule, mais d'un autre côté, on s'est pris la tête pas plus tard que ce matin et j'avoue que maintenant que je sais qu'il me trouve trop grosse, je ne suis plus aussi à l'aise.

Je prends mon courage à deux mains et agrippe mon haut de pyjama pour cacher ma poitrine et la crème avant d'avancer jusque devant sa porte de chambre. Le fait de pouvoir voir enfin sa chambre, son univers à lui me motive et je frappe doucement à sa porte. Il vient m'ouvrir un instant après et je me fige sur place. *Bon sang de bonsoir !*

11

Je le regarde de haut en bas. *Il veut ma mort ou quoi ?* Il ne porte qu'un boxer bordeaux moulant qui ne cache pas grand-chose et je louche sur ses cuisses larges et musclées. Je me dépêche de lui coller mon tube de crème devant les yeux et j'essaie de reprendre mes esprits pour pouvoir lui parler. *Quelle niaise ! Allez concentre toi et aligne les mots bout à bout sans penser à ce que peux bien contenir ce bout de tissu.*

— Je voulais savoir si tu pouvais me crémer… Enfin mon tatouage, crémer mon tatouage… S'il te plait ?

Il se marre en me regardant de haut et me fait entrer dans sa chambre. Je le suis des yeux et me lèche les lèvres en regardant son côté pile. *Ses fesses sont aussi dures qu'elles en ont l'air ?* Je secoue la tête pour me débarrasser de ses idées salaces et je lui suis reconnaissante quand il passe un jogging.

Mon cerveau se remet à fonctionner et j'avance un peu dans sa chambre pour faire ma curieuse, mais il me fait signe de m'asseoir sur le bout du lit et je m'exécute, sage comme une image pour une fois. *Ah oui avec tout ça j'ai failli oublier !*

— Il faudrait que tu te laves les mains avant, il y a un petit savon désinfectant dans la salle de bain si tu veux.

— Bien mademoiselle !

Quand il revient, il s'installe derrière moi en passant une jambe de chaque côté de ma taille sans pour autant me toucher. Je sens son souffle sur ma nuque et ses doigts se baladent doucement sur ma peau, me faisant frissonner de plaisir. Il suit les contours de mon tatouage de ma hanche à mon dos.

— C'est magnifique !

Je n'ai pas besoin de le voir pour comprendre qu'il est sincère.

— Chris a beaucoup de talent.

Je me tends quand je sens la crème froide sur ma peau et il s'excuse avant de frictionner ses mains l'une contre l'autre puis il recommence à masser ma peau encore chaude de la douche.

— C'est mieux ?

Je lui réponds oui en souriant niaisement, heureusement qu'il ne peut pas me voir, je suis presque sûre d'avoir l'air d'une idiote en pleine poussée d'hormones. Un silence réconfortant s'installe entre nous et j'ai l'impression de vivre un moment charnière. Je me détends et ramène mes genoux contre ma poitrine pour appuyer ma tête dessus en savourant ce moment ou pour une fois, nous ne sommes ni en train de nous disputer ni en train de nous dévorer du regard.

Je ne ressens plus aucune tension, c'est agréable. Personne ne s'est jamais occupé de moi comme il le fait, avec prévenance ? Je crois que c'est le terme, pourtant il ne fait que me mettre de la crème dans le dos, alors pourquoi je me mets dans cet état ? Des tas de mecs m'ont mis de la crème solaire dans le dos, mais là ce n'est pas du tout la même chose on dirait qu'il a peur de me casser en appuyant trop fort, qu'il veut prendre soin de moi. Je dois me faire des idées, je deviens folle. Aucun de nous ne parle, sûrement pour ne pas briser l'instant.

Quand ses mains se retirent, je soupire, mais il reprend de la crème et recommence à me masser.

— Ta peau a tout bu, dit-il comme pour se justifier.

Je ne réponds rien et le laisse faire en m'abandonnant complètement, les bras ballants, et la joue contre les genoux. Quelques minutes plus tard, il a terminé et je soupire de bien-être en mettant discrètement mon débardeur en coton.

Je suis apaisée comme je ne l'ai pas été depuis longtemps alors pour la peine je lui lance un sourire sincère en me retournant.

— Merci.

Il me retourne mon sourire.

— Quand tu veux.

Qu'est-ce qui vient de se passer au juste ? J'ai l'impression d'avoir loupé un wagon. J'en profite pour regarder sa chambre de plus près et je suis surprise, ce n'est pas comme je me l'étais imaginé. Il a un lit immense avec des draps gris foncé très sobre, mais tout le reste de la chambre est décoré de manière très personnelle. Je me lève et m'approche d'une étagère ou plusieurs photos trônent. Un cadre attire mon attention.

— Ce sont tes parents ?

Il se lève aussi et vient se placer derrière moi avant de me répondre si chaleureusement que je sens tout l'amour qu'il leur porte dans sa réponse.

— Oui.

— C'est fou comme tu ressembles à ton père.

Il rigole du nez.

— C'est ce qu'on dit oui. Les tiens te manquent ?

Je pense à mes parents et les larmes me montent aux yeux. Ils me manquent énormément, c'est pour ça que j'évite d'y penser, ça me rend folle de ne pas pouvoir profiter d'eux comme je le voudrais.

— Beaucoup. *Il faut que je change de sujet avant de pleurer comme une petite fille qu'on a oubliée à la sortie de l'école.* Et là, c'est toute la caserne, je suppose ?

— Ouais.

Je me tourne légèrement pour l'observer, il a les yeux pétillant en regardant cette photo. Il ajoute :

— Je n'ai pas eu de frère et sœur alors c'est un peu comme une seconde famille pour moi.

Je souris, car mon frère m'a dit exactement la même chose il y a quelques mois. Je remarque une guitare près de son lit et un carnet ouvert pleins de gribouillis au crayon de bois sur sa table de chevet.

— Tu joues ? Je lui demande surprise en pointant sa guitare.

Il se frotte l'arrière du crâne et replace ses cheveux nerveusement. *Alors là ! Si je m'attendais à voir cette expression sur son visage un jour… Maël, si arrogant et sûr de lui aurait finalement un talon d'Achille ?*

— Euh ouais. J'ai commencé jeune pour impressionner les filles et finalement je me suis pris de passion.

Je rigole en lui rappelant l'histoire du marché qu'il m'a raconté dimanche dernier et il me sourit en affirmant que la guitare marche beaucoup mieux que l'argent pour attirer une fille. Je le crois sur parole, quelle femme saine d'esprit n'a jamais fantasmé sur un musicien ?

Je m'approche de son carnet où j'arrive tout juste à voir quelques mots avant qu'il ne le ferme et me dise que ce n'est pas terminé. Je reste interdite face à lui.

— Tu écris ?

— Ça t'étonne on dirait.

Carrément oui !

— Un peu. Tu me joues quelque chose ?

Mon grand sourire le fait rire et il me fait signe de m'installer sur son lit. Je m'allonge dans le sens contraire et pose les pieds sur le mur tandis qu'il s'installe sur un petit fauteuil en cuir style Chesterfield à droite de son lit, si bien que je peux l'observer en tournant la tête sur le côté.

— Une préférence ?

J'ai beau me creuser la tête, rien ne me vient alors je me contente de répondre.

— Non mais j'adore Ed Sheeran.

Il me sourit, il a l'air satisfait de ma réponse. Franchement, je ne le vois pas du tout écouter Ed Sheeran, il a plus une tête à écouter… Je ne sais pas quoi d'ailleurs, mais pas des chansons d'amour c'est sûr.

— Ça fait un moment que je n'ai pas joué pour quelqu'un alors soit indulgente.

Après quelques réglages sur sa guitare, il commence à jouer. Je manque de défaillir quand j'entends les premiers accords d'une de mes chansons préférées, Kiss me. Les muscles de ses bras qui se contractent et se décontractent en rythme me donnent l'eau à la bouche alors je ferme les yeux et écoute attentivement chaque note. Il est vraiment bon. D'un coup, je l'entends fredonner les paroles et je me retourne sur le ventre pour le regarder. *Wôw* ! Avec sa voix grave et sexy, les paroles prennent tout leur sens et je fonds complètement. Il me regarde l'admirer avec un petit sourire en coin et même si ça me coûte de l'admettre, c'est bien ce que je suis en train de faire en ce moment.

Je ne m'attendais vraiment pas à découvrir une facette aussi craquante de lui alors je l'écoute, complètement subjuguée par son charme et ses cheveux qui lui tombent négligemment sur le front.

I was made to keep your body warm
J'ai été créé pour garder ton corps chaud
But I'm cold as the wind blows
Mais je suis froid comme le vent qui souffle
So hold me in your arms
Donc, prends-moi dans tes bras

My heart's against your chest
Mon cœur est contre ta poitrine
Your lips pressed in my neck
Tes lèvres appuyées dans mon cou
I'm falling for your eyes
Je fonds pour tes yeux
But they don't know me yet
Mais ils ne me connaissent pas encore

And with this feeling I'll forget

Et avec ce sentiment que j'oublierai

I'm in love now

Je suis amoureux maintenant

Kiss me like you wanna be loved

Embrasse-moi comme tu veux être aimée

This feels like falling in love

Ça **ressemble à tomber amoureux**

We're falling in love

Nous tombons amoureux

Il me regarde droit dans les yeux en chantant ce dernier couplet et j'ai des papillons dans le ventre. *Bon sang, il est doué ce con !* Les dernières notes me parviennent et je le regarde comme une fan surexcitée.

— Encore une, s'il te plaît !

Il a les yeux brillants de joie et un grand sourire, il est vraiment à tomber comme ça. Si je pouvais immortaliser ce moment je le ferais, mais il enchaîne sur une autre chanson. Nous passons le reste de la soirée à discuter de notre enfance, allongés sur son lit et il me joue encore quelques airs, si bien que je finis par m'endormir.

Je sens vaguement qu'il me porte et comme il est chaud, je me love contre lui tandis qu'il me serre dans ses bras comme si je ne pesais rien. Il me dépose sur mon lit froid et tire la couette sur mon corps, ses lèvres se pressent sur mon front et je souris avant de tomber dans les bras de Morphée.

**

J'ai été perplexe toute la journée du lendemain. C'est vrai quoi, depuis quand j'apprécie mon colocataire ? Je veux dire apprécier vraiment. Je ne sais pas en tout cas vendredi quand il m'a envoyé un texto et que je me suis mise à rire comme une idiote, j'ai compris qu'il n'était plus seulement « le type avec qui je vis ». Qui sait on va peux être devenir amis tous les deux ? Ça en prend le chemin en tout cas. *Est-ce que c'est normal d'avoir envie de tripoter ses amis ?* J'envoie balader la voix dans ma tête et décide d'arrêter de me prendre la tête avec tout ça.

Je ne l'ai toujours pas revu depuis notre soirée étrange de jeudi soir, car vendredi il était de garde et il est parti aujourd'hui en sortant de sa garde avec ses collègues, direction le fameux gite qu'ils ont loué pour la semaine.

Je suis au bar, j'attends que tout le monde arrive pour ouvrir, il est à peine 18 h 30 donc je pense qu'ils ne vont plus tarder. J'entends le ding qui annonce l'arrivée d'un nouveau SMS, c'est Laura.

Je rigole dès l'ouverture, il y a une photo d'elle horrifiée en premier plan et plein de mecs qui boivent des bières derrière elle. Le SMS dit :

HELP !!!

On est que deux nanas et elle ne me parle pas… Heureusement il y a du bon vin.

A demain midi oublie pas ton réveil sinon je te tue !

Bon je te laisse on va en ville les mecs veulent draguer… GÉNIAL !!

Je lui réponds de se décoincer un peu le cul et de profiter en lui rappelant qu'il y en a qui travaille. Je la vois d'ici insulter son téléphone quand elle verra mon message et ça me réchauffe le cœur. La soirée est super, j'ai jeté un œil à la caisse et on cartonne, il faut dire que Nino se surpasse ce soir, l'ambiance est géniale.

Vers 23 h, Lydia arrive vers moi paniquée, elle me prend par le bras et le serre tellement fort que je sens que je vais avoir des bleus demain. Je la regarde, surprise, mais elle me lance juste :

— Je ne suis pas là !

Et elle file dans la réserve. J'ai bien perçu la détresse dans sa voix alors je retourne calmement au bar en scrutant la salle des yeux, à la recherche de ce qui peut bien l'effrayer à ce point. Mon regard s'arrête sur un mec pas si grand que ça, il doit faire ma taille à vue de nez, mais il est trois fois plus large que moi. *Bon sang c'est humain d'être aussi baraqué ?* Il a les cheveux frisés qui partent dans tous les sens ce qui lui donne des airs de fou furieux et il approche dans ma direction. Je plaque un sourire commercial sur mes lèvres et lui demande ce que je peux lui servir quand il arrive.

— Je cherche Lydia !

OK… et bonjour c'est pour les chiens, je suppose. Je vois qu'il a l'air tendu, ses mâchoires ne font que de se contracter nerveusement et ses yeux sont rouges et gonflés comme s'il était drogué. Je n'hésite pas une seconde.

— Lydia ? Il n'y a pas de Lydia ici vous devez vous tromper.

J'espère être une bonne actrice, mais ma mère m'a toujours affirmé le contraire et lorsqu'il tape violemment son poing sur le bar, je sursaute en posant la main sur ma batte de baseball, prête au cas où il irait trop loin.

— Si vous n'avez pas l'intention de consommer, je vais vous demander de partir monsieur.

J'ai dit ça d'une voix forte et assurée, mais au fond, je commence à baliser un peu. Je cherche Sam du regard et quand je le trouve enfin, ce dernier comprend tout de suite qu'il y a quelque chose qui cloche. Le mec me regarde droit dans les yeux et je peux voir qu'il n'est vraiment pas content, ses traits sont tirés par la colère et on dirait qu'il va exploser à tout moment.

— Un problème ?

Sam s'est redressé de toute sa hauteur et regarde froidement le type en face de moi. *Bah mince alors, il en impose comme ça. Où est passé le gentil Sam ?*

— Sam, tu veux bien montrer la sortie à ce monsieur s'il te plaît ?

Sam lui indique la sortie, le type semble hésiter pendant une seconde et le considère de plus près, mais il finit par partir en furie sans demander son reste, suivi de près par Sam. Je souffle enfin et me rends compte que j'ai toujours une main crispée sur l'alu de ma batte. Je la lâche et vais voir Sam à l'entrée.

— Si tu recroises ce mec tu ne le laisses entrer sous aucun prétexte et tu me préviens c'est clair ?

— Je me ferais un plaisir de lui casser sa petite gueule si besoin.

Je rigole en me dirigeant vers la réserve pour avoir une explication avec Lydia. Elle est repliée dans un coin de la réserve à se ronger les ongles quand j'arrive.

— C'est bon, il est parti.

Elle souffle en se passant la main sur le visage.

— Lydia, il va falloir que tu m'expliques. C'est qui ce mec ?

Elle grimace, mais elle hoche la tête et je lui laisse le temps de rassembler ses esprits.

— C'est mon ex.

J'ouvre tellement grand les yeux de surprise que j'ai l'impression qu'ils vont se faire la malle. Elle me laisse digérer l'information avant de poursuivre et d'ajouter pour s'expliquer :

— Erreur de jeunesse. Bref, je l'ai plaqué il y un mois environ, mais on va dire qu'il ne supporte pas très bien la séparation. Je ne pensais pas qu'il savait que je travaillais ici, je suis désolée.

Je sens qu'elle ne me dit pas tout, car ses yeux sont terrifiés, mais je fais comme si de rien était, déjà elle s'est un peu confié.

— C'est le moins qu'on puisse dire. Je lui ai dit qu'aucune Lydia ne travaillait ici, mais je ne sais pas s'il m'a crue.

Elle me regarde avec gratitude et vient m'étreindre fort. C'est tellement inhabituel que je reste les bras ballants.

— Merci.

Je bredouille un vague « de rien » et la chope par le bras quand elle part en la regardant sévèrement.

— Si tu as des ennuis, viens me voir d'accord ?

Je vois ses yeux briller avant qu'elle hoche de nouveau la tête et je la laisse partir. Je reste quelques minutes à cogiter dans la réserve, il va falloir que je tire tout ça au clair. Pour l'instant, je retourne bosser et j'aide Lydia au service, histoire de garder un œil sur elle jusqu'à la fermeture.

À 5 h, je me couche enfin et règle mon réveil pour 10 h. La nuit va être courte et je suis crevée donc je suis contente quand je sens mon corps s'engourdir et mes yeux se fermer d'eux-mêmes.

**

Je grogne quand la sonnerie stridente du réveil retentie puis je me rappelle que c'est pour partir en week-end au bord de la mer alors je me lève comme un ressort et file sous la douche me laver.

J'enfile mon maillot de bain fétiche, un bikini trouvé dans une petite boutique de lingerie en Nouvelle-Calédonie. Le haut est une sorte de bandeau avec des armatures, mais il y a tout de même deux liens à nouer derrière la nuque pour s'assurer que tout l'attirail ne bouge pas et il est couvert d'imprimés aztèques. Le bas est une culotte basique avec les mêmes imprimés colorés et deux anneaux sur les hanches. Je l'adore, il est joli et très confortable. Je ne sais pas trop si j'aurai le droit de me baigner avec mon tatouage, je demanderai l'avis du professionnel, mais bon je pourrai au moins me dorer la pilule du côté face, car celui de ma hanche est bien cicatrisé. J'enfile ma nouvelle petite robe en jean avec la ceinture cow-boy et les spartiates puis je m'observe dans le miroir.

Pas mal, en plus je n'ai plus besoin de passer des heures pour dompter mes cheveux, ils ont légèrement ondulés alors je prends juste mes lunettes de soleil, le petit sac que j'ai préparé vendredi et je file au parking récupérer ma voiture. J'entre l'adresse sur le GPS de mon téléphone, car je suis une véritable quiche en orientation et c'est parti pour les vacances direction Pornic. Je mets à fond l'album de P-Square dans ma petite coccinelle et je chante avec les vitres grandes ouvertes. *Ahhh les vacances commencent bien !*

J'arrive sur les coups de midi devant l'adresse indiquée, j'entre par le grand portail en fer noir et suis le petit chemin dans ma voiture jusqu'à une magnifique maison en pierre sur trois étages. La grande maison est entourée de verdure et d'arbres en fleurs, c'est vraiment beau ici, je ne sais pas qui a trouvé cette location, mais j'adore. Je monte les escaliers et toque avant d'entrer, mais c'est le calme plat à l'intérieur alors j'avance et découvre un grand salon et une cuisine en enfilade. Je poursuis mon chemin jusqu'à une double porte menant sur le jardin de l'autre côté de la maison.

Je siffle en admirant la vue de dingue qu'on a sur la mer, en fait d'où je me trouve je vois le jardin en contrebas et une petite route puis la mer étendue à perte de vue. J'ouvre la porte et descends les petites marches pour aller dans le jardin où j'aperçois Laura et Fab qui prennent leur petits-déj en amoureux.

— Salut les tourtereaux !

Laura se lève et saute sur place jusqu'à ce que je la rejoigne, on se tape dans les mains comme quand on était petite puis elle s'immobilise d'un coup.

— Oh mon Dieu Ivy ! Qu'est-ce que tu as fait à tes cheveux ?

Elle devient hystérique levant des mèches devant ses yeux.

— Du calme ma poule ça repousse.

— Ça repousse ? J'y crois pas ! Tu as de la chance que ça t'aille bien et que je sois vraiment contente que tu arrives enfin.

— Tu n'es là que depuis hier Laura ce n'est pas la mort quand même. C'est vraiment magnifique ici en passant.

— C'est déjà trop long si tu veux mon avis. Et elle me serre dans ses bras. C'est vrai que le cadre est super.

Je vais saluer Fabien, qui a l'air dans le gaz et m'installe avec eux pour partager le déjeuner gargantuesque qui se trouve sur la table.

Ils me racontent leur soirée d'hier et tout ce que j'ai loupé, comme Fab qui a trop bu et qui a vomi en boîte de nuit obligeant tout le monde à rentrer plus tôt que prévu.

Je comprends mieux pourquoi Laura paraît si renfrognée et je rigole en regardant l'air penaud de Fabien.

— Oh je ne t'ai pas dit ! La soi-disant copine de ton frère nous a rejoints dans la soirée, elle est encore là donc on va pouvoir creuser.

Elle me dit ça presque en chuchotant et je la regarde déjà prête à échafauder des plans pour en savoir plus quand Fab nous coupent.

— Évitez de vous mêler de leurs histoires les filles, je ne pense pas que Théo apprécierait de vous voir conspirer contre sa copine même si elle est la pire des connes.

On souffle en le regardant d'un air mauvais et il abandonne en trempant son croissant dans son bol de café.

— Bon tu me fais visiter le bord de mer ?

On passe une bonne heure à discuter en marchand le long de la plage, il fait déjà chaud, mais je ne veux pas enlever ma robe avant d'avoir consulté Chris alors on rentre pour découvrir presque tout le monde en train de dessouler au bord de la piscine. Je n'avais même pas vu la piscine cachée par des arbustes au fond du jardin, décidément cette maison est parfaite. Ils ne nous ont pas encore vues comme nous sommes dans la cuisine largement au-dessus et loin d'eux.

— C'est elle, la copine de mon frère ? dis-je en pointant une petite brune toute maigre faire sa diva en demandant à Théo de la regarder plonger.

Laura se marre en opinant et ajoute sur un ton très aigu et un peu niais.

— Salut, moi c'est Jessica, la salope de service.

On pouffe comme des gamines quand on est interrompu par un raclement de gorge qui nous fait sursauter.

— Alors comme ça vous jouez les espionnes ? C'est pas bien ça les filles.

— Putain Chris tu m'as foutu les jetons. Je respire pour reprendre mon souffle, mais il me chope par la taille et me balance sur son épaule en sortant dehors.

— Je suis sûr que tu crèves de chaud il faut te rafraîchir Speedy !

Sur ce, il court pour sortir alors que je me débats en lui donnant des coups dans le dos et en lui criant d'arrêter. Laura nous suit de loin pliée en deux et je lui lance mon regard « Tu vas me le payer ». *Non, mais où est la solidarité féminine quand on en a besoin Bon Dieu ?* On arrive près de la piscine et les regards doivent être sur nous vus comme je piaille et je rigole à la fois. D'un coup je repense à mon tatouage.

— Chris ! Mon tatouage ! Je peux pas me baigner !

Je vois ses pieds s'arrêter sur la seconde marche de la piscine, une partie de mes cheveux trempent déjà dans l'eau.

— Tu fais chier Ivy.

Je sens que j'ai gagné, il tire sur mes jambes pour me refaire passer par-dessus son épaule puis sur le devant de son corps, sauf qu'avec ma grâce naturelle et sa délicatesse légendaire, on se loupe quelque part et je tombe directement dans l'eau.

Heureusement, je sens des mains trempées me récupérer avant que mon dos soit totalement immergé. J'ai de l'eau jusqu'à la taille alors je me dépêche de me retourner en riant pour m'agripper fermement à mon sauveur qui n'est autre que Maël. Il est trempé et je me retrouve face à lui, tout près de sa bouche où j'ai bien envie de déloger une gouttelette d'eau sur sa lèvre supérieure.

— Merci.

Il me sourit pour réponse et me dit de m'accrocher alors je croise naturellement mes jambes sur ses reins tandis qu'il sort de l'eau en me portant. Une fois hors de l'eau, je suis toujours agrippée à lui et lui me tient toujours aussi fermement dans ses bras.

— Tu peux la lâcher maintenant, je ne crois pas qu'elle va se noyer. Dit Chris un peu sèchement.

Il me lâche brutalement alors que je desserre l'étau de mes jambes et de mes bras en douceur avant d'aller faire la bise à tout le monde. Je fais exprès de terminer par Théo et Jess pour voir comment il va me la présenter. Je lui fais rapidement un petit câlin et il me lance un regard angoissé avant de me faire la bise.

— Salut je te présente Jess, une… bonne amie.

Une bonne amie tient donc ? Je ne savais pas qu'on couchait avec ses bons amis. Je m'abstiens de tout commentaire avant de me tourner vers la fameuse Jess qui est rouge de colère.

— T'es qui ?

Attention mademoiselle sort les crocs ! En comprenant qu'elle me prend sûrement pour une concurrente, je rigole avant de la rassurer sur ce point.

— Si tu m'avais laissé le temps, j'aurais pu te dire que je suis la sœur jumelle de Théo.

Je pensais qu'elle serait plus aimable en sachant que je ne veux absolument pas lui piquer son mec, mais non, elle dodeline de la tête avant de partir en direction de la maison suivie de près par mon frère.

— Qu'est-ce qu'elle a ?

Maël hausse des épaules comme pour dire « Je comprends rien aux nanas alors me demande pas ».

On prépare tous à manger, les hommes font le barbecue et avec les filles on prépare une grosse salade de légume pour accompagner la viande. L'ambiance est assez froide, Jess ne parle pas, quant à Nathalie la copine de Louis, un des collègues des gars que j'avais déjà vu chez nous, elle ne sait pas trop où se mettre. On essaie de la mettre à l'aise, mais rien n'y fait, elle ne doit pas être bavarde, mais ça ne nous arrête pas avec Laura, on a de quoi faire pour quatre.

Une fois le repas terminé tout le monde va se préparer pour passer l'après-midi à la plage alors je prends Chris à part pour qu'il regarde si je vais pouvoir me baigner ou pas.

J'enlève ma robe pour être en maillot de bain et il me fait déplacer pour mieux voir. Tout en examinant minutieusement chaque ligne, il me demande :

— Il se passe un truc entre Maël et toi ?

Je me crispe. Pourquoi il me demande ça ? Et qu'est-ce que je suis censé lui répondre ?

— Euh je sais pas. Non, je crois.

— Tu crois ?

Ce qu'il m'agace !

— Non, il ne se passe rien et en quoi ça te regarde ?

Il rit dans mon dos.

— Oh tout doux la tigresse c'était juste une question. Fais attention c'est tout. De toute manière je veille sur toi et je l'ai à l'œil.

C'est à mon tour de rire, je me retourne en le serrant dans mes bras.

— Merci Chrissounet. T'inquiète pas OK ? Pendant une minute, j'ai cru que t'étais jaloux.

— Jaloux ? T'es comme ma sœur Speedy.

Je le regarde en grimaçant et il rit en ajoutant.

— Enfin une sœur que j'ai vue presque à poil et que je trouve canon, mais bon.

Je lui envoie une petite tape dans le bras et on rigole ensemble avant de retrouver les autres. Mon tatouage est cicatrisé donc en me tartinant régulièrement de crème indice 50 je peux m'exposer au soleil. C'est plutôt une bonne nouvelle, car il doit faire pas loin de 30° et je crève de chaud. On se sépare en deux groupes, ceux qui veulent rester à la piscine avec mon frère, Chris, la plupart des mecs ainsi que Nathalie et ceux qui veulent aller à la plage avec Laura, Jessica, Fab, un certain Cyril, Maël et moi. Je suis un peu étonnée que Jess ne reste pas avec Théo, mais je ne dis rien, c'est peux être l'occasion de mieux la connaître.

Maël qui connaît bien le coin nous guide vers un endroit tranquille. Pendant tout le chemin, Jess est restée aux coudes à coudes avec Maël à discuter. Pourquoi ça m'énerve ? Je n'en sais rien, mais lorsque nous arrivons, je suis sur les nerfs.

J'oublie tout ça à l'instant où je découvre le coin de paradis où il nous a emmenés. C'est une petite crique déserte où l'eau est transparente. J'arrive même à voir le fond alors qu'il y a bien cinq ou six mètres de fond vu d'ici.

— Wôw ! C'est génial ici comment tu connais cet endroit ? demandé-je à notre guide.

— J'ai grandi ici je te rappelle, je connais la ville comme ma poche.

Il est fier de lui et je ne peux pas le contredire, c'est splendide. Alors que tout le monde part se baigner, on installe nos serviettes sur une grande pierre lisse avec Laura et on fait nos langues de vipères.

— Mais à quoi elle joue ? Tu l'as vue avec Maël sur le chemin ? dis-je à Laura.

— Ouais. Je ne comprends pas. Putain regarde-moi ça j'hallucine !

On observe médusé Jess enlever le haut de son maillot de bain juste sous le nez de Maël. C'est définitif : je hais cette nana !

12

Maël

Ça fait un bien fou de revenir aux sources même si ce n'est que pour une semaine. La maison où on loge appartient à des amis de la famille et comme ils me connaissent bien, ils ne m'ont rien fait payer. Il faudra que je pense à remercier mes parents d'avoir géré avec leurs amis pendant qu'on est dans le coin, sinon je vais en entendre parler pendant des mois.

C'est la première fois que je pars avec les gars de la caserne et pour l'instant l'ambiance est top. J'avoue que ça manque cruellement de nanas, mais bon Ivy est arrivée ce midi et je suis un peu focalisé sur elle depuis que je l'ai surprise en train de danser à poil sous la douche. Je la revois encore couverte de mousse, bon sang j'ai bien cru que j'allais la prendre dans la seconde tellement elle m'a excité. Heureusement, quand je l'ai vue faire sa danse bizarre et chanter comme une casserole, j'ai réussi à me reprendre. Le truc c'est que depuis j'ai envie de l'enfermer dans ma chambre à double tour pour lui montrer à quel point je suis un Dieu au lit.

La soirée qu'on a passée dans ma chambre a changé pas mal de choses entre nous aussi, j'ai découvert qu'en plus d'être chiante elle pouvait aussi être douce et drôle, ce qui est plutôt une bonne surprise. Elle me plaît bien et je pense que je lui plais aussi, mais je ne suis sûr de rien, c'est difficile vu qu'elle souffle le chaud et le froid constamment. Je me rends compte que je n'ai baisé aucune fille de mon répertoire depuis qu'elle a dégagé « 16 bl » de chez moi il y a une semaine. *Tu m'étonnes qu'elle m'obsède. Faut que je baise… CQFD.* Je chasse bien vite mes pensées lubriques et me concentre sur l'eau transparente et le soleil sans nuages qui tape.

En tout cas, ces vacances démarrent parfaitement, enfin à une exception près : Jess, la copine de Théo. Elle n'arrête pas de m'allumer depuis ce matin. Je n'ai pas trop compris pourquoi elle n'était pas restée à la piscine avec son mec, mais là je comprends mieux.

Je suis face à ses petits seins tout blancs. Bon je mentirai en disant que ça ne m'échauffe pas un minimum, mais c'est la meuf d'un pote et ça c'est sacré !

Je ne dis rien alors qu'elle me sourit comme si elle attendait que je lui demande de se mettre à poil et d'écarter les jambes. *C'est vrai que c'est mon style !* me dis-je en riant, mais je m'éloigne et pars nager un peu en la laissant planter là comme une idiote.

Si elle continue, je vais devoir en parler à Théo, ce qui ne me tente pas trop vu qu'on s'est pris la tête il n'y a pas si longtemps à propos de sa sœur.

Je nage une bonne demi-heure et à mon retour j'observe en souriant Laura qui trempe un pied prudent dans l'eau avant de se plaindre qu'elle est trop froide. Fabien est dans l'eau en face d'elle à la rassurer pour qu'elle vienne le rejoindre, mais ça n'a pas l'air de porter ses fruits.

Je cherche Ivy des yeux et j'oublierais presque de nager quand je la détaille du regard, elle est vraiment sexy avec son petit maillot de bain coloré et sa peau bronzée. Je me rapproche de Fabien pour mieux les entendre quand Ivy arrive et pousse directement Laura dans l'eau. Quand Laura remonte à la surface en recrachant la tasse qu'elle vient de boire, on est mort de rire avec Fabien.

— Tu vas me payer ça Ivy !

— Quoi ? T'allais jamais y aller sinon, dit-elle en riant et en s'éloignant du bord par précaution.

C'est un sacré numéro cette gonzesse, elle me surprend constamment. On voit Laura galérer pour sortir de l'eau puis s'élancer rageusement vers ma coloc en lui criant des insultes. C'est très divertissant de voir deux belles filles s'étriper.

— Laura mon cœur revient dans l'eau, crie Fabien en riant.

— Non, mais quatre ans d'âge mental quoi. Elles me font pitié !

Je n'écoute pas la remarque de Jess et observent les filles, c'est vrai que ce n'est pas mature, mais on est venu là pour s'amuser et profiter. Ça fait du bien de ne plus être adulte par moment, on a tous besoin d'un break de temps en temps. Elles finissent par se réconcilier et je les vois grimper sur les rochers qui surplombent la petite crique. Une fois en haut on voit bien qu'elles ne sont pas rassurées alors avec Fab on les encourage à sauter.

— Allez, il doit y avoir quoi, sept ou huit mètres les filles !

On les entend se disputer en haut sans comprendre ce qu'elles se disent, mais je pense que j'aurais mieux fait de ne pas mentionner la hauteur. C'est vrai que ce doit être impressionnant, moi j'ai l'habitude on faisait ça tout le temps avec mes potes quand on était ado et on sautait de bien plus haut. D'un coup une idée me vient et je sais comment les motiver à sauter.

— Laisse tomber Ivy je sais que t'es une froussarde, c'est pas grave ! Je crie en mettant mes mains en porte-voix pour qu'elle m'entende.

Je cache mon sourire dans l'eau quand elle me montre son doigt de loin. Enfin je suppose que c'est son doigt, car je ne distingue pas les détails de là où je suis, mais je ne pense pas qu'elle me fasse coucou. J'entends une insulte sans la comprendre et je sais que c'est dans la poche, elle va sauter.

Elles se taisent et se prennent la main comme pour se donner du courage, Fabien fait office de groupie en criant ses encouragements à Laura. Ça me fait sourire, il est vraiment fou d'elle, si je devais décrire l'amour, je les prendrais comme exemple. Enfin là on dirait plus une maman poule et je ne me gêne pas pour lui faire remarquer.

— Va te faire foutre Maël ! Allez, mon cœur tu peux le faire vas-y. Un… Deux… Trois !

On les voit crier en courant et se lancer dans le vide pour crier de plus belle. *Elles en ont dans le slip ces deux-là quand même.* Je me rends compte que je souris comme un idiot alors je me reprends, juste à temps pour voir le plat monumental d'Ivy. *Mais pourquoi elle a replié les jambes avant d'atterrir dans l'eau bordel ?* Je me dépêche de nager en crawl jusqu'aux filles, ça ne me fait même pas rire, car un plat à cette hauteur peut faire très mal. J'arrive à côté d'elles et elles sont mortes de rire, ce qui me rassure un peu.

— Ça va ? Je lui demande.

— Aie. Non. Aie. Je sens plus mes jambes ! dit-elle en passant du rire à la panique.

Je l'aide à nager jusqu'au bord pendant que Laura se fout de sa gueule. Je l'assois sur un rocher à moitié dans l'eau et je m'énerve !

— Mais pourquoi tu ne peux rien faire comme les autres hein ? Putain t'as essayé de faire quoi là ?

Elle me regarde sans trop comprendre et répond d'une petite voix.

— Bah… une bombe ?

Je la regarde pour voir si elle déconne, mais non elle est très sérieuse.

— Une bombe ? À huit mètres de haut ? Mais t'es inconsciente ma parole !

Elle roule des yeux comme pour me dire « c'est bon lâche moi. » Et je me sens un peu con d'être là à m'énerver tout seul alors que je viens de dire à Fab qu'il ressemblait à une mère poule. Je ne suis pas beaucoup mieux sur ce coup-ci, mais c'est une déformation professionnelle, je suis comme ça. *Oui, mais bien sûr et la marmotte, elle…* Je fais taire mes pensées et me concentre sur elle.

Tandis que les autres sont partis se sécher et faire bronzette, je suis toujours dans l'eau en face d'Ivy tranquillement assise sur son bout de rocher. Je prends une de ses jambes entre mes mains et masse doucement son tibia.

— Tu sens ça ? Je demande la voix rauque.

Bizarrement l'eau est beaucoup moins fraîche d'un coup.

— Oui. Je vais pouvoir marcher de nouveau docteur ? Pas de fauteuil roulant ?

Elle se fout de moi et le pire c'est que ça me fait rire. *Reprends-toi* ! T'es un mâle dominant, *pas une carpette !*

Je ne lui réponds pas, à la place je laisse courir mon regard sur son corps en passant sur ses seins qui ont l'air de me crier de les sortir de là et de les embrasser. Mais en continuant mon examen approfondi, je remarque un petit détail qui m'intrigue et je tends la main pour toucher son nombril.

— Tu es percée ? Intéressant.

Je me sens durcir, mais elle me tape sur la main comme on empêche un enfant de piquer les gâteaux qui sortent du four.

— Tu joues à quoi là Maël ?

Elle est en colère et ça n'arrange pas mon état, car par je ne sais quel dysfonctionnement, c'est la seule personne qui m'excite autant quand elle est en rogne. *Même quand elle me crie dessus, je bande. C'est plutôt gênant !* Je décide de répondre franchement pour une fois.

— Je ne joue pas.

Je vois un changement s'opérer dans son regard, mais je n'ai pas le temps de m'attarder dessus, car les autres nous appellent pour rentrer. *Il va falloir que j'arrive à la coincer quelque part pour pouvoir être tranquille très vite sinon je vais péter un câble…* Je souffle en me décalant pour me hisser hors de l'eau et l'aider à se relever.

Elle vacille et je la retiens par les bras.

— Ah j'ai des fourmis dans les jambes.

— Tu m'étonnes ! C'est ça de vouloir jouer les ninjas.

Elle me lance un regard noir qui me fait rire.

— Oh ça va doucement Jackie Chan. Grimpe sur mon dos, je vais te porter jusqu'au chemin.

Elle cligne des yeux, incrédule, et croise les bras en travers de sa poitrine, mais elle rattrape vite mon bras en se rendant compte qu'elle ne tient pas sur ses jambes.

— Je croyais que j'étais lourde ?

Je rigole franchement. *Lourde ?* Je me rends bien compte qu'elle est grande, mais ça reste un hamster comparé à ma stature. À ce moment, je me souviens de notre altercation la semaine dernière quand mon jeu de chatouilles est devenu en l'espace de quelques secondes une tout autre sorte de jeux. J'ai dit ça parce que j'étais troublé et c'est tout ce que j'ai trouvé pour m'enfuir, mais je ne le pensais pas, loin de là d'ailleurs, mais hors de question que je lui avoue ça.

— Bon tu montes ou je te laisse là ? lui dis-je en souriant.

Elle est butée, je vois qu'elle ne bouge pas d'un pouce et à mon avis si elle n'était pas obligée de se retenir à moi, elle se serait déjà barrée. Je souffle agacé et je la prends dans mes bras en passant une main dans son dos et l'autre sous ses genoux, comme lorsque je l'ai porté pour la mettre au lit l'autre soir.

Elle laisse échapper des remarques sur ma façon de la tenir comme quoi je lui brise les côtes en la serrant aussi fort, elle m'ordonne de faire attention à chaque pierre qu'on croise, bref elle commence à me les briser, sévère, et je me dis que je préférais quand elle dormait.

— Ivy ?

— Quoi ? me répond-elle en regardant le sol et me serrant de plus belle derrière la nuque.

— Ferme là ! Je te tiens.

Elle me fait les gros yeux, mais ne dit plus rien. *C'est bien, tu vois tu peux être obéissante quand tu veux.* Je ne formule pas ma pensée à voix haute sinon je vais l'entendre jacasser jusqu'à ce soir.

Il est un peu plus de 17 h quand on rentre et je retourne de suite dans l'eau de la piscine pour me rafraîchir. Je passe le reste de la journée avec les gars sur le bord de la piscine à boire quelques bières entre deux parties de foot dans le jardin.

Vers 20 h, Théo nous prévient qu'il va allumer le barbecue, je lui dis que je le rejoins à la fin de ma bière pour l'aider. Un bon quart d'heure plus tard, je me dirige vers le fond du jardin et je le trouve en train de crier sur sa sœur.

C'est étrange, car même si je ne la connais pas depuis longtemps, je sais qu'elle est très proche de lui, c'est peut être courant entre frère et sœur, remarque. Quand elle me voit approcher, elle se barre en lui lançant doucement presque gentiment alors qu'il est évident qu'il l'a blessée :

— Je t'aurais prévenu frérot.

Il ne répond rien, mais il est en pétard quand j'arrive à côté de lui. C'est quelqu'un de calme et réfléchi alors je n'ai pas l'habitude de le voir s'énerver, ça me fait bizarre, mais je ne dis rien. Je repense à Ivy qui est très impulsive contrairement à son frère, peut-être que quand ces deux-là sont ensemble leurs caractères déteignent l'un sur l'autre.

Je le regarde maltraiter les cagettes au pied du barbecue et les balancer dans le feu. Une fois qu'il a tout mis dedans, il souffle longuement et se libère d'un poids.

— Bordel ce qu'elle peut me faire chier !

Je ris de bon cœur, car j'ai dû me répéter cette phrase une bonne centaine de fois depuis qu'elle habite avec moi. Il finit par rire aussi et je lui tends une bière fraîche que j'ai prise en me resservant avant de trinquer avec lui.

— Tu veux en parler ?

Il m'étudie sans doute pour voir si je suis sérieux et quand il se rend compte que je le suis, il semble hésiter puis il hoche la tête avant de se confier à moi.

— Elle vient de m'engueuler parce que soi-disant j'aurais pu lui présenter Jess avant, au lieu de la mettre devant le fait accompli devant tous mes potes.

En parlant, il prend une pause tordante, tout son poids est sur sa jambe droite et il lève un doigt vers moi en faisant partir sa voix dans les aigus pour imiter sa sœur. Je ne peux pas m'empêcher de rire avec lui, car son imitation est très réaliste, il a dû s'entrainer longtemps pour en arriver là.

— Et ensuite elle l'a enterrée en disant je cite : « Ta Jess de mes couilles est une grosse salope qui se fout de ta gueule ! ». Mec, elle l'a connaît depuis une demi-journée et elle vient déjà se mêler de ma vie de couple.

Je reste pensif, car pour le coup je suis plutôt d'accord avec Ivy, Jess n'est pas honnête avec lui. Je ne veux pas m'avancer et lui créer des problèmes alors je décide de lui dire les choses simplement comme je les vois.

— Te vexe pas mon pote, mais Jess est pas vraiment le type de nana avec laquelle je te vois en couple.

Je le vois serrer les mâchoires durement et j'ajoute.

— Mais si tu es bien avec elle, ça me va OK ? Je te donnais juste mon avis extérieur.

Il a l'air de penser à ce que je viens de dire puis il hoche la tête et entrechoque sa bière avec la mienne avant de boire. C'est sa façon de m'informer que cette conversation est finie et franchement ça me va très bien. Je ne compte pas lui dire que Jess m'a dragué toute la journée tant qu'elle ne formule pas ses intentions de vive voix, je ne risquerai pas mon amitié avec mon pote pour des impressions. On met les côtes de bœuf sur la grille et on observe la viande cuire en silence, enfin en bavant serait plus juste.

— J'ai été dur avec elle, me balance Théo de but en blanc et je ne comprends pas bien de quoi il parle, mais il a l'air peiné.

— Avec qui ? Ta sœur ?

Il hoche la tête d'un air coupable et je ris du nez.

— Mec, ta sœur est une dure à cuire, j'ai pu m'en rendre compte à de multiples reprises d'ailleurs.

Il rigole et me frappe l'épaule comme pour me dire : « Ah enfin quelqu'un qui peut comprendre ce que j'ai enduré ».

Après plusieurs minutes de silence, je me décide à lui en parler.

— Elle me plaît.

Il me regarde surpris puis perplexe.

— Qui ? Ma sœur ? Ma sœur te plaît ?

Sur le coup, j'ai un peu peur de sa réaction, mais il est clair que je vais tenter quelque chose avec elle donc autant jouer franc jeu. Je me redresse, hoche la tête et essaie de paraître impassible, mais je fronce les sourcils quand il explose de rire en posant sa bière sur la petite table à côté de nous pour se tenir les genoux en riant.

— Qu'est-ce que j'ai dit de drôle ?

Il se redresse lui aussi et me regarde avec un grand sourire.

— Ma sœur te plaît ? T'es dans la merde mon gars tu le sais ça ? Ma sœur… j'y crois pas.

Je laisse l'air s'échapper de mes poumons et lui sourit tout en restant quand même sur mes gardes.

— Alors, tu ne vas pas me faire le discours dû : « Si tu lui fais du mal, je te tue ? »

Il secoue la tête comme s'il n'en revenait pas.

— Non, elle est grande et puis je ferais bien pire que te tuer si tu lui faisais du mal. Il y a pire que la mort, tu sais ? me dit-il avec un regard de psychopathe et je flippe pendant une seconde avant qu'il éclate de rire.

— Je te fais marcher Maël, détends-toi.

Je souris, mais je n'ai pas vraiment eu l'impression qu'il déconnait. On en revient à des sujets plus légers et je lui raconte le plat phénoménal d'Ivy, on se bidonne quand je lui rejoue la scène.

Plus tard, on rapporte la viande parfaitement cuite à table et pendant que je sers tout le monde, je vois Ivy et Chris au loin sortir de la maison pour venir nous rejoindre. Je fronce les sourcils en les observant, ils sont lavés et changés tous les deux et Chris à un bras en travers de ses épaules. *Qu'est-ce qu'ils foutent ces deux-là ?* Ça ne me plaît pas du tout, mais je reprends mon service comme si de rien n'était tandis qu'ils s'installent l'un à côté de l'autre près de Laura et Fabien.

Je m'assois près de Théo en bout de table d'où j'ai une vue directe sur le quatuor. L'ambiance est bonne, tout le monde rit et se raconte des anecdotes et j'essaie d'oublier la façon dont elle lui sourit et rigole avec lui. *Pourquoi je suis jaloux ?*

Après manger, la nuit est tombée et il n'y a plus un brin de vent du coup il fait encore chaud. On décide de faire une soirée poker sur la grande table du jardin, j'allume les torches tout autour de la table et de la piscine pour avoir de la lumière et les gars s'occupent de sortir les enceintes dehors pour qu'on puisse mettre de la musique.

Certains ne savent pas jouer alors on leur propose de jouer en binôme pour la première partie pour qu'ils comprennent bien les règles. Ivy et Laura sont parties après le repas et sont introuvables alors on commence sans elles. Le niveau n'est pas très élevé, mais on s'amuse bien, je remarque que je suis assez bon pour bluffer et je ne m'arrête plus, je gagne même certaines parties avec des jeux pourris.

Les heures passent et il est bientôt minuit quand les filles réapparaissent enfin. Je les entends arriver sans les voir, elles sont mortes de rires et elles ont l'air bien éméchées avec leurs voix trop aiguës. Elles ne font même pas attention à nous lorsqu'elles arrivent dans le jardin et quand elles remarquent que presque tout le monde les regarde, elles gloussent de plus belle. *Elles sont complètement cramées ma parole !* Je les observe plus en détail et je vois qu'elles tiennent chacune une bouteille. Une bouteille de vin vide pour Laura et une de whisky à moitié vide pour Ivy. En parlant de ma coloc, elle a le genou gauche tout écorché et en sang, mais ça n'a pas l'air de la préoccuper beaucoup. Je vois Théo bouillir à côté de moi et ça me rassure un peu de voir que je ne suis pas le seul à être agacé. D'ailleurs, il se lève en bandant les muscles et se précipite vers sa sœur.

— Mais vous étiez où ? Comment tu t'es fait ça ?

— C'est bon je suis une grande fille Théo.

— Ah oui c'est flagrant !

Je souris en entendant son frère lui faire la leçon comme à une petite fille et je me félicite d'être resté assis. Chris se lève à son tour pour regarder de loin sa blessure puis il soupire soulagé en se rasseyant.

— Putain, j'ai eu peur que ce soit la jambe droite, heureusement mon œuvre d'art est intacte.

Elle lui sourit et il ajoute :

— On pourrait faire un strip-poker hein les filles ?

Fabien le foudroie du regard et prend Laura sur ses genoux.

— Allez, Speedy, tu connais les règles maintenant.

Elle rougit puis nous tourne le dos pour entrer en vitesse dans la maison en montrant son majeur à Chris. *Je n'ai pas du tout compris ce qu'il vient de se passer là !* Mais Chris et Théo semblent se comprendre puisqu'ils se donnent une bourrade et rigolent ensemble. Son frère finit par nous expliquer qu'ils y ont joué il a longtemps et Ivy ne connaissait pas les règles alors pour être sûr de ne pas perdre elle était venue avec six couches de vêtements sur elle. Tout le monde rit et j'essaie de l'imaginer emmaillotée de fringues, bizarrement ça ne m'étonne pas d'elle.

Vingt minutes plus tard, elle n'est toujours pas revenue alors je suppose qu'elle est partie dormir, mais en voulant aller aux toilettes, je trouve la porte de la salle de bain close. Un petit « occupé » crispé me répond. *Qu'est-ce qu'elle fout ici depuis vingt minutes ?*

— C'est Maël.

— Et c'est toujours occupé ! me répond-elle sèchement.

Pourquoi je souris comme un idiot ? Je me reprends et lui dis sur le ton de la plaisanterie.

— Bah alors t'as trop bu ? Allez, laisse-moi entrer je te tiendrai les cheveux.

Je l'entends souffler puis le click du verrou résonne. J'entre pour découvrir un vrai chantier, elle a vidé tous les placards et tout est éparpillé sur le sol. Elle n'a pas l'air d'être malade alors qu'est-ce qu'elle fabrique ? Je n'ai pas le temps de lui poser la question qu'elle m'explique confuse.

— Je cherchais du désinfectant pour mon genou, mais j'ai pété l'étagère et bien sûr tout est tombé… Arrête de te marrer !

Mais je ne peux pas m'arrêter, je regarde l'étagère en question et effectivement, une des équerres a lâché. Je l'aide à ranger les produits sur un coin du lavabo et lui dit que je réparerai ça demain, ce qui semble la soulager.

— Aller Chan montre-moi ta blessure de guerre.

Elle rigole avant de tendre sa jambe vers moi.

— Ce n'est qu'une petite égratignure, mais il faut la désinfecter, tu as plein de sable dedans. Assieds-toi sur le meuble du lavabo.

À ma grande surprise, elle s'exécute rapidement en se hissant à l'aide de ses coudes et me regarde ouvrir un sachet de compresses et y verser du désinfectant dessus.

— Tu vas me dire comment tu t'es fait ça ?

Elle pince les lèvres et secoue la tête en rougissant. Je hoche la tête en souriant et décide de la laisser tranquille pour l'instant.

— Ça t'arrive souvent ce genre de choses ?

— Assez oui, on a deux pieds gauches dans la famille.

Elle m'adresse un sourire complice avant que je nettoie la plaie et lui mette un petit pansement Bob l'éponge. Pendant que je la soigne, je repense à ce que j'ai vu aujourd'hui et lui demande sans préambule.

— Il se passe un truc entre Chris et toi ?

Elle écarquille les yeux et je la vois ouvrir et refermer la bouche plusieurs fois pour finalement me répondre :

— On est amis.

— Juste amis ?

Elle fronce les sourcils et ajoute.

— Oui, on est très bons amis. Pourquoi tu…

Je ne lui laisse pas le temps de finir sa phrase, c'est tout ce que j'ai besoin de savoir pour le moment. Je prends son visage entre mes mains et pose doucement mes lèvres sur les siennes. Je l'ai prise par surprise à en juger par ses grands yeux verts écarquillés quand je pose mon front contre le sien en passant ma langue sur ses lèvres pour la goûter. *Délicieuse.* Je la regarde et respire son air en attendant qu'elle retrouve ses esprits, ses yeux trouvent les miens et quand je vois l'éclat presque sauvage des siens, mes muscles se tendent.

Elle m'agrippe les cheveux à deux mains et tire dessus pour que sa bouche puisse dévorer la mienne, son baiser à elle n'a rien de délicat et ça m'excite autant que ça me perturbe. Ma queue fait la holà dans mon caleçon quand elle mordille ma lèvre inférieure et je craque.

Je passe un bras dans son dos et la ramène brusquement contre moi en étouffant un gémissement quand elle m'entoure de ses jambes. Je la soulève du lavabo pour pouvoir empoigner ses fesses qui m'obsède depuis que je la connais.

C'est dans cette position, moi debout en plein milieu de la salle de bain en train d'agripper et de caresser le magnifique petit cul d'Ivy et elle, en train d'onduler contre ma bite en m'embrassant que nous surprend Laura.

Elle ouvre la bouche dans un « O » à la fois surprise et amusée.

— Oh... Euh... Désolé. Je... Je voulais juste voir si tu allais bien Ivy. Mais... ça a l'air d'aller, dit-elle en gloussant.

Mon excitation est loin d'être passée, mais je vois que Laura n'a à l'évidence pas l'intention de quitter la salle de bain alors je repose doucement Ivy sur le lavabo et je la regarde, le souffle court en me retenant de ne pas l'emmener de force dans ma chambre pour la baiser comme elle le mérite.

Elle me fait un clin d'œil et agrippe ma nuque pour que sa bouche soit à hauteur de mon oreille avant de me chuchoter :

— Cette discussion n'est pas terminée.

Je la regarde comme un affamé, ma poitrine et mon ventre se tordent dans une émotion inconnue. *Comment elle s'y est prise pour retourner la situation comme si c'était elle qui me menait par le bout du nez ?* Je fronce les sourcils et approche mes lèvres de son oreille en la grondant.

— Ne me pousse pas à bout Ivy !

Elle me lance un grand sourire et avec ses joues encore rouges de notre baiser amélioré et ses yeux brillants, elle est sublime. Je me dépêche de m'éclipser et les entends glousser comme des gamines à peine la porte refermée derrière moi.

Après m'être rafraîchi à grand coup d'eau fraîche sur le visage dans la cuisine, je retrouve les autres dans le jardin et m'assois en me repassant la scène dans ma tête.

J'ai envie d'aller la chercher et de finir ce qu'on a commencé, mais je me retiens et me serre un triple whisky.

Je vais au moins avoir besoin de ça pour me calmer, mais le goût du whisky me rappelle son goût à elle quand elle caressait ma langue avec la sienne il y a quelques minutes.

Je croise le regard de Théo qui me regarde avec un petit sourire narquois et je vide mon verre d'un trait. *Bordel, mais qu'est-ce qu'elle m'a fait !*

13

Ivy

— Purée c'était quoi ça ?

Je regarde Laura sans trop savoir quoi lui répondre, c'est vrai quoi un instant il soignait gentiment mon genou en se moquant de ma maladresse et l'instant suivant il m'embrasse comme si j'étais une oasis en plein désert. Je rougis en repensant à ces mains sur mon corps, sa bouche chaude mordillant la mienne et…

— Oh eh ? Et bien, on dirait que ça t'a marqué. Je ne savais pas qu'il te plaisait à ce point petite cachotière.

La remarque de Laura me remet les pieds sur terre et je réponds sur la défensive.

— Il ne me plaît pas à ce point ! Je m'adoucis en remarquant que j'ai élevé le ton et j'ajoute en souriant : par contre, je ne serais pas contre une petite baise.

Elle écarquille les yeux en me donnant une claque sur l'épaule et je rigole de bon cœur en mettant de côté la façon dont mon rythme cardiaque s'est emballé quand il m'a embrassée, la façon dont il m'a pressée contre son corps comme si je ne pesais rien. Si Laura ne nous avait pas interrompus je ne sais pas jusqu'où on serait allé, sûrement jusqu'au bout, j'en avais terriblement envie en tout cas.

— Ça va ton genou ?

Ah je l'avais oublié celui-ci ! Je secoue la tête en souriant, quand je repense à la gamelle que je me suis prise. Laura doit penser à la même chose, car elle rit en regardant mon super pansement Bob l'éponge. Je ne peux pas lui en vouloir, franchement il faut vraiment être moi pour rejouer la scène du Titanic sur des rochers couverts d'algues glissantes. Mais après tout, je n'avais pas Jack pour me retenir moi.

Après un interrogatoire en règle de Laura sur les moindres détails de ces vingt dernières minutes, on rejoint les autres dehors. Je sens le regard de Maël peser sur moi, mais je ne m'en préoccupe pas vraiment, car j'observe Jess qui est redevenue toute mielleuse avec mon frère. Je crois que si mon regard pouvait brûler quelqu'un, elle ressemblerait à une torche humaine. Laura me serre un verre de whisky et détourne mon attention pour que je trinque avec elle.

Un nombre très incertain de verres plus tard, je m'amuse comme une petite folle. Les gars nous font part de leurs souvenirs d'interventions, des plus glorieux aux plus insolites.

C'est vraiment amusant de voir ces gros musclés émus quand ils nous racontent un accouchement qui a dû avoir lieu dans leur ambulance.

Je ne peux m'empêcher de rire lorsque Maël raconte les dernières boulettes de Théo en cuisine. En regardant mon frère, je vois qu'il m'observe et m'adresse un petit sourire contrit et vu comme il m'a envoyée chier tout à l'heure, je comprends qu'il doit s'en vouloir. C'est vrai que ça nous arrive rarement de nous disputer, mais je ne regrette pas ce que je lui ai dit, cette Jess ne mérite pas quelqu'un d'aussi génial que mon frère. Encore maintenant, elle est assise sur ses genoux, mais elle ne se gêne pas pour faire les yeux doux à mon coloc qui est assis à côté d'eux. Je vois sa main se poser sur son bras quand elle rit et même si je vois que Maël décale sa chaise pour s'éloigner d'elle et qu'il l'ignore du mieux qu'il peut, ça me donne vraiment des envies de meurtre.

Plus tard, Théo vient près de moi avec sa chaise qu'il installe en face de la mienne. Je n'ai pas vraiment envie de lui parler, mais il ne me laisse pas trop le choix alors je le regarde en boudant.

— Je suis désolé de t'avoir parlé comme ça Speedy.

Il a les coudes posés sur ses cuisses et il tient mes mains dans les siennes ce qui m'apaise de suite. *Il sait comment s'y prendre pour m'attendrir le fourbe !* Je n'arrive jamais à rester fâchée contre lui très longtemps. Je le regarde dans les yeux et je ne vois aucune trace de mensonge.

— OK. Mais je ne m'excuserai pas pour ce je t'ai dit je te préviens !

Il me sourit légèrement.

— Tête de mule.

Je fais semblant de m'insurger puis je lui réponds en lui rendant son sourire.

— Juste plus perspicace que toi, frérot.

Ma remarque me vaut un pincement de cuisse douloureux et je pousse un petit cri avant de me jeter sur lui pour lui tirer les poils des bras. *Âge mental : quatre ans !* J'entends Jess l'appeler et il en profite pour me bloquer les deux bras dans le dos en me tenant par les coudes.

— Mon chéri, tu viens ?

— Tu vois bien que je suis occupé là !

Je souris à mon frère avant de regarder avec plaisir la Jess bouillir de rage d'être mise de côté. Théo me lâche et me rassoit sur ma chaise pendant que je savoure ma victoire.

— On fait la paix ?

Sa phrase me renvoie à de nombreux souvenirs d'enfance, dont un, en particulier : on devait avoir sept ou huit ans et on était tous les deux en pleurs après s'être battus l'un contre l'autre. J'avais fini par venir en face de lui en lui tendant la main et j'avais demandé la paix exactement comme il est en train de le faire. Ma mère nous répète sans arrêt depuis qu'on est petit à quel point on est chanceux d'être aussi proche et elle a raison. Je serre sa main et son sourire s'agrandit.

On reste encore un moment à discuter et rire ensemble, cela faisait longtemps que je n'avais pas été prise d'un fou rire jusqu'à en pleurer et ça fait du bien. Laura et Maël se joignent à nous et je passe une des meilleures soirées depuis mon retour en France.

Jess essaie bien de se mêler à la conversation, mais elle n'a rien d'intéressant à raconter et surtout elle ne rigole que lorsque Théo et Maël parlent, heureusement elle lâche vite l'affaire et retourne avec les autres. Ils sont près du barbecue à faire cuire la viande de demain midi pour combattre la fameuse dalle du bourré de 4 h du matin. J'ai conscience d'avoir beaucoup trop bu.

Je me sens toute légère et je dois faire des mouvements très lents sinon j'ai l'impression de vivre un remake de la guerre des étoiles, mais l'ambiance est tellement bonne, je me dis que je le regretterai bien assez tôt demain pour y penser ce soir.

— J'ai faiiiiim !

Mon appel au secours fait rire tout le monde et Laura en profite pour jeter un œil plus loin en direction du barbecue. Je vois son visage rougir et se crisper, je suis son regard pour voir ce qui la met dans un tel état de rage et je vois Jess en train de discuter avec Fab.

Il est clair qu'elle n'a pas seulement envie de discuter vu comme elle fait remuer sa micro paire de seins bombés dans un décolleté vertigineux sous le nez d'un Fab complètement indifférent.

Quand elle pose une main sur son torse, Laura se lève d'un coup faisant tomber sa chaise à la renverse.

Ayant vu le petit manège qui se trame au loin, je la suis tandis que les gars à côté de nous ont l'air de ne se rendre compte que maintenant qu'il y a un problème.

J'ai du mal à rattraper Laura qui fuse droit devant alors je fais des petits écarts en tentant de me concentrer pour marcher droit.

Maël vient me soutenir en me prenant par la taille et je le remercie du regard alors qu'on avance plus vite.

— Théo, tiens ta copine loin de mon mec si tu ne veux pas que je vienne l'étouffer dans son sommeil !

La phrase de Laura claque dans l'air et tout le monde arrête ce qu'il est en train de faire alors que les deux se défient du regard.

— Ma puce calme toi.

Fab essaie de l'apaiser, mais ça n'a aucun effet. Théo embarque Jess en la trainant par le coude jusque dans la maison pour « une petite discussion ».

Je pose la main sur l'épaule de Laura et la regarde avec l'air le plus tendre que je puisse exprimer avec autant d'alcool dans le sang et elle se détend avant d'embrasser son homme avec une possessivité que je ne lui connaissais pas.

— Tu as toujours faim ? me souffle Maël à l'oreille en me montrant le plat de viande fumante.

Je le regarde brièvement et m'arrête sur sa bouche pleine, je remarque une petite coupure sur sa lèvre inférieure. Mon désir grimpe d'un cran et les images de notre baiser m'envahissent.

— Ouais, mais je préférerais mordiller cette lèvre.

Merde ! J'ai dit ça à voix haute ? Plusieurs émotions passent dans son regard : la surprise, l'hilarité et le désir. Il semble se reprendre quand il secoue légèrement la tête et me répond d'une voix rauque.

— On va commencer par la viande… Tu es complètement faite.

— Connard !

Mon insulte le fait rire et on se dirige vers la table pour manger avec les autres.

Il a raison cependant, je suis complètement faite et manger me fait du bien. On ne revoit pas mon frère ni Jess de la soirée et ça me va très bien. Je m'installe bien au fond de ma chaise pour digérer en somnolant quand Chris vient à côté de moi et me couvre avec sa veste de survêtement. Il m'embrasse sur le sommet du crâne en me souhaitant bonne nuit, je m'entends vaguement marmonner la même chose avant de me concentrer pour écouter Maël jouer de la guitare. Je ne reconnais pas l'air, mais c'est très beau, je lui souris quand ses yeux croisent les miens et je sombre dans un sommeil réconfortant.

**

J'ai la tête en chantier quand je me réveille, une forte migraine me vrille le crâne et je mets une bonne dizaine de minutes à ouvrir les yeux. Je suis complètement désorientée, je ne suis pas dans mon lit. *Ah oui je suis sur la côte c'est vrai !* me rappelai-je, la mémoire me revenant au fur et à mesure. *L'après-midi à la crique, ma dispute avec Théo, Jess, Maël et moi dans la salle de bain, ma réconciliation avec mon frère, cette peste de Jess, Maël qui joue de la guitare.* Je tourne la tête pour voir un peu où je suis, la lumière du jour filtre à travers les stores à moitié ouverts. Je vois sur le réveil de la table de nuit qu'il est déjà 15 h. *Merde ! Je suis à la bourre.* Je me relève précipitamment, trop précipitamment.

— Olala, ça tourne.

Une nausée me prend soudain, mais j'arrive à la calmer en respirant doucement et profondément. Ce n'est qu'à ce moment-là que je me rends compte que je suis complètement à poil sous le drap fin du grand lit deux places.

— Qu'est-ce que…

Je cherche mes vêtements des yeux et les trouves

parfaitement pliés sur une chaise en face du lit. Je me lève avec beaucoup de précautions et m'approche de la chaise pour inspecter les vêtements humides. *Mais c'est quoi ce délire ?* Je regarde autour de moi jusqu'à voir la guitare de Maël et ses chaussures parfaitement alignés à la deuxième chaise. *Putain ! J'ai dormi avec Maël ? J'ai couché avec lui ? Et pourquoi mes vêtements sont trempés ?* Mon sac est posé par terre à côté de la chaise et je m'entoure de ma serviette de plage pour aller jusqu'à la salle de bain. Je ne croise personne sur le chemin et trouve la salle de bain vide ce qui m'arrange, car quand je vois ma tête dans la glace, on dirait un zombie. J'ai les cheveux hirsutes et la tête à l'envers. Je file sous la douche et laisse l'eau bouillante effacer ma fatigue.

En sortant, je me brosse les dents et j'ai l'impression de revenir à la vie. Je suis plus alerte et je remarque enfin l'étagère que j'avais fait tomber hier, complètement droite avec les produits bien rangés dessus. Je cligne plusieurs fois des yeux, j'ai rêvé l'épisode de la salle de bain ? Je ne sais plus trop quoi penser, je suis perdue.

Je me dirige avec une certaine angoisse jusqu'à la cuisine, mais elle est vide elle aussi. *Mais ils sont partis où, tous ?* Je me sers un grand verre de jus d'orange et vais me poster près de la fenêtre. C'est avec un énorme soulagement que je vois Laura seule sur un transat près de la piscine en train de faire bronzette. *Elle va pouvoir combler les trous noirs.* Je m'assois sur le transat à côté du sien et elle m'observe en souriant.

— Ah. La barre au crâne ?

Je plisse les yeux, car le soleil est trop agressif et elle me tend ces lunettes en rigolant.

— Merci ma poule. Ouais je crois que j'ai un peu abusé. D'ailleurs… Rien à signaler me concernant ?

Elle tapote son index sur sa lèvre inférieure fermant un œil, c'est sa tête de fille qui réfléchit.

— Non rien.

Je cogite quelques minutes en regardant la surface lisse de l'eau de la piscine puis je continue pour m'ôter un doute.

— J'étais comment quand tu es partie te coucher ?

Elle est surprise par ma question, mais elle me répond quand même.

— Tu ronflais depuis 1 h sur la chaise de jardin. Pourquoi ? Tu t'en souviens pas ?

J'ai ronflé ? La touche ! Super Ivy bravo ! Je pince les lèvres.

— Non ! Tu ne t'en souviens pas ?

Je suis sur la défensive.

— Mais si je me souviens m'être endormie. C'est juste qu'après c'est le trou noir jusqu'à ce matin.

Là elle me fait son regard qui veut dire « Mais t'es folle ma pauvre fille ».

— En principe quand tu dors c'est ce qui se produit. T'es sûr que ça va Ivy ?

Je me redresse, assise droite comme un « I », je retire ses lunettes et la regarde avec inquiétude.

— Alors comment tu expliques que je me sois réveillée complètement à poil dans le lit de Maël sans Maël ? Ils sont ou d'ailleurs tous les autres ?

Elle a la bouche grande ouverte et semble s'être figée dans le temps. *Ah bah il manquait plus que ça ! J'ai perdu Laura !* Je passe une main devant ses yeux et elle revient parmi nous.

— À poil ? Genre vraiment à poil ? Et tu te souviens de rien ?

Je hoche la tête d'un air solennel.

Elle me fait son petit regard scandalisé avant de lâcher un pauvre « C'est tendu ! » j'espérais un peu plus de réconfort de sa part. *C'est quoi cette copine en carton ?*

— Super merci ! Alors, ils sont passés où, tous ?

— Ils sont partis au marché il y a trente minutes à peu près. Je me suis dit que j'allais t'attendre pour passer un peu de temps avec toi.

Je m'adoucis de suite.

— Merci. Qu'est-ce que je vais faire Laura ?

Elle me prend par les épaules et m'oblige à la regarder dans les yeux.

— D'abord tu vas te calmer et attendre que Maël rentre et ensuite tu lui demanderas ce qu'il s'est passé OK ?

— Mais je ne peux pas, je dois y aller j'ai une livraison à réceptionner avant le début du service.

— Oh c'est nul… Bah tu lui enverras un texto de toute façon s'il s'est passé quelque chose c'est pas un drame si ?

Je réfléchis quelques minutes à ce qu'elle vient de me dire et je finis par souffler.

— Non, tu as raison, mais j'aurais préféré m'en souvenir. Dieu sait ce que j'ai bien pu faire comme connerie pour qu'il parte comme un voleur !

Elle se marre et m'aide à rassembler mes affaires. Elle me fait un gros câlin et me raccompagne jusqu'à ma voiture en me disant de me détendre et de me concentrer sur la route. Je me sens beaucoup mieux en démarrant alors que j'entends une vieille chanson sur laquelle on dansait avec mon père en faisant le ménage : les Hall & Oates — You Make My Dreams Come True. Je chante en mettant de côté les évènements gênants de la veille pour ne me rappeler que les bons moments que j'ai passés, cette petite coupure m'a fait le plus grand bien.

La soirée au boulot se passe comme sur des roulettes, tout le monde est de super humeur et je remarque que Lydia sourit plus et blague même avec Dimitri et Sam. C'est un net progrès et le sourire lui va vraiment bien, elle est tellement plus jolie quand elle s'ouvre aux autres. Je pense que c'est à ce moment que je décide de la prendre vraiment sous mon aile, je veux la voir aussi épanouie tous les soirs maintenant. Je bâille quand on termine enfin le ménage avec Dimitri, les autres sont déjà partis.

— Ca va boss ?

— Ouais je suis juste crevée, j'ai pas beaucoup dormi la nuit dernière.

Il hausse plusieurs fois d'affilée les sourcils en m'adressant un petit sourire charmeur et un « Je vois ». Je rigole en le détrompant.

— Non c'est pas ce que tu crois.

Puis je me rends compte qu'en fait, je n'en sais rien. Il rigole et on rentre chacun de notre côté. Je suis complètement crevée en ce lundi de reprise, la semaine risque d'être longue. Après une douche assez brève j'enfile un petit tanga en coton et dentelle avec un grand tee-shirt confortable et je me glisse sous la couette avec un soupire de plaisir. Je crois que je m'endors dès que ma joue rencontre mon oreiller.

**

Je me réveille en sursaut, le cœur battant à tout rompre sans trop comprendre ce qui se passe jusqu'à ce que j'entende des pas sur le parquet qui grince du salon. *Oh putain ! Un cambrioleur !* Je suis complètement paniquée, ça a toujours été mon pire cauchemar, qu'un cambrioleur vienne me tuer pendant mon sommeil. J'essaie de faire abstraction de mon cœur qui bat si fort que je le sens jusque dans mes oreilles alors que les pas se rapprochent de ma chambre. *Bon sang ! Bon sang ! Qu'est-ce que je fais ?* Je prends le premier truc qui me tombe sous la main pour pouvoir le frapper et je me poste contre le mur derrière la porte en attendant ce petit con. *C'est simple Ivy* ! Tu *le frappes aussi fort que tu peux et tu te barres en courant en priant pour qu'ils ne soient pas deux !* Comme dans les films d'horreur, je vois la poignée tourner à une vitesse horriblement lente et je me prépare en levant mon arme au-dessus de ma tête.

Je vois enfin une silhouette entrer et je n'attends pas d'avoir les chocottes, je me lance et abat mon arme sur le haut de sa tête en poussant un cri de guerre puis je me rends compte trop tard que je l'ai loupé, j'ai frappé le haut de l'épaule, mais j'ai frappé fort.

— Aïe putain Ivy ! C'est quoi ce bordel ?

Je me fige.

— Maël ?

Merde ! J'allume la grande lumière de ma chambre et le trouve là en train de se masser l'épaule en me regardant. Il est furieux puis soudain il éclate de rire sans prévenir. *Il est complètement fou ce mec qu'est-ce qui lui prend ?*

— Tu comptais m'assommer avec ça ? Il pointe mon arme du doigt.

Sans comprendre, je regarde ma main et la trouve cramponnée à Rocco mon plus fidèle Godemichet.

— Oh non Rocco !

Je l'inspecte sous toutes les coutures pour voir si je ne l'ai pas abimé, c'est que ça coûte une petite fortune ces merveilles de technologies.

— Rocco ? Tu donnes des noms d'acteur porno à tes Sextoys ?

Je rougis et le cache derrière mon dos en me rendant compte du ridicule de la situation. Je finis par éclater de rire avec lui. Après avoir rangé soigneusement Rocco dans sa pochette, je m'approche de Maël.

— On peut savoir ce que tu fais là ? Tu es censé être à Pornic avec les autres !

Il me regarde comme si j'étais idiote.

— Bah j'habite ici en fait. Moi c'est Maël, me dit-il en souriant et en tendant la main.

Voyant que je ne souris pas à sa blague, il ajoute plus sérieusement :

— T'es partie comme une voleuse cet après-midi… je n'arrivais pas à dormir en repensant à hier… donc je suis venu.

Il est venu ? À 5 h du matin ? Et il a mentionné hier soir. Mon Dieu je vais avoir besoin d'un café bien noir ! Je lui passe devant et il me suit jusque dans la cuisine.

— Café ? Je lui propose.

Il hoche la tête et je fais deux grands cafés noirs avec la machine. Je lui tends sa tasse et bois une gorgée dans la mienne avant d'entamer les hostilités.

— Hier soir, tu disais ?

Il me détaille du regard de haut en bas presque lascivement et je remarque qu'il a l'air à l'étroit dans son jean tout d'un coup. Bon ça répond à ma question, j'annonce platement :

— On a couché ensemble.

Ses yeux s'écarquillent et il sourit.

— Quoi ? Non, on n'a pas couché ensemble Ivy. Tu ne te souviens pas ?

Je fronce les sourcils, mais mon cerveau refuse de coopérer, il doit le remarquer, car il souffle en me faisant un de ces sourires à fossettes.

— Crois-moi si on avait couché ensemble tu t'en souviendrais. Tu veux que je te rafraîchisse la mémoire ?

Je hoche la tête en mettant de côté son arrogance et il me prend le bras pour m'emmener jusque sur le canapé où je m'assois en tailleur en face de lui.

Je vois qu'il louche sur mes cuisses alors je tire sur le tee-shirt que je porte pour les couvrir un peu plus.

— Les autres sont allés se coucher et je leur ai dit que je m'occupais de toi, donc je t'ai réveillée pour te proposer de dormir dans ma chambre vu qu'il n'y en avait pas d'autres de libre, mais…

— Mais quoi ?

— Tu ne voulais pas te coucher et… Tu t'es jetée dans la piscine.

Je le regarde avec des yeux ronds. *Je me suis jetée dans la piscine ? Paye ton cadavre !*

Maintenant, je suis gênée par la situation. Mais un détail me revient.

— On peut savoir pourquoi je me suis réveillée à poil ?

Il paraît vraiment surpris par ma question et me répond comme si tout était on ne peut plus normal.

— Bah j'allais pas te laisser tes vêtements trempés tu aurais chopé la crève.

— Ah d'accord, bon si c'était pour mon bien ça va alors ! Sérieux Maël ? J'espère que tu t'es bien rincé l'œil !

Il me sourit et semble se repasser les images dans sa tête avant de se prendre un coussin dans la tronche.

— Quoi ? Ca va je suis humain, bien sûr que j'ai maté, mais ça s'arrête là. Vu que j'arrivais pas à dormir, je me suis levé tôt pour réparer l'étagère.

Je m'apprête à répondre, mais il enchaîne en colère cette fois.

— Et quand je rentre du marché ce midi, Laura m'apprend que tu t'es barrée ! Aucun texto pour me remercier. Que dalle ! Alors que j'ai dû user de tout mon self-control pour ne pas te réveiller et te baiser comme j'en avais envie. Bordel !

Il se lève et passe ses mains dans ses cheveux en faisant les cent pas devant moi.

— Je ne sais pas gérer ça Ivy ! Quand j'ai envie de quelqu'un ou de quelque chose, je me sers ! Toi tu… Tu me fais chier !

Il continue de parler sans me regarder et un grand sourire apparaît sur mon visage. Ce mec est adorable puis d'un coup il devient insupportable. Il m'aide à me coucher sans me toucher alors qu'il savait très bien, vu notre baiser dans la salle de bain que j'en avais envie autant que lui. Il vient de faire une heure de route à 5 h du matin pour venir me parler de ça et il n'a pas l'air de se formaliser que je l'aie attaqué quand il est entré dans ma chambre.

Je ne sais pas ce que j'en penserai demain, mais cette nuit j'ai l'impression que je peux tout faire comme si j'avais mis mon monde sur pause le temps d'apprécier ce moment. Je me lève alors qu'il continue à marcher en se triturant les cheveux, je suis parfaitement calme, toute trace de colère et de gêne envolée. Je m'approche doucement de lui et me mets en travers de son passage pour qu'il s'arrête et me regarde, quand ses yeux rencontre les miens, je vois qu'il est surpris, il s'attendait sûrement à y trouver de la colère. Je me hisse sur la pointe des pieds en m'accrochant à ses avant-bras et je pose doucement mes lèvres à la base de sa mâchoire.

Je l'entends prendre une forte inspiration avant de le sentir se figer. Je ne me laisse pas décontenancer par son manque de réaction et je darde le bout de ma langue sur tout le long de sa mâchoire avant d'embrasser chaque coin de sa bouche tout doucement.

Son souffle se relâche d'un coup et j'inspire son odeur tandis qu'il passe une main sous mon menton pour que je le regarde bien en face. Je ne sais pas ce qu'il cherche dans mon regard, mais je suis stupéfaite du désir presque sauvage que je lis dans ses yeux magnifiques.

Je sens quelque chose céder en lui lorsque je m'humecte les lèvres et il m'embrasse profondément, je me sens plus en vie que je ne l'ai jamais été entre ses bras.

Il prend une de mes fesses dans chaque paume de mains et me hisse contre son torse pour un baiser torride tout en marchant jusqu'à sa chambre. Il en pousse violemment la porte du pied et on l'entend claquer contre le mur.

Je gigote pour rompre notre baiser et pour qu'il me lâche et je vois qu'il me regarde comme si j'allais m'échapper.

Je n'y pense même pas une seconde et je me colle à lui pour lui enlever son tee-shirt. Je suis récompensée par son petit sourire en coin, mais je ne m'arrête pas en si bon chemin et je défais les boutons de son jean tout en l'embrassant. Il gémit quand ma main trouve enfin sa queue et je prends le temps d'en apprécier la douceur et la taille jusqu'à ce qu'il descende me mordiller et me lécher le cou. Je gémis, mais je tiens bon et le débarrasse rapidement de son jean, son boxer et de ses chaussettes juste après qu'il ait envoyé ses chaussures à l'autre bout de la pièce. Je plaque mes deux mains sur son torse pour l'éloigner de moi.

— Je veux te voir, lui dis-je en le regardant dans les yeux.

— Putain Ivy !

Il se couche sur son lit et j'observe en salivant son torse long, large et musclé. Je descends pour fixer mon regard brûlant sur son érection assez impressionnante puis mes yeux se perdent sur ses cuisses imposantes et musclées, elles aussi. Je vois qu'il s'impatiente.

— À ton tour ! Enlève-moi ce tee-shirt difforme.

Je souris incapable de rire tellement j'ai envie de lui, de ses mains sur mon corps, de lui en moi. Je secoue la tête et l'observe en attrapant le bas de mon tee-shirt du bout des doigts en le remontant tout doucement, exhibant mon corps au fur et à mesure jusqu'à l'enlever complètement.

— C'est bien, continue bébé.

Je rougis quand j'entends le petit nom qu'il vient de me donner, il m'exprime tout le désir qu'il a pour moi en un seul coup d'œil. La température augmente encore lorsque je remarque qu'il tient son érection dans son poing en effectuant des vas et vient très lentement tandis qu'il m'observe avec gourmandise.

— Enlève ta culotte Ivy.

J'aimerai bien, mais mes yeux sont hypnotisés par le va-et-vient très lent qu'il s'impose, je crois que mon corps se liquéfie.

— Enlève ta culotte. Tout de suite.

Il perd patience en me dévorant du regard, il est si sûr de lui et si autoritaire que ça me donne des idées.

— Non, lui réponds-je d'une voix suave.

S'il pense être tombé sur une femme sage et docile, il va tomber de haut, je pensais qu'il l'aurait deviné depuis le temps, mais il a sûrement dû se dire que j'étais différente dans l'intimité. Ma réponse fait mouche, je vois qu'il perd un peu de son assurance. *Bah alors mon coco ! Pas habitué à ce qu'on te dise non ?* Me dis-je assez fière de moi.

— Comment ça non ? me demande-t-il sèchement.

— J'enlèverai mon tanga quand JE l'aurai décidé.

Il serre les dents comme pour faire abstraction de ce que je viens de dire et se redresse légèrement dans le lit.

— Je ne suis pas le genre de mec à qui tu peux dire « non ». Alors, sois mignonne et enlève cette putain de culotte.

Je lui souris en riant du nez brièvement, pas du tout impressionnée quand il hausse le ton. Je me moque clairement de lui et le moins que l'on puisse dire c'est qu'il n'a pas l'air d'apprécier du tout. Sa mâchoire se contracte et son regard devient dur, je sursaute lorsqu'il se lève avec souplesse et agilité.

Je tente de me détourner en riant, mais il m'attrape par le bras et me plaque durement contre le mur avant de venir coller son corps tendu et bouillant contre le mien. Je sens mon sang pulser dans mon clitoris, ça en dit long sur mon état d'excitation. Pendant qu'il me tient toujours le bras d'une main, il m'arrache brutalement mon tanga de l'autre. *Putain de merde !* Il me montre les lambeaux de mon sous-vêtement Aubade préféré et colle ses lèvres à mon oreille en se serrant encore plus contre moi avant de me susurrer :

— On va passer à la manière forte si tu préfères bébé.

Il se prend pour qui ma parole ! Bon OK j'avoue c'est hyper excitant. Une chose est sûre, s'il me veut il va falloir qu'il m'attrape, j'ai envie de lui résister encore un peu, mais si on reste dans cette position, je vais craquer dans deux secondes, je suis déjà trempée. Je lui enfonce un doigt dans les côtes et il relâche la pression sur mon corps. J'en profite pour m'enfuir en courant vers ma chambre.

— Ivy !

Je saute sur mon lit et me réfugie derrière en me plaçant debout face à lui pas du tout gênée par mon corps complètement nu. Il me regarde comme un prédateur avant d'achever sa proie. Il faut croire que j'ai quand même retenu quelque chose à force de regarder Capté sur le vif sur RMC découverte avant de dormir. Il s'approche doucement de ma chambre sans jamais me quitter des yeux avec son petit sourire en coin. Je le regarde aussi amusée qu'excitée.

— Plus te me fuis en te trémoussant toute nue, plus je bande, tu sais ?

Je louche sur sa queue encore plus imposante que tout à l'heure. J'en baverai presque tellement j'en ai envie. Il profite de mon moment d'égarement pour me rejoindre souplement et me prendre dans ses bras. Cette fois si, je ne me fais pas prier et j'enroule mes jambes dans dos en l'embrassant à pleine bouche tandis qu'il agrippe fermement mes fesses. Il avance jusqu'à ce que le mur entre doucement en contact avec mon dos et appui son bassin contre le mien pour me faire tenir contre le mur et pouvoir ainsi libérer ses mains. Elles viennent de suite prendre mon visage en coupe pour me donner un baiser sauvage et possessif qui fait tomber mes dernières barrières de retenue.

Pendant qu'il se frotte lentement contre moi, je gémis entre deux baisers en signe d'approbation si bien que lorsqu'il me repose délicatement par terre, je le regarde sans trop comprendre. *Déjà ?*

Puis soudain, il pose un genou à terre devant moi sans rompre le contact visuel. Il détaille mon corps lentement, il prend son temps avant d'arrêter son regard sur ma chatte brûlante et s'humecte les lèvres bruyamment. *Mazette ! Je vais jouir tout de suite s'il continue à me fixer comme ça.*

— Écarte les jambes.

Je m'exécute, hypnotisée par la façon dont il couve du regard mon entrejambe. Ses mains sur mes chevilles remontent à une vitesse affreusement lente jusqu'à atteindre l'arrière de mes cuisses. Il me fait fléchir légèrement les genoux en me tenant sous les fesses pour que je n'aie pas à forcer pour maintenir la position.

Il approche son visage et souffle doucement sur mon clitoris. Je suis prise d'un long frisson de plaisir et au moment où il darde sa langue pour lécher mon sexe de manière appuyée sur toute la longueur, il plante son regard fiévreux dans le mien. J'ai le souffle coupé, c'est divin, je sens tout mon corps chauffer, même mes joues me brûlent. Il ajoute les lèvres et m'embrasse en tournant doucement le bout de sa langue autour de mon point sensible. Un long gémissement m'échappe et mes genoux flanchent, heureusement il me tient bien et me remet sur pied en accélérant le rythme. Il continue sa délicieuse torture pendant plusieurs minutes, mais quand il me baise littéralement avec sa langue, je craque et me contracte violemment autour d'elle en râlant de plaisir.

Il me tient toujours et me laisse le temps de reprendre mes

esprits puis il s'éloigne un peu et je l'observe passer deux doigts le long de mon sexe avant de me pénétrer lentement sur toutes leurs longueurs, m'arrachant un gémissement de plaisir.

— Putain ! T'es trempé bébé. Qu'est-ce que tu veux, dis-le-moi ?

Sa voix grave et profonde me met en transe et ma réponse ne se fait pas attendre longtemps.

— Prends-moi contre le mur. Fort !

En le voyant me tourner le dos pour partir, je suis un peu déboussolée et je lui demande précipitamment où il va.

— Je vais chercher une capote j'arrive.

— Non ! Je m'exclame moi-même surprise par mon intervention. Je ne fais jamais l'amour sans capote, mais lui c'est différent je le sens, ce n'est pas juste un coup d'un soir pour moi. Je prends la pilule… Je veux te sentir en moi, juste toi peau contre peau.

Il semble hésiter.

— Je ne l'ai jamais fait sans protection.

Son regard s'enflamme et vient m'embrasser fougueusement avant de me chuchoter à l'oreille.

— Tu me rends fou Ivy !

Sans aucune autre forme de procès, il se relève pour me soulever avec empressement.

— Accroche-toi à moi. Il trouve mes yeux et ajoute : Je ne vais pas être tendre je te préviens, j'en ai trop envie.

— Arrête de discuter !

Je verrouille mes chevilles dans son dos et mes mains agrippent l'arrière de sa tête en lui tirant les cheveux. Il grogne de plaisir ou d'impatience et me pénètre d'une seule et lente poussé alors qu'on souffle d'extase ensemble. C'est tellement bon de le sentir en moi, il est brûlant. Je commence à bouger en faisant levier avec mes jambes et il n'en faut pas plus pour qu'il reprenne le contrôle en m'imposant un rythme soutenu et puissant absolument jouissif.

Après plusieurs minutes, nos corps sont glissants et il ralentit ses coups de boutoir qui se muent en de longues et profondes poussées qui viennent toucher un point extrêmement sensible en moi. Mes gémissements s'intensifient et j'ouvre les yeux pour aimanter mon regard au sien. Son visage est tendu par le plaisir et il comprend que je suis au bord alors il se met à me pilonner furieusement pour me donner ce dont j'ai besoin.

Je sens quelque chose se briser en moi et je jouis longtemps et fort, j'ai de violents spasmes, mais il me tient fermement en me regardant pour ne pas en perdre une miette tandis que je me contracte frénétiquement autour de sa queue le faisant exploser à son tour dans un long râle qu'il étouffe en me mordant entre la clavicule et le cou. Je vais sans doute avoir une marque, mais je m'en fiche complètement, je suis comblée comme jamais tandis qu'il me porte délicatement pour m'allonger sur mon lit avant de quitter la chambre.

Je reste interdite un moment, mais je pousse un soupir de soulagement en le voyant revenir avec une petite serviette éponge humide. Il me la tend pour que je m'essuie et je le remercie d'un sourire timide. Il se glisse naturellement sous le drap et vient se serrer dans mon dos en moulant son corps contre le mien.

Je suis bien ici, je me sens en sécurité et surtout je me sens apaisée, j'entends sa respiration ralentir et je me calque sur la sienne avant de sombrer dans un profond sommeil.

14

Ce soir c'est le rush, il n'y a jamais eu autant de monde au bar un samedi soir et on est un peu débordé. J'alterne sans arrêt entre le rôle de barmaid et celui de serveuse, c'est bientôt l'heure du show de Désiré alors les gens commandent pour ne pas être à sec pendant le spectacle. J'arrive à trouver un instant de presque calme alors que je vide le lave-vaisselle, je suis absorbée par ma tâche. J'oublie la musique, les gens transpirant, la foule et je repense à la nuit que j'ai passée avec Maël lundi dernier.

Toute cette semaine je n'ai pensé qu'à ça et surtout à quand on allait pouvoir remettre ça. Le sexe avec lui c'est explosif, c'est intense, il est très sûr de lui et de l'effet qu'il a sur moi et pour cause il sait ce qu'il fait. Je dois dire que d'un côté c'est inquiétant, car ça veut dire qu'il a dû beaucoup s'entrainer et même si cette idée me dérange un peu, je suis contente qu'il ne soit pas maladroit et timide. Je me rappelle mon réveil plutôt sportif de mardi matin, après une bonne nuit de sommeil on a remis ça et j'ai découvert que mon corps pouvait prendre des angles impensables pendant l'acte, c'était très instructif. J'ai pu lui apprendre deux, trois trucs moi aussi et je n'en étais pas peu fière. Finalement on a mangé sur mon lit et après une bonne douche, il est reparti à Pornic rejoindre les autres. Je pensais que le fait de coucher ensemble réduirait un peu la tension qui règne entre nous depuis que j'habite avec lui, mais au contraire, je me retrouve à penser à lui en plein travail. J'espère juste que notre relation ne va pas se compliquer. Je secoue la tête pour me remettre les idées en place. *Allez au boulot ma fille !*

Je sers deux Cosmopolitan quand j'entends Nino annoncer le début du show, je sourie en remarquant comme à chaque fois que les gens arrêtent tout ce qu'ils sont en train de faire pour la regarder. Je me félicite d'avoir investi dans cette barre qui a permis de lancer le Nouméa en un rien de temps, j'en parlais justement au téléphone avec Jack mon ancien patron qui n'en revenait pas quand je lui ai annoncé ma recette pour le mois de juin. Si ça continue comme ça, je pourrai faire des bénéfices dans deux mois, ce qui est vraiment encourageant pour le futur de ce bar.

Million Stylez chante Miss Fatty et Dési fait son apparition en hauteur. Je suis toujours émerveillée de voir à quel point elle arrive à nous accrocher le regard avec ses petites tenues pour le moins minimalistes. Là par exemple, elle porte une petite jupette violette à froufrou ultra sexy qui découvre le bas de ses fesses et un soutien-gorge minuscule. Elle commence à enchaîner une ou deux figures en hauteur et je remarque que sa prise est moins affirmée que d'ordinaire, je me surprends même à arrêter mon travail pour l'observer en détail avec inquiétude. Quelque chose cloche dans sa manière de bouger, elle reste au sol et se contente de tourner autour de la barre en se stoppant de temps en temps devant les hommes près de la scène pour agiter son postérieur devant leurs yeux morts de faim. Elle doit être fatiguée la pauvre, elle avait de sacrés cernes à son arrivée au bar tout à l'heure.

Plus tard dans la soirée, l'affluence est redevenue gérable et avec Dimitri on décompresse en dansant derrière le bar.

Nino nous passe du Kizomba depuis vingt minutes pour faire grimper la température sur la piste et ça marche, les couples se forment et ça danse collé serré. Je souris en me déhanchant en rythme sur Mil pasos de Soha pour aller chercher mon shaker resté du côté de Dimitri.

Il est lui-même en train de secouer un cocktail dans le sien, il me fait un clin d'œil et vient danser autour de moi comme s'il me faisait la cour pendant que je verse les ingrédients nécessaires pour réaliser un Daiquiri dans mon shaker. Je secoue vigoureusement mon cocktail d'une main et me prends au jeu en venant danser avec lui.

C'est une danse très sensuelle et je remarque qu'il danse très bien, ses hanches sont soudées aux miennes, une main posée dans le creux de mon dos pour me guider et on bouge en synchronisation parfaite. Je pense qu'avec un autre que lui, ça me gênerait sûrement, mais je sais que Dimitri ne risque pas d'avoir l'esprit mal placé, d'ailleurs je le sentirais si c'était le cas.

Je lève les yeux vers les siens, joyeux et rieurs comme d'habitude, et je lui rends volontiers son sourire avant de me retourner toujours en dansant pour verser le continu de mon shaker dans un verre à martini, il fait de même en se tenant toujours dans mon dos, nos hanches se balançant doucement de gauche à droite en petites vagues. Il passe les bras de parts et d'autres de moi et verse son shaker dans un verre tandis que je coupe une rondelle de citron pour décorer mon verre quand il me souffle quelque chose à l'oreille :

— Ton frère danse comme toi ? Si oui tu as intérêt à m'arranger un rencard, boss.

J'explose de rire en pensant à la tête de mon frère si je lui annonce que Dimitri veut sortir avec lui. Je m'apprête à lui répondre, mais quand je lève les yeux c'est pour me trouver face à deux yeux bleus nuit qui me hantent depuis lundi soir, Maël. Je suis tellement contente de le voir que mon sourire s'agrandit encore tandis que je le salue avec ma voix de téléphone rose.

Je remarque que lui ne sourit pas du tout, ses yeux font des allers-retours entre moi et Dimitri. Je me rends compte de ce qu'il doit se dire et je lui fais signe de patienter tandis que je me dépêche d'aller servir et encaisser mon Daiquiri pour revenir vers Dimitri.

— Tu peux gérer tout seul ?

Il me sourit en répondant que oui tout en allant jusqu'au distributeur de glaçon en dansant. J'ai de la chance d'avoir une équipe comme celle-ci, ils bossent bien et en plus ils le font dans la bonne humeur. Je fais signe à Maël de me suivre et je me dirige vers la réserve pour qu'on soit plus au calme.

Je sens qu'il bouillonne quand je referme la porte derrière lui, c'est presque oppressant pour moi, mais je me force à garder ma bonne humeur. Je me retourne donc vers lui avec un grand sourire, mais je n'ai pas le temps de parler qu'il est déjà sur moi, ses mains entourant durement mon visage. Il pose son front doucement contre le mien et ouvre enfin les yeux, mélange de colère et de désir.

— Tu baises avec lui ?

Je cligne plusieurs fois des yeux avant d'éclater de rire bruyamment. Je me reprends vite, car j'ai l'impression que ce n'est pas facile pour lui de me poser cette question.

— Je suis content de voir que ce je dis t'amuses !

Il s'est éloigné de moi alors je me rapproche et prends ses mains dans les miennes.

— Il est gay, Maël.

— Pardon ?

Sa tête est vraiment comique, il a les yeux écarquillés, les sourcils froncés, mais il sourit bêtement.

Je hoche la tête et il paraît soulagé. Le bruit de ma radio nous fait sursauter, c'est Sam.

— Ivy, j'ai besoin de toi en loge tout de suite !

Je fronce les sourcils en entendant son ton inquiet, je laisse Maël en plan et essaie de me frayer un chemin rapidement jusqu'aux escaliers puis jusqu'à la loge.

Je frappe deux fois et entre doucement, Sam est en train de tapoter délicatement le front de Désiré avec un gant de toilette. Elle est blanche comme un linge.

— Merde. Ça va Dési ?

Sam retourne à son poste pendant que je sers un verre d'eau glacé à Désiré.

— Désolé Ivy je suis pas bien depuis ce matin, mais je pensais que je pouvais assurer ce soir.

— Apparemment non, lui dis-je affectueusement en la regardant boire. Tu aurais dû me prévenir j'aurais annulé tes shows.

— Comment on va faire, il me reste un passage Ivy.

Je secoue la tête, c'est vrai qu'on a beaucoup de clients qui attendent ce dernier passage, mais je ne peux pas faire de miracles et il est hors de question qu'elle retourne sur scène dans cet état.

— C'est pas grave je vais aller prévenir Nino OK ? Repose-toi, je te déposerai chez toi tout à l'heure d'accord ?

Elle hoche la tête avant de s'installer plus confortablement dans le fauteuil. Je descends et fais signe à Nino de me suivre dans la réserve qui est un peu devenue mon bureau on dirait. Je suis surprise de voir que Maël est toujours là à m'attendre, je lui souris au moment où Nino nous rejoint.

Il a l'air gêné quand il voit Maël, il doit se demander pourquoi il est là.

— Nino, Dési a fait un malaise il va falloir que tu annonces que le dernier show est annulé s'il te plaît.

— Elle va bien ?

Il a vraiment l'air inquiet alors je prends le temps de le rassurer sur son état.

— C'est con quand même boss ! Y a un monde fou ce soir ce serait dommage de terminer la soirée comme ça. Ça va flanquer un coup de mou à tout le monde.

— Oui bah je peux pas faire monter un zombie sur scène donc je vois pas comment sauver la soirée.

Il me regarde avec insistance en attendant que je comprenne je ne sais quoi. Il commence à me sourire malicieusement et je percute.

— Hors de question !

— Aller tu m'as avoué que tu savais en faire alors tu peux la remplacer en faisant un petit truc tout simple, dit-il en souriant.

— Tu fais de la pole dance toi ? demande Maël.

Tiens je l'avais oublié celui-là. Je hoche la tête et il ajoute en serrant les dents :

— Pas question qu'elle danse sur cette barre !

J'ouvre grand les yeux. *Non, mais il se prend pour qui lui ? Il croit qu'il peut me dire quoi faire et ne pas faire ?*

— Je vais le faire, dis-je sans réfléchir. *Vive l'esprit de contradiction Ivy c'est malin.*

Nino frappe dans ces mains et quitte la réserve en disant qu'il m'annonce dans vingt minutes. Une énorme boule de stress se forme dans mon estomac quand j'entends la porte claquer, bien vite effacer par les cris de Maël.

— Mais ça va pas ! Tu ne vas pas faire ça ? Ton frère te tuerait s'il savait ça Ivy.

Je secoue la tête de dépit et lui réponds calmement.

— Écoute tu n'es ni mon frère ni mon père aux dernières nouvelles, je suis une grande fille et je sais ce que je fais. Et tu devrais regarder, tu serais surpris, je pense !

Sur ce je le bouscule et monte directement rejoindre Désiré dans sa loge.

— Dési va falloir que tu m'aides !

Vingt minutes plus tard, je ne suis plus qu'une boule de nerf, je ne sais absolument pas ce que je fais, si ça se trouve je vais me rétamer devant tout le monde avec ces talons de quinze centimètres de haut. J'ai perdu ma belle assurance et je suis sur le point de tout annuler quand Sam vient me prévenir que la prochaine chanson est pour moi. Je lui donne le nom de la chanson sur laquelle je veux danser et il repart en levant les pouces pour ma tenue ou pour m'encourager je ne sais pas trop.

— Respire boss, tu commences à me faire flipper. T'es canon !

Je me regarde pour la trentième fois dans cette fichue glace qui me renvoie l'image d'une fille complètement flippée. Désiré m'a prêté la seule tenue dans laquelle je rentrai, c'est une robe noire moulante comme une seconde peau. Elle est tenue par deux liens noués sur ma nuque comme un haut de maillot de bain, elle m'arrive en dessous des fesses ce qui est plutôt rassurant, je n'ai pas l'impression d'être nue ou en sous-vêtement. Par contre, il n'y a pas de tissus sur les côtés à partir du dessous de ma poitrine jusqu'à mes hanches et elle est complètement dos nu. De face, j'ai l'impression d'être en maillot de bain une pièce moderne avec une bande de tissus reliant le haut avec le bas sur mon ventre. J'essaie de me détendre alors que Dési me donne des conseils de dernières minutes. Je me félicite d'avoir mis un shorty noir ce matin, je n'aurais pas à m'inquiéter qu'on voie un bout de fesse. Je me prépare à ouvrir la porte, mais je décide finalement d'abandonner les grands talons, c'est bien trop risqué me connaissant. Je me place dans l'ombre près de la barre et attends le début de la chanson le cœur battant à toute allure. *Est-ce que Maël me regarde ? Que va-t-il en penser ?*

— Et maintenant pour vous en exclusivité ce soir mesdames et messieurs la belle Thorny !

J'oublie tout ça quand j'entends les premières notes de Hopelessly Devoted de Blackout remixé par Hy-Grade. Je souffle un bon coup, prends sur moi et me lance pour la première fois en public.

Je suis accueillie par plusieurs applaudissements et j'essaie d'oublier tous les gens qui m'observent. Je ferme les yeux et m'imagine seule, j'attrape la barre avec une main et une jambe et me laisse tourner en me cambrant pour me mettre à l'aise. J'enchaîne plusieurs figures comme le Crucifix inversé, le Poisson, le Marley et ma préférée la Sirène. La dernière consiste à tenir la barre fermement avec ses deux mains et ses bras tendus perpendiculairement à la barre. Je suis donc face à la barre et je fais onduler tout mon corps de ma tête jusqu'à la plante de mes pieds avec un temps de décalage entre chaque partie pour donner l'impression que je nage, ça à l'air simple, mais c'est une figure assez complexe qui requiert un contrôle et une coordination absolue de chaque muscle.

Je tourne plusieurs fois autour de la barre avant de me

laisser retomber tête la première comme l'autre jour pour me retrouver à quelques centimètres du sol sur les dernières notes. La salle s'éteint et j'entends les gens applaudir et crier. *Punaise j'ai réussi ! Je suis en vie et j'ai pas tout fait foirer !*

La salle se rallume et je fais un petit salut théâtral à la foule qui s'est amassée autour du podium puis je remonte à la barre jusqu'à l'échelle qui me mène à la loge. Dési m'applaudit et siffle quand j'arrive.

— Je ne savais pas que tu étais aussi douée ! Chapeau Ivy !

Je la remercie, le sourire jusqu'aux oreilles d'avoir relevé ce défi avec succès et file me doucher.

En étant honnête, ma prestation n'était pas parfaite, j'ai fait pas mal d'erreurs et ce n'était pas toujours très fluide, mais je suis contente de ce que j'ai réussi à envoyer. Une fois redescendue Nino me fait de grands signes et je vais le rejoindre, il doit crier pour se faire entendre.

— C'était GÉNIAL ! Tu nous as tous épatés boss !

Merci Nino. Ah et ça veut dire quoi Thorny ?

Il me sourit et regarde le tatouage sur mon mollet.

— Ca veut dire épineuse ! Je me suis dit que Flower ou Pink ce serait moins toi.

Je lui lance un grand sourire et lui fait même un petit bisou sur la joue en prime, je n'aurais peut-être pas du, car je le vois rougir instantanément. Je me dépêche de déguerpir avant qu'il ne se fasse des idées et file aider Dimitri qui me félicite lui aussi même si je cite : « ça ne me fait ni chaud ni froid ».

Durant le reste de la soirée, je cherche des yeux Maël sans succès jusqu'à la fermeture où je suis obligée de me rendre à l'évidence : soit il n'est pas resté, soit ce qu'il a vu ne lui a pas plu et il est rentré. Finalement c'est Sam qui dépose Désiré chez elle vu qu'ils habitent à côté et je rentre complètement épuisée et vidée de ma soirée.

Il est 5 h du matin passé et je suis devant mes pâtes au gruyère quand Maël apparaît devant la porte de la cuisine. Il est en boxer et ne porte rien d'autre, j'ai sûrement dû le réveiller en rentrant.

Il a l'air tendu, il me regarde prêt à en découdre, le truc c'est que je n'ai pas la force de parler je veux juste dormir pendant au moins 10 h.

Je me lève avant qu'il commence et le contourne pour aller dans ma chambre, mais il m'arrête dans le salon.

— Tu l'as fait ?

Je me tourne vers lui sans comprendre de quoi il parle.

— Le show à la barre. Tu l'as fait ?

Je ne comprends pas pourquoi ça l'énerve, mais je hoche la tête avant de bâiller à m'en décrocher la mâchoire.

— Désolé, mais je suis crevée on en parle demain si tu veux, tu devrais dormir t'es pas de garde demain ?

Il a l'air abasourdi et je vois sa tête changer de couleur et passer d'un ton halé lumineux à un rouge tomate qui ne le met pas à son avantage.

— NON JE VEUX PAS BORDEL ! Ça t'amuse de jouer les putes ? Tu aimes ça ?

Je suis bouche bée, sous le choc. Une claque aurait eu le même effet que ces mots. J'ai forcément mal compris ses paroles, le Maël que je connais n'est pas aussi cruel.

— Qu… Quoi ?

— Bêtement j'ai cru que tu valais mieux que les autres, mais en fait t'es pire ! Ça te fait fantasmer tous ces gens qui te matent les seins ? Tu as fini à poil devant tout le monde ?

Il se tire les cheveux et fait les cent pas dans le salon en envoyant valdinguer une lampe contre le mur me faisant sursauter. Je rêve, c'est la seule explication plausible à ce cauchemar.

— Tu ne penses pas ce que tu dis Maël. Ce n'était pas du tout comme ça.

J'essaie de garder mon calme et d'oublier la douleur qui me compresse douloureusement la poitrine sans grands succès, je commence à manquer d'air.

— J'ai bien conscience de ce que je dis rassure-toi ! Tu veux que je te dise ? Tu me fais pitié voilà. En être rendue à te foutre à poil pour attirer un peu l'attention sur ta petite personne !

C'est… Tu devrais avoir honte.

Je relève vivement les yeux pour le regarder en face en cherchant une trace de remords ou un je ne sais quoi du Maël que j'ai connu, mais je ne vois que de la détermination et de la colère. Je sens les larmes me monter aux yeux, je ne comprends pas je devrais lui hurler dessus, le frapper et l'insulter, au lieu de ça mes jambes cèdent et je tombe à genoux. Je me relève maladroitement avant de tituber les yeux embués jusqu'à ma chambre, abattue par la haine que contiennent ses mots.

Une fois la porte fermée mes larmes coulent sur mes joues alors que je me laisse tomber par terre en étouffant mes sanglots dans mon poing, ma poitrine me brûle, je me sens oppressée et vide.

Je me demande comment cette journée a pu déraper à ce point. *Quand est-ce que ça a mal tourné ? Pourquoi ? Quand est-ce que je l'ai laissé prendre autant de place dans ma vie ? Suis-je vraiment cette personne horrible qu'il décrit ?*

Et surtout, quand est-ce que je suis tombée amoureuse de lui ? De ce monstre ?

Mes larmes coulent de plus belle et je compose le premier numéro qui me vient en tête.

15

Laura répond à la troisième sonnerie et me lance un vague « allo » d'une voix ensommeillée.

— Ivy, t'as vu l'heure ? Franchement tu…

En m'entendant fondre en larme, elle cesse immédiatement sa phrase et me demande ce qui se passe. Au lieu de lui expliquer, je lui demande si je peux passer chez elle.

— Bien sûr, ma biche, viens, de toute façon Fabien va bientôt partir vu qu'il est de garde.

Je suis soulagée qu'il ne reste pas avec nous et je raccroche en lui disant que je suis là dans quinze minutes environ.

C'est dans un état second que je fourre des vêtements dans mon sac sans me demander s'ils vont bien s'accorder. Je me retrouve devant la porte de ma chambre, mon sac sur l'épaule et j'inspire un grand coup avant de l'ouvrir tout en priant pour qu'il ne soit pas sur mon chemin. Je traverse le couloir et le salon à toute vitesse, mais j'entends la porte de sa chambre claquer et des pas précipités se rapprocher. Je ne suis pas assez rapide et il m'agrippe durement le bras pour me retourner face à lui.

— Tu vas où ?

Il ressemble à un dément avec ses yeux exorbités et ses traits durs.

— Ça ne te regarde pas ! Je lui réplique sèchement en le regardant dans les yeux.

Je dois encore avoir les yeux humides, mais au moins mes larmes ont cessé de couler. Il secoue la tête et serre mon bras plus fort.

— Tu vas voir Chris c'est ça ?

Chris ? Mais qu'est-ce qu'il vient faire là ? Je sens la colère monter en même temps que mon courage, j'accueille ses sensations à bras ouverts, enfin une réaction normale. J'ai l'impression de sortir de ma torpeur d'un coup, je bous sur place ! Ça suffit, *personne n'a le droit de me traiter comme ça !*

— Lâche-moi Maël.

Mais il ne desserre pas sa prise alors je lève le bras et lui mords la main jusqu'à sentir le goût du sang pour qu'il me lâche. Il fait un pas en arrière en criant des paroles inintelligibles.

Ma voix est calme et je le regarde froidement.

— Écoute-moi bien petite merde. Ne me touche plus, est-ce que c'est clair ?

Je vois son expression changer du tout au tout, il fronce les sourcils comme s'il ne comprenait pas ce qui lui arrivait.

— Je ne sais pas d'où sort cette scène que tu viens de me faire, mais je te défends de me parler comme si j'étais une pute ! Tu cries sans chercher à comprendre de quoi tu parles, c'est toi qui devrais avoir honte.

J'ai l'impression qu'il est… peiné, oui voilà c'est le mot, peiné. Je me retourne et quitte l'appartement.

— Ivy, attends !

Sa voix est presque désespérée, mais je ne me retourne pas, je marche d'un pas décidé jusqu'à chez Laura et quand elle m'ouvre sa porte, les cheveux en pétard et encore en pyjama, je me jette dans ses bras et je craque pour de bon. Je crois qu'on passe devant Fabien, mais je ne le vois pas, je ne vois personne de toute façon. Laura s'installe au bout du canapé et me fait signe de m'allonger près d'elle. Je n'ai pas envie de dormir, mais je pose tout de même la tête sur ses genoux tandis qu'elle me caresse doucement les cheveux.

— Allez dors ma belle. On parlera de tout ça à tête reposée, je veille sur toi.

Je sens une couverture m'envelopper et je sombre dans un sommeil agité.

**

De petits tremblements me réveillent et je cligne des yeux pour m'habituer à la lumière du salon de Laura. Je me rends compte que les tremblements viennent des jambes de Laura, car elle essaie de rigoler en silence devant la télé. Je me relève doucement et me masse la tête, car une soudaine migraine me barre le front.

— Ah enfin tu te réveilles ! Il est presque 14 h, sers-toi du café j'en peux plus moi j'ai trop envie de pisser.

Elle se lève en serrant les jambes et se dépêche de partir en direction des toilettes, ça me fait sourire.

C'est du Laura tout cracher ça, elle préfère prendre le risque de choper une infection urinaire plutôt que de réveiller sa copine démoralisée. Les évènements d'hier me reviennent en tête et la colère que je ressens en y repensant me donne un coup de fouet.

Je me lève aussi et me dirige vers la cuisine pour préparer du café et de quoi manger.

Quand Laura revient en bâillant, elle s'installe sur le petit bar qui leur sert de table ou j'ai installé nos cafés fumants et des tartines de confitures.

— Alors…

Je n'attends pas qu'elle termine sa phrase et lui déballe toute l'histoire.

Elle n'est pas au courant qu'on a couché ensemble lundi soir dernier alors je commence par ça, puis j'enchaîne en lui racontant sa visite surprise au bar, ma danse et mon retour à la maison hier soir.

Quand j'ai terminé mon petit discours, je la vois serrer les dents.

— Je vais vraiment lui arracher les couilles à ce connard !

Je souris discrètement en entendant le ton on ne peut plus sérieux qu'elle emploie. Elle me ferait presque peur.

— Je ne sais pas pourquoi il s'est emporté comme ça. Il avait l'air de regretter ses paroles quand je suis partie ce matin. Enfin bon, j'aimerais bien me changer les idées qu'est-ce qu'on fait aujourd'hui ?

Finalement après de longues délibérations dans la salle de bain pendant qu'on se prépare, on décide d'aller se pointer chez Chris. Devant sa porte on est plus très sûr que ce soit une bonne idée, mais on sonne quand même. Aucun bruit ne nous répond et on se rend compte que la porte n'est pas fermée à clé alors on entre en appelant Chris.

Quelques secondes plus tard, on le voit débouler en courant dans le salon, il est complètement à poil et ses deux mains tiennent comme elles le peuvent son érection. On a exactement la même réaction avec Laura et on s'exclame en cœur :

— Oh, Chris, cache-moi ça !

Il se marre et nous explique qu'il n'en a pas pour longtemps et qu'il revient. Il repart comme il est venu, nu et en courant ce qui nous laisse quand même l'occasion d'observer son cul bien musclé.

— J'y crois pas, il est avec une fille tu entends ? me fait remarquer Laura.

Je tends l'oreille et effectivement, j'entends des gémissements de femme. On glousse comme des gamines, il n'est vraiment pas croyable ce mec. En attendant, on décide de préparer le repas de ce midi, enfin il s'agirait plus d'un gouter à cette heure-ci, mais ça n'a pas d'importance.

Vingt minutes plus tard, Chris arrive dans la cuisine habillé cette fois et fraichement douché. Il nous embrasse sur le front et vient nous tourner autour pour voir ce qu'on fait à manger.

— À quoi je dois cette incruste dominicale mes jolies ?

On s'excuse avant d'expliquer simplement que je me suis pris la tête avec Maël et qu'on avait besoin de se changer les idées.

— Rien de grave Speedy ?

Il me regarde très sérieusement d'un coup et je ne sais pas trop comment me sortir de ce foutoir alors je regarde Laura pour tenter de trouver un peu de soutien.

— Ivy a dansé à la barre hier soir !

Je lui fais les gros yeux, pourquoi est-ce qu'elle lui raconte ça ? Mais je comprends vite où elle veut en venir, car après ça, Chris oublie complètement l'existence de Maël et il ne fait que poser des questions sur ce que je portais, ce que j'ai fait…

On s'apprête à se mettre à table quand une fille débarque dans le salon. *Ah oui j'avais oublié qu'il n'était pas seul quand on est arrivé tout à l'heure.* Il forme un couple improbable, elle est tirée à quatre épingles avec son chignon serré, son col Claudine et sa jupe crayon qui lui arrive aux genoux. Je crois qu'on reste sans voix avec Laura en regardant Chris la prendre par la taille et lui chuchoter des choses à l'oreille, avant de l'embrasser fougueusement. Elle part en nous saluant et je crois qu'on lui répond, ou pas je ne sais pas pour ma part mon cerveau est court-circuité.

— Mais c'est qui ça ? Je demande à Chris en écarquillant les yeux.

Il prend un petit air espiègle en nous répondant.

— J'ai un scoop les filles. Je ne suis plus puceau !

Je lève les yeux au ciel et Laura m'ôte les mots de la bouche.

— C'est que… Elle a l'air tellement sage. Qu'est-ce qu'une fille comme ça fout avec toi ?

Il pose une main sur sa poitrine, feintant d'être blessé par nos paroles puis il se marre et je sais déjà qu'il va nous raconter une connerie.

— J'adore les filles sages, elles réclament toujours des fessées au lit. Me regardez pas comme ça, c'est véridique !

On finit tous par rire de bon cœur et pendant le repas on décide d'organiser une soirée chez moi. J'en profite pour lui demander s'il peut terminer mon tatouage, car il reste de la couleur et des petites retouches à faire. Il s'insurge, car c'est dimanche, mais finalement on part tous les trois au salon après manger et il termine son œuvre en prenant tout son temps pendant que Laura me raconte la fin de leurs vacances à Pornic. Je souffle quand il termine le tatouage derrière mon oreille, la peau est très fine à cet endroit et je douille au remplissage du petit bourgeon en train de s'ouvrir.

Laura se lève tandis que je suis toujours couchée sur le ventre et que Chris termine les gouttes d'eau sur les pétales du bourgeon et observe mon tatouage dans son ensemble.

— Je crois que j'ai jamais vu un tatouage aussi grand et beau.

— Bientôt ton tour ma belle ? lance Chris à Laura.

— Oula non ! Moi je pleure quand je me coupe avec une feuille de papier alors je ne vais pas aller me faire charcuter de mon plein gré.

Chris se marre et met enfin le « point » final à son œuvre. Je me relève, un peu engourdie un bras cachant ma poitrine et l'autre tenant un miroir pour pouvoir regarder mon dos dans la glace.

Mon souffle se bloque dans ma gorge, c'est vraiment splendide je n'en reviens pas d'avoir une chose aussi jolie et artistique tatouée sur le corps et pourtant c'est bien mon corps que je regarde. Je pose le miroir et vais faire un gros câlin à Chris en le remerciant.

— De rien ma belle ! dit-il en me serrant contre lui. Mais évite de trop coller tes nichons contre moi, ça me donne des tas d'idées pas très honnêtes.

Je rigole en le relâchant et je le laisse me passer de la crème et me couvrir de cellophane.

Trois heures plus tard, on est chez moi et on termine de préparer nos cinq litres de Cosmopolitan avec Laura. J'adore ce cocktail très féminin à base de cointreau, citron et cramberry. On en a déjà pas mal abusé à force de le goûter pour vérifier les dosages pendant que Chris et Nino se battent en préparant la playlist de la soirée.

J'ai envoyé un SMS à toute mon équipe, je me suis dit que ce serait une bonne occasion de se connaître de manière plus informelle. Ils ont tous répondu présents sauf Dési qui est toujours malade la pauvre et Sam qui passe son dimanche soir en famille. On apporte notre pichet dans le salon juste à temps pour voir débarquer Lydia et Dimitri.

— Parfait timing les enfants entrez !

Chris râle, car il pensait que Dési serait là, mais il se fait vite une raison et se met à draguer Lydia. Je remarque que ça ne lui plaît pas vraiment, car elle n'arrête pas de souffler aux blagues vaseuses de Chris. Je rigole discrètement c'est assez comique, Chris drague Lydia qui l'ignore complètement et Dimitri drague Chris qui ne fait que de s'éloigner de lui sur le canapé.

On passe le reste de la soirée à faire des jeux, à boire et à danser, exactement ce dont j'avais besoin. On apprend que Nino est nul en mime, par contre il nous fait écouter ses nouveaux mix et c'est vraiment très bon.

— Tu as vraiment beaucoup de talent Nino, c'est super ce que tu fais.

Malgré l'alcool, il est toujours aussi timide et je le vois rougir quand il me sourit et me remercie. Il est ensuite accaparé par Chris et je les écoute parler de musique avec attention. Laura arrive près de moi et me tire par le bras pour m'emmener à l'écart dans la cuisine, elle ne marche pas droit, ou bien c'est moi je ne sais plus trop après deux pichets de cinq litres de Cosmo, on est passé aux alcools forts et à chaque fois que je me ressers, c'est une bouteille différente alors… Elle me regarde et elle a l'air stressée, enfin bourrée et stressée.

— Les gars arrivent !

— Quoi ? Mais il est quelle heure ?

On se retourne en même temps vers la grande horloge de la cuisine pour voir qu'il est un peu plus de 7 h du matin.

— 7 h ?! Merde j'ai pas vu le temps passer. Je pensais que je serais couchée depuis longtemps quand Maël rentrerait.

— Ouais… C'est pour ça que j'ai dit à Fab de nous rejoindre. L'ambiance sera moins pesante s'ils arrivent ensemble.

Je la serre dans mes bras, car elle a raison, heureusement qu'elle est là pour penser à ce genre de choses. Au même moment, on entend la porte d'entrée claquer et Laura me prend par les épaules. Je souffle un bon coup et la laisse passer la première pour retourner au salon.

Elle se jette dans les bras de son amoureux tandis que Maël discute avec Dimitri, il m'ignore complètement alors je fais de même et me dirige vers le canapé pour saluer mon frère qui discute avec Chris et Nino. Il me fait la bise et son regard s'arrête sur ma nuque et mon oreille.

— C'est nouveau ?

Je hoche la tête et relève mes cheveux pour lui montrer le tatouage de Chris. Il siffle d'admiration en le regardant et je fais un petit clin d'œil à Chris. Je ne dis rien, car je ne veux pas qu'il me pose de questions sur toute l'étendue de mon tatouage.

Je me lève pour me servir et saisis la bouteille de whisky en même temps que Maël. J'écarte ma main comme si le contact de sa main m'avait brûlée et il me regarde à peine avant de me servir un verre puis de s'en servir un à lui aussi. Je vois qu'il est gêné et il tend son verre en direction du mien et me balance :

— On fait la paix ?

Je cligne des yeux plusieurs fois. *On fait la paix ? C'est tout ce qu'il trouve à me dire ?* J'éclate de rire en secouant la tête de gauche à droite. *Elle est bonne celle-là !* Je retourne m'asseoir par terre près du canapé où les autres discutent et comme par hasard, Maël vient s'asseoir à côté de moi. Je soupire et l'ignore comme je peux, je suis sauvée par Nino.

— Tu as eu Désirée au téléphone ?

Je m'empresse de saisir la perche qu'il me tend pour me sortir de ce guêpier.

— Oui pourquoi ?

— Non juste pour savoir si elle va mieux…

Je souris, il est gentil lui pas comme mon colocataire par exemple.

— Oui un peu, mais elle est toujours clouée au lit, elle a une bonne grippe !

— La pauvre je lui passerai un petit SMS demain alors. Du coup, tu vas encore la remplacer le week-end prochain si elle n'est pas remise ?

Je m'étouffe en buvant ma gorgée et le regarde avec des yeux ronds, la soirée semble se mettre sur pause et c'est mon frère qui ouvre les hostilités.

— Pardon ? J'ai mal entendu ou tu as remplacé ta danseuse ?

Je crois que je suis paralysée par la peur, je sens Maël se

tendre à côté de moi et je n'ai pas le temps de répondre que Nino, complètement à côté de la plaque continue.

— Ouais pour son dernier passage, elle a été géniale c'était vraiment différent de ce que fait Dési, mais elle a captivé tout le monde. Vous voulez voir ? dit-il en sortant son téléphone de sa poche.

Quoi ? Il m'a filmée ?

— Euh non, on va éviter s'il te plaît, dis-je un peu sèchement.

Chris saute sur l'occasion et le harcèle pour voir la vidéo, je refuse, mais Théo s'y met et me souris pour me demander s'il peut la voir. Alors là je suis sur le cul ! *Mon frère veut voir la vidéo ?* Après tout, il n'y a rien de gênant, sans mon engueulade avec Maël je l'aurais sûrement montrée à tout le monde, je suis plutôt fière de ma prestation. Je hoche la tête et Nino branche directement son téléphone sur la télé pour que tout le monde voie bien. J'avoue que je suis un peu gênée et en fait j'ai surtout peur qu'ils trouvent ça nul, mais je prends mon courage à deux mains.

Maël tente de se relever, sûrement pour quitter la pièce, mais je l'en empêche en lui prenant la main.

— Reste.

Je ne dis rien d'autre, mais il se rassoit avec un air mauvais, je lâche sa main et il serre les poings en regardant la télé.

— C'est parti ! Lâche Nino en pressant le bouton Play de la télécommande.

La musique démarre et Laura vient m'enlacer par derrière en regardant la vidéo, je suis soulagée de la sentir tout près.

C'est assez bizarre de se voir en vidéo, j'ai l'air sûre de moi et je me souviens que ma confiance était revenue dès que la chanson avait démarré. Chris siffle en voyant ma robe noire moulante et ça me fait rire. On me voit enchaîner les figures, personne ne parle et je commence à stresser. *C'est bon ou mauvais signe ?* Le final arrive enfin et ma « chute libre » à l'air de les impressionner puis la vidéo s'arrête sur les applaudissements des gens pendant que je remonte en loge. Chris siffle et applaudit comme une groupie avec Dimitri, Nino, Fab et Laura ce qui détend l'atmosphère. Je regarde Théo et attend patiemment son avis, il me regarde avec un grand sourire et se lève pour venir me prendre les bras et les lever au-dessus de ma tête avant de crier.

— C'est ma sœur !

Tout le monde se marre, enfin tout le monde sauf Maël qui part s'isoler seul dans sa chambre. Je suis un peu déçue de sa réaction, je ne sais pas à quoi je m'attendais, mais… pas à ça.

La soirée se termine peu après, je remercie tout le monde et file me coucher. Je m'endors dans la seconde.

**

Contrairement à ce que j'aurais cru, je me réveille assez reposée et plutôt de bonne humeur. La soirée d'hier ne s'est pas déroulée comme prévu, mais ce n'est pas plus mal, je suis surprise et vraiment contente de la réaction de tout le monde. Je me lève et en traversant le couloir j'entends un boucan pas possible qui vient de la cuisine. Je pousse prudemment la porte et trouve Maël en boxer et tablier. Je dois me souvenir très fort que je lui en veux à mort pour ne pas lui sauter dessus. Il se retourne et me lance un grand sourire, je remarque l'inscription sur l'avant de son tablier et je ne peux pas m'empêcher de sourire, il est écrit : « Tu vas passer à la casserole ».

— Installe-toi j'ai préparé à manger !

Je lève les yeux au ciel, je n'ai pas du tout envie de discuter alors je fais demi-tour sans lui répondre, mais il m'interpelle.

— S'il te plait Ivy. Juste un repas.

Je pèse le pour et le contre et finis par me retourner pour lui faire face.

— OK, mais je ne veux pas t'entendre parler c'est clair ?

Il me lance un sourire éclatant.

— Très clair.

On se met à table et il sort son plat du four, ça sent divinement bon.

— Umm c'est quoi ?

Il me regarde en pinçant les lèvres pour me rappeler qu'il ne doit pas parler et ça me fait sourire. *Bon sang, Ivy ne te laisse pas embobiner !* Il me sert une assiette de lasagne fumante avec de la salade, comme je pouvais m'y attendre c'est divin. Je soupire de plaisir et je vois qu'il me fixe intensément, je sens le désir monter en moi puis ses paroles me reviennent en tête comme un avertissement.

— Ne me regarde pas comme ça.

Son regard change comme si je l'avais frappé, il laisse tomber ses couverts dans son assiette et cherche mes yeux pour capter mon attention.

— Je suis tellement désolé Ivy… Je suis un gros con, je… je ne sais pas ce qui m'a pris !

Je repousse ma chaise, mon appétit coupé et m'empresse de quitter la pièce, non sans lui avoir lancé froidement.

— Au moins un point sur lequel on est d'accord !

Je claque la porte de la salle de bain et prends une longue douche pour me changer les idées, mais ça ne marche pas vraiment.

Je sursaute en arrivant dans ma chambre, il est assis sur le bord de mon lit, la tête entre les mains. Quand il me voit, il se relève et vient jusqu'à moi, je vois bien qu'il ne sait pas trop par où commencer, il a l'air si gêné ça me fait bizarre de le voir comme ça. Je ne vais pas pouvoir échapper à cette conversation alors je prends les devants.

— Tu peux me mettre de la crème dans le dos s'il te plaît ?

Je me dis que de cette manière, je n'aurais pas à le regarder dans les yeux et puis les retouches de Chris étaient seulement dans le haut du dos donc je n'ai pas besoin de retirer ma serviette, c'est parfait ! Il part se laver les mains et j'en profite pour mettre un shorty sous ma serviette, histoire de ne pas me sentir trop nue. Je m'installe au bout du lit face au mur pour lui tourner le dos quand il revient. Je sens sa chaleur derrière moi et attends qu'il me parle, il pose ses mains expertes sur moi et me masse doucement le dos.

— Tu me rends dingue depuis que tu habites ici Ivy, c'est vrai avoue que tu ne m'as pas vraiment facilité la tâche. Mais… j'ai appris à te connaître et à t'apprécier. C'est vrai quoi j'ai même réussi à m'habituer à ton caractère de cochon. Et puis j'ai commencé à te désirer, je savais que c'était pas bien, vu qu'on vit ensemble et tout ça alors j'ai essayé de te repousser autant que j'ai pu, mais j'y arrive plus et j'en ai plus envie non plus. Je sais bien que toi aussi tu as remarqué que nos rapports ont changé depuis un certain temps et puis… écoute lundi dernier c'était carrément génial et je veux pas perdre ça !

Je reste un peu muette et je prépare ma réponse, mais il n'a pas terminé.

— Samedi je suis rentré plus tôt pour te faire la surprise et quand je t'ai vue avec Dimitri… j'ai vraiment cru que j'allais le buter Ivy !

— Mais il est gay ! m'exclamai-je d'un coup.

— Mais je le savais pas c'est pas écrit sur son front ! Et puis c'est pas le problème, je ne suis pas un mec jaloux… ça ne m'était jamais arrivé et je suis perdu, je ne sais pas du tout comment gérer tout ça. L'idée que tu te désapes devant plein de mecs, ça a fini de me griller le cerveau. J'ai pété les plombs ! Je suis désolé pour ce que je t'ai dit… je le pensais pas… vraiment pas. Si tu savais comme je me sens con, je sais que je t'ai blessée et je m'en veux… vraiment.

Je prends une grande inspiration, ses paroles me font du bien. Je sens même un sourire relever mes lèvres quand je me retourne pour lui faire face.

— D'accord.

Il me regarde comme s'il avait mal compris, il répète.

— D'accord ?

Je hoche la tête en lui souriant. Son visage s'illumine, sa main caresse mes lèvres.

— J'ai eu peur de ne plus jamais revoir ce joli sourire.

Je me lève et il fait de même, ses mains entourent mon visage et je pense qu'il va m'embrasser alors je perds mon sourire et m'éloigne d'un pas.

— J'accepte tes excuses Maël, mais…

Son visage se décompose.

— Mais quoi ? Tu veux pas qu'on soit ensemble ?

Je cherche mes mots, mais j'ai l'impression d'être maladroite.

— On a jamais été vraiment ensemble... on pourrait… je sais pas moi être… être amis ?

Il serre les poings et répète :

— Amis ? Non ! Je veux pas être ton putain d'ami Ivy !

Il a haussé le ton et je suis sur la défensive. *Il est hors de question que je souffre de nouveau.*

— Eh bien, c'est tout ce que j'ai à t'offrir. Pourquoi tu veux tant être avec moi hein ?

J'ai croisé les bras sur ma poitrine pour me donner une allure assurée, mais à l'intérieur de moi c'est un tsunami d'émotions qui déferle. J'attends désespérément sa réponse pour qu'il me fasse changer d'avis, mais elle ne vient pas. Il est clairement en colère, mais je ne démords pas et reste campée sur mes positions. Il fait demi-tour et donne un coup de poing dans la porte de sa chambre avant de s'y enfermer. Tout l'air contenu dans mes poumons se relâche d'un coup. Tout en m'habillant, je me répète que j'ai pris la bonne décision et je finis par partir au travail.

16

Les deux jours qui suivent sont assez bizarres, Maël m'évite clairement. Et les rares fois où je le croise, on se prend la tête pour tout et n'importe quoi. Hier midi, c'était la salle de bain ou j'ai eu le malheur de laisser ma boîte de tampons neuve sur le lavabo et aujourd'hui c'est moi qui l'ai envoyé bouler, car il m'a réveillée avec sa musique à 6 h alors que je m'étais couchée à plus de 2 h.

Malgré nos prises de bec, quand je le regarde je revois tous les bons moments qu'on a passés ensemble et à quel point c'était bon de rire avec lui.

Notre petite soirée dans sa chambre restera certainement gravée dans ma mémoire comme notre meilleur souvenir. J'ai appris à l'apprécier, à l'aimer même, mais je pense qu'être amis est la meilleure des options.

Lorsque je pense au fait d'être ami avec Maël, je me repasse la nuit orgasmique qu'on a passée ensemble. Il était sûr de lui, fort, mais aussi très attentionné, je ne peux pas dire que je regrette d'avoir sauté le pas avec lui ce serait un mensonge, c'est sans aucun doute le meilleur coup de ma vie.

À côté de ça, sa personnalité impulsive et légèrement agressive qu'il cache derrière une apparence calme me fait un peu peur. S'il m'a insultée et rabaissée plus bas que terre alors qu'on n'était même pas ensemble, qu'est-il capable de me faire si nous l'étions ? Ma tête va exploser si je continue à penser à tout ça.

Mon seul réconfort est de me dire que ce soir il ne sera pas la vu qu'il est parti prendre sa garde ce matin. Ce n'est définitivement pas ce que j'avais imaginé quand j'ai emménagé dans cet appartement. Il faut que j'arrive à le convaincre qu'on peut être ami et colocataire et que si on fait ça, tout ira bien dans le meilleur des mondes.

Enfin pour faire ça il faudrait déjà que j'arrive à me convaincre moi-même d'y croire.

**

Il est déjà 17 h lorsque je quitte l'appartement, perdue dans mes pensées, j'arrive devant le bar où je trouve Lydia la tête baissée et deux gros sacs de voyage à ces pieds, j'accélère le pas et lui demande ce qu'il se passe quand j'arrive à ses côtés. Elle lève la tête et je peux voir que son maquillage a coulé. Je ressens une colère soudaine s'emparer de moi à l'idée que quelqu'un ait pu la faire pleurer.

— Il m'a retrouvée.

Elle n'en dit pas plus, de toute manière je n'ai pas besoin de précision pour savoir qu'elle me parle de son ex le géant. Elle s'effondre dans mes bras et je la berce doucement avant de la faire entrer dans le bar.

Je lui sers un grand verre d'eau et lui demande calmement de tout me raconter.

— Cet après-midi, j'avais cours et quand je suis rentrée, l'appart était sens dessus dessous. Elle sanglote avant de continuer. Toutes mes affaires étaient cassées ou éparpillées sur le sol… il a même défoncé ma porte.

Je l'interromps en prenant une voix douce.

— Et tu es sûre que c'était lui ? Ça pourrait être un cambriolage non ?

Je vois la peur dans ses yeux et je comprends qu'elle est persuadée que c'était lui.

— C'était lui Ivy. Qui irait cambrioler un appart miteux, je veux dire j'ai même pas de télé. Mon ordi portable était intact sur la table quand je suis rentrée.

Effectivement si c'était un cambriolage, il n'aurait pas laissé l'ordinateur. Je la laisse poursuivre en prenant sur moi pour ne pas aller casser la gueule du connard qui lui pourrit la vie.

— J'ai récupéré ce que j'ai pu et je suis venue ici. J'espère que ça ne t'embête pas ?

— M'embêter ? Bien sûr que non ma belle. Tu as quelque pars où aller les prochains jours ? Sinon tu es la bienvenue chez moi.

Elle me fait un petit sourire entre deux sanglots et je lui frotte doucement le dos.

— C'est bon merci. Je vais aller chez une copine de cours ce soir.

Je hoche la tête.

— N'hésite pas OK ? Quand elle me répète ce dernier mot, je ne la crois qu'à moitié. Tu devrais y aller, tu ne vas pas travailler dans cet état Lydia.

Elle m'agrippe les bras d'un air suppliant.

— J'ai besoin de travailler s'il te plaît, ça me changera les idées.

Je ne sais pas trop quoi lui dire, elle a l'air de vraiment le vouloir, mais en même temps elle est bouleversée.

— S'il te plait Boss…

Elle me regarde avec ses yeux de biche et je finis par céder en me disant qu'au moins le temps du travail, je pourrais veiller sur elle.

— Tu as appelé la police pour ton appart ?

Elle hoche vite la tête et pars ranger ses sacs dans la réserve.

Elle ne doit pas avoir envie d'en parler, il faut que j'arrête d'être aussi curieuse.

Plus tard, elle m'aide à réceptionner et ranger la commande du jour avant que tous les autres n'arrivent. Comme toujours maintenant, l'ambiance est légère et enjouée et Lydia semble avoir retrouvé du poil de la bête ce qui me rassure un peu.

Il est pas loin de 22 h et il n'y a pas foule quand Chris entre tout sourire. Il semble totalement dans son élément, d'ailleurs il a tout le temps l'air bien dans ses baskets ce mec, je pense que c'est ce que j'apprécie le plus chez lui. Au premier abord, il peut effrayer un peu avec tous ses tatouages et ses cheveux coupés à ras, mais quand on le connaît, on se rend vite compte qu'il est doux comme un agneau… *Enfin presque quoi.* Il vient se percher sur le tabouret juste en face de moi et s'aide de ses bras pour passer la tête par-dessus le bar et me faire un bisou.

Il passe une heure à me raconter sa journée en détail et je l'écoute tout en servant les clients au fur et à mesure que le bar se remplit.

— Bon, je te laisse, j'ai repéré une petite blonde plus loin.

Son sourire carnassier m'annonce qu'il repartira sûrement avec elle ce soir. Je jette un œil à la fameuse blonde et je me rappelle d'elle, je lui ai servi une vodka Cranberry tout à l'heure. J'en fais une en vitesse et la fais glisser sur le bar jusqu'à Chris.

— Vas-y Don Juan !

Je lui fais un petit clin d'œil et le chasse de son tabouret. Il me sourit presque timidement ce qui n'est pas vraiment dans ses habitudes, mais je laisser couler.

J'observe avec attention son jeu de séduction jusqu'à ce que Dimitri m'interpelle.

— Quoi ?

Il se marre avant de répéter :

— Il est vraiment sexy. Enfin pas autant que ton frère, mais bon…

Je rigole franchement avec lui ce qui attire l'attention des clients sur nous.

— Tu as vraiment de la veine, tu sais ?

J'arrête de rire et le regarde sans comprendre, il doit remarquer mon trouble, car il poursuit :

— Tu es entouré de beaux gosses ! Il tend sa main et commence à compter. Ton frère, Chris, ton coloc… Sérieux dis-moi que tu as couché au moins avec un de ces trois-là ? Enfin ces deux-là plutôt à moins que tu donnes dans l'inceste.

Je le frappe énergiquement avec mon chiffon et on pouffe ensemble. Voyant que je ne réponds pas, il écarquille les yeux et je vois presque de la fumée sortir de ses oreilles tellement il est évident qu'il cogite.

— Non ! Lequel ? Les deux ?

J'explose de rire et me contente de secouer la tête en signe de dénégation. Je vois bien qu'il a l'intention de me faire passer un interrogatoire, mais un groupe de dix arrive et me sauve, car on doit s'activer pour faire les cocktails.

— Tu vas pas t'en tirer aussi facilement, tu sais ?

Je souris sans lui répondre en tranchant mes rondelles de citrons et je l'entends ricaner.

Le reste de la soirée passe vite, il y a pas mal de monde finalement et on est bien occupé. Je souris en voyant Chris repartir avec sa blonde qui a l'air complètement sous son charme. Tout le monde quitte le bar sur les coups de minuit et Nino arrête totalement la musique trente minutes plus tard pour faire partir les derniers récalcitrants. Après qu'on ait tous partagé un verre ensemble, Nino et Dimitri partent et on se retrouve à trois avec Lydia et Sam.

— Bon, ménage et on ferme ! Va rejoindre ta femme Sam, on va se débrouiller avec Lydia, dis-je gentiment à Sam, car il a l'air complètement crevé ce soir.

— T'es sûre boss ?

— Mais oui aller file !

— T'es la meilleure, dit-il en passant derrière le bar pour nous faire une bise avant de s'éclipser.

On termine de nettoyer dans la bonne humeur et je dis à Lydia qu'elle peut partir aussi, car il ne me reste plus qu'à fermer devant et sortir les poubelles par la porte de derrière. Elle me sourit et me fait une bise, imitant Sam ce qui nous fait rire toutes les deux et je me réjouis qu'elle ait retrouvé sa bonne humeur.

Après avoir fermé, j'ai une poubelle dans chaque main alors je pose les sacs le long du mur pour ouvrir la porte d'abord, mais lorsque je l'entrouvre maladroitement ce que je découvre me laisse sans voix. Une femme est couchée sur les pavés en train de se faire agresser par un homme qui a l'air costaud. *Lydia !* Je reconnais ses chaussures et ses deux gros sacs.

Dans ces moments-là, on dit que l'instinct prend le dessus. Je ne sais pas si c'est vrai, mais je referme doucement la porte et cours vers le bar. Lorsque j'y arrive, je suis hors d'haleine et je me précipite derrière le bar pour prendre la fameuse batte de baseball que Jack m'a offerte. Je ne pense pas clairement, je vois l'image de Lydia au sol, ses yeux en pleurs tout à l'heure et je m'élance pour aller l'aider.

J'essaie d'être la plus silencieuse possible en ouvrant la porte. J'examine rapidement la situation, l'homme à une main sur la bouche de Lydia pour l'empêcher de crier et il a arraché son tee-shirt. Il faut que je me dépêche avant qu'il n'aille plus loin, mais il est sans aucun doute plus fort que moi donc je vais devoir frapper fort.

J'arrive derrière lui et je croise les yeux terrifiés et humides de mon amie. C'est comme un déclencheur, je prends de l'élan, resserre ma prise sur la batte et le frappe de toutes mes forces dans ses côtes en criant aussi fort que je le peux :

— LÂCHE-LA !

Il titube et commence à se relever, mais je continue et le frappe à l'arrière du genou, ce qui le fait tomber à quatre pattes à mes pieds. Je frappe un coup fort sur sa nuque et il semble sonné. Je me tourne vers Lydia et lui jette mon téléphone dessus.

— Appelle les flics !

Elle est tétanisée assise par terre, ses bras serrés contre elle. Son regard de pure terreur me brise le cœur. Je comprends que ce n'est pas la première fois qu'elle vit une scène aussi traumatisante, mais malheureusement je n'ai pas le temps de la ménager, j'entends l'homme à mes pieds grogner de douleur.

— Lydia ! Vite !

Avec un peu de chance, ils arriveront dans deux minutes vu que le commissariat est à côté. Je me répète cette phrase dans ma tête comme un mantra. Elle a déjà le téléphone collé à l'oreille alors je me baisse vers ce salopard, pleine de rage.

J'entends Lydia sangloter en parlant à son interlocuteur et je sens l'adrénaline fuser dans mon sang. Je réalise que ma seule chance est de le mettre KO alors je frappe fort son dos, un coup, deux coups. Il tombe à plat ventre et se retourne sur le dos en grimaçant de douleur, mais alors que je m'apprête à lui donner un coup sur la tête, il attrape brusquement mon bras et me lance un regard mauvais en me projetant en l'air de toutes ses forces. Je retombe lourdement sur le sol à plusieurs mètres, les pavés me mordant douloureusement le dos. J'entends les cris de Lydia et je me force à reprendre mes esprits, ma batte n'est pas loin, mais il est déjà sur moi. Je le reconnais maintenant avec ses cheveux fous et ses yeux rendus vitreux par la drogue, c'est l'ex de Lydia qui était venu au bar quelques semaines plus tôt.

— Tu vas me le payer sale chienne. Je vais te buter !

Mon cœur se comprime d'angoisse. *Bon sang, qu'est-ce que j'ai fait ?!* Il y a tant de haine dans ses yeux que je ne doute pas une seconde qu'il va mettre ses paroles à exécution. J'essaie de me dégager, de le frapper, mais il est assis sur mon bas ventre, ses genoux écrasent lourdement mes poignées m'empêchant de les bouger. Alors que j'essaie de le faire basculer en repliant mes jambes et en poussant sur mes pieds il arrive à faire pressions avec ses mollets et ses pieds sur mes cuisses me bloquant complétement. Le bas de corps. Lorsque je vois son poing se lever, je me débats de toutes mes forces sans que ça ne change rien du tout. *Il est trop fort pour moi.*

Le premier coup est d'une violence inouïe, je sens un liquide chaud couler le long de ma joue tandis que je hurle aussi fort que mes cordes vocales me le permettent. Deuxième, troisième, quatrième coups sur mon visage, je hurle de douleur à chacun d'eux en essayant de me débattre, mais je sens mon visage gonflé et glissant de mon sang. Je ne sais même plus si je crie ou si je pleure, sûrement les deux à la fois. Un craquement me fait hurler encore plus fort et relever légèrement la tête, mais un autre coup me renvoie sur les pavés et je sens l'arrière de ma tête saigner.

J'ai les yeux ouverts, mais je ne vois rien de l'œil droit, je le vois prendre son élan pour me frapper plus fort à chaque coup et j'ai peur. Peur de mourir, peur qu'il s'en prenne à Lydia après en avoir terminé avec moi.

Mais alors que je pensais mon heure venue, j'entends des sirènes arriver de chaque côté de nous. La surprise lui fait relever un genoux et me permet de libérer mon bras gauche. Je saisie ma chance et lui attrape les couilles, les serre et les tourne aussi fort que je le peux. Dans un cri, il me tombe dessus, mais pas question de rester coincé sous ce monstre, je vais à sa rencontre et lui envoie mon poing gauche directement dans le nez.

Il bascule sur le côté et je puise dans mes dernières forces pour rouler de l'autre côté en titubant pour me relever, je récupère ma batte au passage et le regarde de mon œil valide, il est couché et recroquevillé sur lui-même.

À ce moment précis, je pourrais le tuer. *Non ! Je VEUX le tuer !* Mais pendant qu'un policier le menotte, un autre arrive à mon niveau.

Il tient ses mains à plat en face de moi comme pour me montrer qu'il ne me veut aucun mal, mais je n'entends pas ce qu'il me dit, j'ai les jambes en coton et l'impression d'avoir une enclume sur la tête.

J'essaie de me concentrer et arrive enfin à déchiffrer ses paroles qui me parviennent comme des chuchotements.

— Vous êtes en sécurité maintenant mademoiselle, tout va bien, donnez-moi ça, dit-il en touchant la main qui tient la batte. Je la lâche immédiatement et alors qu'il me frotte doucement les épaules, j'entends la voix de Lydia.

— Occupez-vous d'elle d'abord, elle est venue me secourir, mais ils se sont battus. Elle est blessée ! dit-elle entre les pleurs et les cris.

J'entends des pas se rapprocher et des mains que je ne connais que trop bien se poser dans mon dos.

— Mademoiselle ? Tournez-vous et venez avec moi, je vais vous soigner et vous emmener à l'hôpital.

Mon Dieu ! Comment ne pas reconnaître la voix chaude et bienveillante de mon frère ? J'aimerais qu'il n'ait pas à me voir dans cet état, car je sais que ça va lui briser le cœur. Je me retourne doucement, la tête baissée et essaie de prendre sur moi pour ne pas pleurer.

Lorsque je relève les yeux, je vois son expression douce changer du tout au tout, ses yeux ne sont plus qu'horreur et colère. Son regard fait un aller-retour entre moi et Lydia qu'il ne semble reconnaître que maintenant.

— Putain, chuchote-t-il en mettant sa main devant sa bouche comme pour s'empêcher de vomir. PUTAIN, crie-t-il alors que je me crispe.

Je le vois regarder quelque chose derrière moi et s'y diriger rageusement, je me retourne pour voir ce qui lui prend. Je ne l'ai jamais vu dans cet état, on dirait qu'il va tuer mon agresseur. Bizarrement, cette révélation ne me fait ni chaud ni froid. Je crois que je suis en état de choc, je ne ressens plus rien, ni peur, ni douleur, je me contente de regarder Théo agripper l'homme par le col et le frapper violemment dans l'estomac. Il est vite stoppé par un de ses collègues, mais loin de se calmer, il crie désormais :

— Sale petite merde ! Tu mériterais de crever.

Je n'écoute pas la suite, car mon attention s'est focalisée sur son collègue qui semble dépassé par la réaction excessive de mon frère. *Maël !* Une fois mon agresseur enfermé dans la voiture de police, Maël tient toujours mon frère en étau dans ses bras en attendant qu'il se calme.

Lorsque ses yeux trouvent les miens et je le vois blanchir instantanément, il lâche mon frère qui en profite pour se ruer vers la voiture de police, mais heureusement Fabien arrive à le stopper avant.

Mon attention revient sur Maël et je le vois se plier en deux comme s'il venait de prendre un coup au ventre, ses traits sont tendus par le choc.

Maël

Ce n'est pas possible, je suis en plein cauchemar réveillez-moi !

Ivy est là, comme une petite fille qu'on aurait abandonnée, debout au milieu de la rue avec ses grands yeux qui me fixent comme si elle était hypnotisée par mon regard.

Mes jambes réagissent plus vite que mon cerveau et je me retrouve à courir pour la rejoindre. Entre temps, elle a baissé les yeux sur les pavés alors je pose délicatement un doigt sous son menton pour lui faire relever la tête.

Quand je distingue enfin son visage, l'air me manque et mon cœur se serre si fort que j'ai peur qu'il soit réduit en miettes. Je le sais rien qu'en la regardant, ses blessures sont sérieuses. *Ce connard l'a massacrée ! Quel homme est capable d'une chose pareille ?* Je sens une colère sourde monter en moi et pour la première fois de ma vie, je sais que je pourrais vraiment tuer quelqu'un d'autre. Je le veux tellement fort que mes mains me démangent. Je me retourne, prêt à partir le massacrer. Peu importe qu'il y ait les flics, je veux juste le réduire à l'état de larve et le regarder crever comme il le mérite !

Au moment où je m'élance vers la voiture de police, je sens

Ivy s'accrocher durement à mon bras, ses doigts sont plantés si fort dans ma peau que je me retourne pour la regarder et ce que lis dans ses yeux m'achève complètement.

Elle a peur. Peur de moi ? Peur pour moi ? Peur de ce dont je suis capable ? Je passe une de mes mains sur les siennes pour tenter de la rassurer, mais je remarque qu'elles sont pleines de sang. Je plonge mon regard le sien et j'y trouve une Ivy bien différente de celle que j'ai rencontrée la première fois.

Ce soir-là, quand elle est venue dans mon appartement pour notre soirée foot, elle m'a tout de suite attirée. Elle dégageait une assurance que j'ai rarement eu l'occasion de voir chez une femme.

Maintenant, elle est tellement apeurée et abattue que je ne la reconnais pas. Et pourtant après ce qu'elle vient de vivre, elle est debout à s'inquiéter des ennuis que je pourrais avoir si je pète un câble alors qu'elle est blessée.

Je prends soudain conscience d'une chose, je veux être celui sur qui elle peut compter, celui qui sera différent de tous les tocards qu'elle a rencontrés. Je veux être le bon ! Le bon pour elle, car je sais qu'elle est la bonne pour moi.

C'est à ce moment que je prends la décision de rester à ses côtés, je me tourne vers de la voiture de flic resté à l'arrêt et prend bien le temps d'observer cette ordure sous tous les angles.

Je mémorise chaque centimètre de son visage, j'ai au moins la satisfaction de voir son nez éclaté, mais ce n'est pas suffisant, je m'occuperais de cette merde plus tard ça ne fait aucun doute.

Ivy est ma priorité à partir de maintenant, j'observe son visage et je prends sur moi pour ne pas partir en vrille, j'ai le goût du sang dans ma bouche à force de me mordre l'intérieure des joues.

Il ne s'est passé que quelques secondes pendant cette réflexion, mais j'ai l'impression d'avoir changé. Je me sens différent, plus adulte.

Cependant, mes instincts de secouristes reviennent au galop, il faut absolument que j'examine Ivy, je ne sais qu'elle est l'étendue de ses blessures à la tête, mais il n'y a pas de temps à perdre.

— Je suis là Ivy, je vais m'occuper de toi d'accord ?

Elle me regarde et je vois un coin de ses lèvres se lever doucement avant qu'elle grimace de douleur.

Ivy

Il me parle, mais je ne l'entends plus, je suis comme entourée de cotons. Je me sens soulevée puis ballottée et enfin couchée sur une matière froide qui me donne des frissons. Je reconnait l'intérieur de l'ambulance. J'ai envie de dormir, je suis si fatiguée d'un coup. Le visage de Maël est concentré et soucieux alors qu'il s'affaire à me mettre une sorte de minerve.

Je le regarde avec attention de mon œil gauche, il prend mes mains, mais je n'arrive pas à entendre ce qu'il me dit. En me concentrant, je crois déchiffrer sur ses lèvres le mot « serrer » et « mains » alors je les serre tandis qu'il me fait un petit sourire encourageant.

D'un coup, je ressens une forte douleur qui me transperce la tête, je gémis en sentant des flots de sang couler de mon nez. J'entends quelques bribes de mots : nez, hématome… je ne comprends rien alors j'abandonne, je veux juste dormir.

— Je vais dormir.

Les mots n'ont pas la même sonorité que d'habitude et je m'étrangle, car parler me fait souffrir. J'entends un peu mieux Maël, il me presse les bras en me disant de ne surtout pas dormir.

Je lève la main droite et lui caresse doucement la joue. Il a un sourire triste et s'apprête à me dire quelque chose lorsque Théo arrive à ses côtés. Mon frère a une tête de dément, ses yeux sont rouges et ses mâchoires ressortent tellement ils les serrent.

Alors qu'on démarre, mon frère me palpe tout le corps en me posant des milliards de questions auxquelles je ne réponds pas. Je ne comprends rien à ce qu'il me raconte et je suis si fatiguée. Je ferme les yeux et essaie de toutes mes forces de ne pas m'endormir malgré la fatigue écrasante que je ressens. Ma dernière pensée est pour Lydia, qui va bien et je sais que quel que soit l'issue de cette soirée, je referais les choses exactement de la même façon si la situation se représentait.

Je me laisse envahir par les ténèbres réconfortantes qui se referment sur moi et m'enlèvent toute ma douleur.

17

Une forte lumière m'éblouit et je me demande vaguement si c'est ça la fameuse lumière au bout du tunnel, mais très vite j'entends un vacarme pas possible et une voix d'homme qui donne des ordres.

J'entrouvre difficilement les yeux en grognant de douleur. *Pourquoi j'ai l'impression que Bob le bricoleur est en train de faire des travaux dans mon crâne ?*

J'arrive péniblement à cligner les yeux et quand je discerne enfin des formes s'agiter tout autour de moi, deux grands yeux noisette me regardent avec attention. Sa voix grave est rassurante, il me dit de dormir, de ne pas m'en faire et qu'il va bien s'occuper de moi. Je sens qu'on m'applique quelques choses sur le nez et la bouche et quelques secondes plus tard je suis très fatiguée, j'ai l'impression de m'envoler très loin d'ici. Les grands yeux se plissent comme s'il me souriait et je lâche prise en m'enfonçant dans les nuages.

**

Je suis réveillée par une forte odeur de désinfectants mêlée à celle des médicaments. J'essaie de bouger la tête, mais une vive douleur me vrille le crâne et j'entends des bips réguliers sonner autour de moi. Je suis complètement déboussolée. *Quel jour on est ? Où suis-je ? Quelle est cette odeur repoussante ?* Je m'aperçois que je suis dans une chambre d'hôpital. Je baisse les yeux et remarque mon frère endormi et tenant ma main comme s'il s'agissait de la chose la plus fragile qui soit.

Qu'est-ce que je fais ici ? Je tente de me redresser un peu et mon mouvement le fait sursauter d'un coup.a les yeux rougis comme s'il avait pleuré et de gros cernes violacés lui mangent le visage.

— Speedy !

Il embrasse ma main et me sourit tristement. Mon instinct protecteur prend le dessus et je caresse doucement son poignet avec mon pouce pour le réconforter, mais je sens mes doigts devenir humide et je devine qu'il pleure en silence. Je me déteste à l'idée de le rendre triste, mon frère est un dur à cuire, il ne pleure jamais.

Qu'est-ce que je lui ai fait ? Qu'est-ce je fais ici ?

— J'ai eu tellement peur tu n'ima…

Le mot peur est comme un déclencheur, j'ai l'impression qu'il vient d'ouvrir une boîte pleine de souvenirs et je les vois tous défiler sous mes yeux : la soirée au bar, Lydia plaquée au sol par son ex, ma batte de baseball, le poing de l'homme s'abattant encore et encore sur mon visage.

— Doucement Speedy... Ivy ? Infirmière !

J'entends des bips s'affoler de tous les côtés, mêlés aux sirènes de mes souvenirs et je panique. J'entends des pas et des voix autour de moi puis de nouveau, je me sens sombrer et tout devient noir et froid autour de moi. Je m'accroche à une image rassurante, la première image qui me vient est une image de Maël et du regard qu'il avait en me chantant Kiss me de Ed Sheeran. Je me cramponne à cette image jusqu'à ce que le coton m'enveloppe de nouveau.

**

Cette fois quand je me réveille, je me sens plus alerte. Je prends conscience que je suis à l'hôpital et je me souviens une fois de plus des raisons pour lesquelles je suis ici, mais cette fois, je ne panique pas.

J'ouvre les yeux et me retrouve une nouvelle fois dans une semi-pénombre, je me rends compte que ce n'est pas parce qu'il fait nuit, mais parce que mes stores sont presque tous baissés. Je décide de bouger mes membres un par un pour évaluer les dégâts et je suis contente quand je vois que tous mes membres répondent à mes ordres. Je lève mes mains pour toucher mon visage au moment où Chris passe la porte de ma chambre avec un doggy bag. Un grand sourire illumine ses traits lorsqu'il me voit.

— Voyez-vous ça ! La marmotte s'est réveillée.

Mon premier réflexe est de sourire, mais je ressens des tiraillements sur ma joue qui me font gémir de douleur. C'est bizarre j'ai l'impression que mes lèvres ne se lèvent que d'un côté.

— Olaa, doucement ma jolie.

J'essaie de parler, mais le moindre mouvement du visage me fait souffrir, je n'arrive qu'à sourire faiblement à Chris. Il me donne une petite ardoise et un stylo Velléda et j'ai l'impression de me retrouver au primaire où on nous faisait faire du calcul mental sur ce genre d'ardoise.

J'écris le mot « miroir » et je lui tends l'ardoise. Il grimace légèrement avant de me répondre que ce n'est peux être pas une bonne idée.

— Je suis venu manger avec toi, dit-il tout sourire pour changer de conversation.

Sa réponse me fait un peu peur, je me demande à quoi je peux bien ressembler s'il ne veut pas que je me voie. Il me tend un grand gobelet en grimaçant et se sort un kebab qui me fait saliver pour lui. Je renifle le contenu de sa mixture bizarre, et le moins qu'on puisse dire c'est que ce n'est pas appétissant. Ma tête doit le faire rire, car il me fait un petit sourire en coin puis il se lève et quitte la chambre. Je me demande ce qu'il est parti faire quand je le vois revenir avec une assiette creuse avec une sorte de purée liquide vert foncé dedans.

— À la base, tu devais manger ça…

Il se marre et ajoute :

— Donc, je me suis dit que tu apprécierais de la vraie bouffe.

Je hoche la tête tout d'un coup très reconnaissante et commence à boire ma soupe améliorée, on dirait un gaspacho ce n'est pas mauvais en fin de compte. Pendant le repas, il m'explique que le médecin passera en début d'après-midi et me détaillera tout ce qui s'est passé depuis mon arrivée à l'hôpital.

Je profite du repas pour lui demander sur ma petite ardoise comment se porte Lydia et surtout si mon frère tient le coup. Il me rassure sur l'état de tout le monde et me raconte que Laura était morte de trouille quand on lui a annoncé ce qui s'est passé.

Je veux bien le croire sur ce dernier point, ma Laura s'inquiète d'un rien alors forcément quand il y a une bonne raison de se faire du souci, c'est encore pire. Après manger, je me sens happé par le sommeil et Chris m'embrasse sur la joue droite qui doit être en bon état avant je ne m'endorme.

**

Je suis réveillée par des petits coups contre ma porte, j'émerge difficilement et je me rends compte que je suis seule dans la chambre. Un petit mot de Chris m'informe qu'il a dû aller travailler, mais qu'il repassera me voir demain.

La porte de ma chambre s'entrouvre et une infirmière m'informe que le médecin va bientôt arriver. Ma tête est moins lourde que tout à l'heure. J'ai vraiment besoin d'aller aux toilettes alors je m'assois le plus délicatement possible et me mets debout petit à petit, en m'aidant de la perche roulante ou est suspendu le goutte à goutte auquel je suis reliée au poignet. Je marche en prenant appuie sur ma perche avec le plus de précautions possible jusqu'à la petite salle de bain attenante. J'arrive sans trop de difficultés à faire ma petite affaire et je vais au lavabo pour me laver les mains.

Au moment où je prends un peu de savon, je lève la tête par réflexe et observe, horrifié mon reflet dans le miroir. Mon œil gauche est très enflé et j'ai des points de suture sur l'arcade et la pommette. Tout mon visage est déformé et nuancé de couleur allant du rouge au noir en passant par du violacé et du jaune. Ma tête est entourée de bandes blanches au niveau du front, mon visage est méconnaissable. Je pense que ce n'est qu'à ce moment précis que je me rends compte de la violence de cette soirée.

J'entends vaguement des cris étouffés et je me rends compte qu'ils viennent de moi au moment où deux grands bras m'encerclent en me disant de me calmer. Je reconnais cette voix, elle m'a permis de m'accrocher ses dernières heures ou jours, j'ai perdu la notion du temps. Je me calme instantanément et le laisse m'aider à retourner doucement jusqu'au lit moi et ma perche, la dernière chose dont j'ai envie c'est qu'il me voit m'effondrer. Il faut que je tienne le coup.

Quand je croise ses yeux bleus nuit, je sens mon cœur faire un looping. Il concentre son attention sur moi et regarde mon visage en détail, il n'a pas l'air dégouté ou bien il le cache bien.

— Ivy je... comment tu te sens ?

Vide ? Moche ? Vulnérable ? Au lieu de lui écrire ça, je hausse simplement les épaules. Il se pince l'arête du nez en soufflant.

— Désolé je suis vraiment con évidemment que tu ne te sens pas bien. Je suis nerveux.

Nerveux ? C'est une première, me dis-je perplexe. J'écris « pourquoi ? » sur mon ardoise et je le vois prendre une grande inspiration comme pour se donner du courage. Il commence à m'inquiéter, tout à coup je pense au bar que je n'ai pas eu le temps de fermer à clé l'autre soir. Si ça se trouve il veut m'annoncer que je me suis fait cambrioler, puis je repense à la visite de Chris et je mets mes inquiétudes de côté, s'il y avait eu un problème avec le bar il m'en aurait parlé.

— Bon voilà… Je vais profiter que tu ne puisses pas me répondre pour te le dire. L'autre soir, j'ai réalisé que je pouvais te perdre à tout moment et j'ai compris quelque chose… Ivy ce que j'essaie de te dire c'est que je crois que…

— Bonjour Ivy !

Je détourne les yeux de Maël, car j'ai reconnu cette autre voix grave. C'est la même voix qui m'a dit que je pouvais dormir et qu'il s'occuperait bien de moi. Il me sourit et j'observe avec fascination les petites rides aux coins de ses yeux. Je souris faiblement et l'étudie sous toutes les coutures. Il est assez grand et doit avoir dans les quarante ans je dirais à vue d'œil, il porte une tenue bleu marine avec une blouse blanche ouverte. Ses cheveux châtains coupés court sont légèrement poivre et sel sur les tempes et son visage carré en impose, heureusement que ses yeux adoucissent son allure. En temps normal, je pense que je le trouverai mignon.

— Je vois que tu as repris du poil de la bête c'est bien ! Je suis passé hier, mais tu étais dans les vapes.

Je fronce les sourcils et le fait de tirer sur mes points de suture à l'arcade me fait un mal de chien, mais j'essaie de le cacher.

— Bref, je suis venu t'expliquer un peu ce qui s'est passé depuis ton arrivée et surtout je suis venu pour contrôler tes réflexes et vérifier ta plaie à l'arrière de la tête.

Ma plaie à l'arrière de la tête ? En pensant à ça, j'ai un flash-back de la nuit dernière et je me souviens avoir entendu un craquement, ce doit être de ça dont il me parle. Maël nous laisse un peu d'intimité et part se chercher un café.

— Je suis le docteur-chirurgien Dumas, mais tu peux m'appeler Anthony ! C'est moi qui t'ai pris en charge il y a deux jours quand tu es arrivée.

Deux jours ? Il prend un petit dossier qu'il ouvre et commence son petit discours de « médecin ».

— J'ai constaté une fracture ouverte à l'arrière de votre tête et après un scanner on a remarqué un hématome extra dural. Il y a bien sur les contusions sur votre visage et...

J'écoute son charabia de médecin sans comprendre un traître mot de ce qui m'est réellement arrivé si ce n'est que ça a l'air mauvais avec tous ses termes sérieux.

— ... et j'ai réduit la fracture au bloc également. Concrètement il y a eu plus de peur que de mal, heureusement qu'il y avait cette fracture sinon on aurait peux être pas pu détecter l'hématome et ça aurait pu te coûter la vie.

Plus de peur que de mal ? Je prend sur moi pour ne pas le remettre à sa place, mais je me rend compte que je m'en suis plutôt bien sortie étant donné les circonstances.

Je me rends compte que je l'ai échappé belle.

Sur le moment, je n'avais pas vraiment conscience de me mettre en danger, je voulais seulement aider Lydia.

Perdue dans mes pensées, je n'ai pas remarqué qu'il s'était rapproché avant de le voir s'asseoir sur un petit tabouret à roulette près de moi pour être à mon niveau.

Il me regarde d'un air compatissant et me parle avec douceur.

— J'ai bien conscience que ses derniers jours n'ont pas été évidents pour vous et que mon petit discours est dur à digérer, mais il faut absolument vous focaliser sur l'instant « T ».

Aujourd'hui vous allez mieux et vous irez un peu mieux tous les jours. Je vais tester vos réflexes maintenant d'accord ?

Je hoche la tête en serrant les dents pour ne pas craquer, j'ai les nerfs à fleur de peau et le ton de sa voix est bien trop rassurant pour ma petite carapace. Je le laisse me manipuler et j'apprécie qu'il se frotte longuement les mains l'une contre l'autre pour les réchauffer avant de m'ausculter.

— Vous êtes courageuse, c'est bien.

Ses petits encouragements au fur et à mesure des exercices n'ont l'air de rien, mais ils me font vraiment du bien.

Tout semble répondre correctement et il est satisfait de l'état de mon crâne. Après plusieurs minutes il semble se rappeler d'une chose.

— Oh et j'oubliai, votre voix est cassée, vos cordes vocales ont été mise à rude épreuve, mais tout devrait revenir à la normale d'ici un ou deux jours maximum. Voilà, je pense que nous avons fini.

Il se lève pour partir, mais j'écris en vitesse sur mon ardoise avant d'attraper sa main. Il se retourne surpris et lis mon remerciement en souriant, il capture ma main et me regarde dans les yeux.

— C'est mon métier, pas besoin de me remercier.

Je secoue doucement la tête en serrant ses mains plus fort. Il semble comprendre à quel point je lui suis reconnaissante et il me fait un petit clin d'œil avant de se relever. Son regard s'attarde un peu sur moi et son front se plisse légèrement pendant qu'il termine son petit discours :

— Vous pourrez sortir demain matin. Par précaution, je préfère vous garder encore une nuit en observation.

Maël vient se placer entre nous et s'adresse directement à mon médecin.

— Je suis pompier, je peux veiller sur elle cette nuit. Je pense qu'elle apprécierait d'être chez elle après une telle épreuve.

Il semble hésiter, mais finalement à 18 h, je suis autorisée à rentrer à la maison et Maël me ramène chez nous. Sur le chemin je l'écoute, il m'explique que mon frère est de garde depuis ce matin donc il ne pourra pas venir me voir avant la fin de sa garde, demain matin. Je me souviens qu'il est passé, mais je pensais que c'était aujourd'hui, il faut dire que les jours se confondent.

— J'ai eu de la chance il me restait des congés à poser contrairement à Théo.

Je le regarde avec étonnement. *Il a pris sa journée pour s'occuper de moi ?* Je ne sais pas trop quoi en penser. D'un côté, je trouve ça gentil et de l'autre j'ai vraiment l'impression de passer pour un boulet qui ne peut même pas s'occuper d'elle toute seule.

En descendant de la voiture, je manque de trébucher, car mes jambes ne me tiennent pas comme je l'espérais.

Je me rattrape de justesse à la portière de la voiture de Théo tandis que Maël arrive en vitesse.

— Doucement Ivy ! Attends, je vais te porter.

À l'intérieur je boue, je n'ai pas l'habitude de dépendre de quelqu'un et avec la fatigue et le contre coup, je suis d'une humeur massacrante. Il me porte dans les escaliers et quand on arrive chez nous, il m'emmène directement dans la salle de bain et m'assoit sur le rebord de la baignoire. J'englobe la pièce du doigt et dessine un point d'interrogation dans l'air.

— Je vais te faire couler un bain bien chaud, tu dois en avoir marre de sentir l'hôpital.

Je ne le contredis pas, je traîne cette odeur de désinfectant depuis trop longtemps. Une fois que mon bain est rempli à ras bord, je lui fais signe de me laisser seule, mais il ne bouge pas d'un pouce.

Il s'approche brusquement et j'ai un mouvement de recul en voyant sa main arriver trop vite vers moi. Je sursaute et mon cœur s'emballe quand la peur s'empare de moi. Quand je le regarde enfin, j'ai l'impression de lui avoir mis un coup de poing dans l'estomac.

— Je voulais juste t'aider pour enlever tes vêtements bébé.

Je regarde sa main en suspens entre nous jusqu'à ce qu'il la retire en grimaçant comme s'il avait avalé une huitre pas fraîche.

Il ajoute en soufflant doucement :

— Putain… j'ai l'impression de tout faire de travers.

En pinçant les lèvres, il finit par obtempérer et quitte la salle de bain en me laissant un peu d'intimité sans pour autant fermer complètement la porte au cas où je l'appelle.

Me déshabiller prend du temps, pourtant Maël m'a apporté des vêtements amples, mais j'ai l'impression d'avoir quatre vingt dix ans, mes membres sont tout engourdis. Une fois dans le bain, l'eau ne me lave pas comme je l'espérais, je sens mon corps se réchauffer, mais à l'intérieur je suis gelée. Je me savonne doucement d'un air absent en repensant à mon agression et même si je sais que j'ai eu beaucoup de chance, je ne peux pas m'empêcher de penser au moment où j'ai vraiment cru que j'allais mourir. Pendant quelques secondes, j'avais perdu tout espoir de m'en sortir et c'était l'expérience la plus effrayante de toute ma vie. Ne plus croire en rien ni personne, ce sentiment écrasant de solitude. Contrairement à ce que tout le monde dit, je n'ai pas vu ma vie défiler devant mes yeux, ni même penser à mes proches, il y avait juste cette peur qui semblait se cramponner à moi, comprimant ma poitrine et me coupant le souffle.

Je ferme les yeux et retiens ma respiration pour tenter d'oublier tout ça et ne plus penser à rien, mais la seule chose que je vois, ce sont les yeux complètement fous de ce monstre et ce sourire malsain qu'il arbore quand mes os se sont brisés.

C'est à ce moment que je craque, je relâche tout l'air qu'il me reste dans un long cri qui me surprend moi-même. Je sens ma gorge me brûler comme si on la frottait avec du papier de verre, je me souviens que je ne devais pas forcer sur ma voix pour la retrouver plus vite, mais je m'en fiche, crier me fait un bien fou.

Quand j'attrape mes genoux pour reprendre mon souffle, je fonds en larmes et Maël entre en catastrophe dans la salle de bain. Je l'entends jurer avant de monter dans le bain tout habillé, il s'installe derrière moi et m'attire sur ses genoux en me serrant contre sa poitrine. Il chuchote des paroles réconfortantes contre mon front en me berçant doucement tandis que mes sanglots se font de plus en plus bruyants et déchirants.

Ma peau est fripée et l'eau complétement gelée quand on sort du bain. Maël m'enveloppe dans une grande serviette, puis il entreprend de me sécher avec une douceur que je ne lui connaissais pas. Il m'aide à passer un leggin et un grand tee-shirt tout doux avant de prendre le temps de se changer lui aussi. Je suis fasciner par ses muscles qui roule sous sa peau pendant qu'il se déshabille. Il disparait et revient vêtu uniquement d'un short en coton puis il me porte jusqu'au canapé où il s'installe avec moi sous une grande couette.

Je soupire de bien-être, mes larmes ont été libératrices et l'odeur de vanille de mon gel douche embaume la pièce. Je me serre contre le corps chaud de Maël. Je le sens frissonner lorsque je colle mes pieds gelés entre ses mollets et il me regarde en pinçant les lèvres.

— C'est exceptionnel ce truc des pieds froids, compris ?

Je lui souris en riant doucement et son visage s'illumine comme s'il avait réussi quelque chose d'incroyable ce qui n'est pas complètement faux. Il y a vingt minutes, je pleurai comme un bébé dans ses bras et là je suis lové contre lui comme si j'étais dans un cocon.

Au moment où je pense ça, des petits coups sont frappés à la porte et Maël crie à notre visiteur surprise d'entrer pour ne pas avoir à se lever. Je reconnais la voix de Laura qui grogne à cause de la pluie qui a fait friser ses cheveux avant de la voir passer la porte suivie de Lydia et de toute l'équipe au grand complet. Ils me serrent tous chaleureusement dans leurs bras et font comme si je ne ressemblais pas à Elephant man. Laura nous prépare à manger et personne n'a l'air de remarquer que je mets le double de temps pour manger ses délicieux spaghettis bolognaise.

Ils sont tous vraiment exceptionnels, j'apprends qu'ils ont continué à ouvrir le bar pendant mon séjour à l'hôpital et qu'ils comptent bien continuer le temps que je me rétablisse. Même si c'est un peu douloureux, le sourire ne quitte pas mon visage de toute la soirée. Dimitri nous régale avec ses tentatives de dragues qui ne récoltent que des grognements de la part de Maël et Laura nous raconte sa semaine comme si tout était normal.

Je prends un peu de recul sur cette soirée en les observant tous un par un. Je mesure la chance que j'ai d'avoir des amis prêts à accourir pour me changer les idées quand ça ne va pas. Je suis bien ici, je me sens protégée avec eux pour veiller sur moi comme je veille sur eux. Je vois bien que Lydia fait des efforts pour sourire, elle part s'isoler dans la cuisine en prétextant avoir besoin de refaire le plein de café alors que la cafetière est encore fumante sur la table basse. Je suis courbatue et malgré les remontrances de Maël et Laura, je me lève et marche vers la cuisine à la vitesse d'un escargot pour la rejoindre.

Quand j'entre, je la trouve plongée dans la contemplation de ses mains cramponnées au lavabo. Elle me regarde et fronce les sourcils.

— Qu'est-ce que tu fais debout, tu devrais te reposer au lieu de venir me secourir encore une fois.

Son ton est sec et cassant et je comprends qu'elle doit s'en vouloir. Elle fait les cent pas et se mets à délirer en racontant tout et n'importe quoi pour s'accuser de ce qui m'est arrivé.

— Je sais que c'est de ma faute ! Si j'avais été moins trouillarde, j'aurai pu faire quelque chose ! J'aurais pu porter plainte plus tôt et le faire enfermer et tout ça ne serait jamais arrivé. J'aurai au moins pu te venir en aide au lieu de te regarder te faire passer à tabac ! Je ne suis qu'une lâche et je t'ai mise en danger, tu aurais pu mourir par ma faute.

Sa voix se brise sur ce dernier mot et elle se met à pleurer à chaudes larmes. Ça me fend le cœur qu'elle pense être responsable de toute cette merde, car ce n'est pas le cas, j'ai bien vu au fond des yeux de cet homme. Il était déterminé et mauvais, c'était peine perdue de penser à le battre. Je la contourne et pars chercher la liste de courses sur le frigo, je retourne la feuille et écris en lettre majuscule « MON CHOIX ! Arrête de te sentir coupable ». Je lui colle le papier sur le bar et la regarde lire en silence.

Je la prends par les épaules en la regardant dans les yeux et elle vient se réfugier dans mes bras. On reste comme ça pendant plusieurs minutes et je sais que comme pour moi, évacuer toute cette peine et cette peur lui fera du bien.

Lorsqu'on retourne dans le salon, personne ne fait de remarque sur les yeux rougis de Lydia. Je retourne m'asseoir sur le canapé à côté de Maël et je passe mes jambes sur les siennes en lui souriant. Il me sourit bizarrement et continue sa conversation avec Nino pendant que j'observe son profil comme si je le voyais pour la première fois. Ses pommettes ressortent légèrement, ses traits très masculins s'accordent avec le reste de son corps. Je le vois rire et je ne peux m'empêcher de rire avec lui sans même savoir pourquoi, juste parce qu'il a l'air tellement heureux et insouciant quand il est comme ça. Il me masse doucement les mollets et je suis arrachée à ma contemplation par Laura qui vient s'asseoir près de moi.

Après avoir écouté en large et en travers tous les derniers potins qu'elle prend un soin particulier à me rapporter, je décide d'envoyer un petit texto à Théo pour le rassurer sur mon état. Il me répond dans la minute ce qui me fait sourire.

Je suis content que tout aille bien Speedy

Oui maman ! Je suis concentré sur le boulot t'inquiètes ;)

Au fait les parents sont complètement flippés… ils arrivent demain : S

Je grogne et montre le texto à Laura qui grimace, car elle voit tout de suite où je veux en venir. Mes parents sont adorables et je suis contente parce que ça fait longtemps que je ne les ai pas vus et qu'ils me manquent, mais je n'imaginais pas vraiment nos retrouvailles comme ça.

Ma mère va tomber dans les pommes en voyant ma tête et ils ne repartiront que lorsque j'irai mieux à tous les coups. Elle va vouloir tout contrôler, je me souviens quand Théo s'était cassé une jambe au sport, elle l'accompagnait partout et restait même derrière la porte de la salle de bain en lui rappelant pour la millionième fois les consignes du docteur. Elle est restée comme une sangsue durant les trois mois où il avait son plâtre. Pour Théo qui avait dix sept ans, ces trois mois ont été un véritable enfer.

La soirée se termine sur les coups de minuit et tout le monde rentre. Je zappe à la télé avant de tomber sur un film à l'eau de rose ce qui fait râler Maël, mais pourtant il ne change pas de chaine. Par contre, il fait des commentaires sarcastiques toutes les cinq minutes ce qui gâche complètement le côté romantique des situations, mais le fait beaucoup rire. Il double les dialogues en leur faisant dire des choses tellement improbables que je finis par rire avec lui. Je pense qu'au bout d'une heure, il est finalement pris par l'histoire, car je ne l'entends plus. Je finis par m'endormir en posant ma joue intacte sur la peau chaude de son épaule et il enroule un de ses bras autour de ma taille.

Il me réveille à la fin du film et me porte jusqu'à mon lit. Quand il fait mine de partir je lui agrippe le bras, je ne veux pas qu'il me laisse seule, sa présence me rassure. Un sourire joueur apparaît sur ses lèvres et il me dit :

— Je vais juste éteindre ma belle t'inquiètes pas tu ne vas pas te débarrasser de moi comme ça !

Je le laisse faire et le regarde avec attention enlever son jogging, ses fesses sont moulées dans son caleçon et les muscles de son dos se contractent tandis qu'il le plie pour le mettre sur mon petit fauteuil. Toujours absorbée par cette vision aphrodisiaque, je ne peux pas m'empêcher de rire en voyant l'inscription « Prêt à déguster » sur l'avant du caleçon.

— Tu aimes ? Je l'ai acheté exprès pour toi. Enfin c'était avant… enfin tu vois.

Oui je vois bien. Avant son scandale, avant notre énième engueulade, la liste est longue, mais aujourd'hui avec le recul je me trouve idiote. Je devrais lui dire ce que je ressens pour lui au lieu d'avoir la trouille de me faire jeter.

S'il y a bien une chose que j'ai retenue, c'est que la vie est pleine de rebondissements et si on ne profite pas de ce qu'on a pendant qu'on le peut, on pourrait bien ne plus jamais en avoir l'occasion.

Il dessine des arabesques lentement dans mon dos et me fredonne doucement les paroles d'une chanson que je reconnais vite. C'est Photograph de Ed Sheeran :

Loving can hurt, loving can hurt sometimes

Aimer peut faire mal, aimer peut faire mal parfois

But it's the only thing that I know

Mais c'est la seule chose que je connaisse

When it gets hard, you know it can get hard sometimes

Quand ça devient compliqué, tu sais que ça peut devenir compliqué parfois

It's the only thing that makes us feel alive

C'est la seule chose qui nous rend vivants

...

Loving can heal, loving can mend your soul

Aimer peut guérir, aimer peut réparer ton âme

And it's the only thing that I know

Et c'est la seule chose que je connaisse

I swear it will get easier, remember that with every piece of ya

Je te jure que ça deviendra plus facile, rappelle-toi de ça avec chaque partie de ton être

And it's the only thing to take with us when we die

Et c'est la seule chose qu'on doit emporter avec nous lorsque l'on meurt

C'est beau, tellement beau que je me laisse bercer par ses paroles. Je fantasme sur le fait qu'il pense vraiment ce qu'il me chante et qu'on aura aussi droit à notre happy end. Je ferme les yeux et je rêve que je ne suis plus défigurée, ni fatiguée et qu'on finit cette soirée tout autrement. Dans un état second, je sens ses lèvres se presser contre les miennes tandis que je m'endors paisiblement.

18

Maël

Je regarde pour la centième fois l'entrée du commissariat, Ivy ne voulait pas que je l'accompagne à l'intérieur alors j'attends dans la voiture comme un couillon.

Ce matin, elle avait à peine récupérée sa voix qu'elle m'a demandé de l'emmener au commissariat pour faire sa déposition. J'essaie de faire les choses bien, mais bordel je suis là à me comporter comme un bon toutou alors que je n'ai qu'une envie, celle de réduire en bouillie la tête de ce connard !

Je vois Lydia et Ivy sortir du poste et je sors de la voiture comme si j'étais monté sur ressort. Je marche jusqu'à elles en vitesse et pose mes bras dans leurs dos, prêt à éclater la gueule du premier type qui les regarde de travers. Une fois dans la voiture, je les regarde l'une après l'autre, mais leurs expressions ne m'apprennent rien et elles restent silencieuses. Au deuxième feu rouge, je ne tiens plus.

— Alors ?

Ivy ne répond pas et regarde par la fenêtre les yeux dans le vide.

Je m'inquiète pour elle, ce qu'elle a vécu l'a complètement chamboulée.

J'ai l'impression qu'elle est dans une sorte de brouillard depuis qu'elle est revenue hier, on dirait qu'elle ne ressent rien.

Hier soir quand elle s'est endormie dans mes bras, j'ai cru qu'elle était apaisée, mais ça n'a pas duré longtemps, elle a eu une nuit très agitée entre cauchemars et pleurs.

Ça m'a rendu malade de la voir se tordre de douleurs dans les draps, je suis sûre qu'elle revit son agression sans cesse.

Je ne peux pas m'empêcher de voir ses traits apeurés dès que quelqu'un fait un geste brusque près d'elle et ça me rend dingue, car je ne peux rien faire pour qu'elle aille mieux.

Lydia finit par avoir pitié de moi :

— Quelqu'un va nous appeler dès que Jonathan sera passé devant le juge demain.

Alors comme ça cette ordure à un prénom ?

Je n'aime pas ça, ça rend les choses bien plus réelles. Mes doigts se crispent sur le volant, mais je me force à me détendre.

— Bien…

Dix minutes plus tard, Ivy semble se rappeler qu'elle n'est pas seule et s'adresse à moi avec sa voix qui tient plus du chuchotement enroué :

— On peut aller chez les gars ? J'avais oublié mes parents arrivent dans la journée.

— Bien sûr…

Je hoche la tête et prends le chemin pour aller chez Théo. Je suis un peu sur les nerfs, car j'aurai clairement préféré la garder avec moi et l'enfermer dans notre appartement ou je la sais en sécurité, mais bon je ne peux pas lutter contre les liens du sang. J'avoue que la perspective de rencontrer ses parents est un peu flippante aussi.

Une fois le moteur coupé, je me dépêche de faire le tour de la voiture.

— Si Mademoiselle veut bien se donner la peine, lui dis-je en tendant la main pour l'aider à sortir de la voiture de manière théâtrale.

Elle me sourit et j'ai l'impression de gagner au loto, je sais que je suis pathétique, mais putain que c'est bon de la voir sourire. Ce n'est pas un grand sourire plein de joie, mais c'est toujours mieux que cette expression fermée qu'elle a depuis qu'elle est sortie de l'hôpital.

Je lui prends la main et on se dirige ensemble suivie de Lydia chez Théo ou on entre sans frapper.

Personne ne sait quoi dire ou quoi faire en attendant leurs parents, Théo est parti s'isoler dans la cuisine pour préparer du café et Lydia est allée l'aider tandis qu'on est devant le foot avec Ivy et Chris. Je ne trouve pas les mots pour lui parler et la soulager, j'ai toujours peur de dire un truc de travers.

Alors que je cherche toujours quoi dire, Chris rompt le silence gênant qui règne dans le salon.

— Tu vois quelque chose Speedy ? Parce que ton œil gauche ressemble plus à un pamplemousse là…

Je serre les poings, prêt à lui coller une droite dans la gueule, mais je vois Ivy éclater de rire et je me calme tout de suite. *Ça la fait se marrer bordel, j'y crois pas !* Et moi qui marche sur des œufs depuis deux jours en faisant attention à ne pas dire un mot plus haut que l'autre.*Quand est-ce que je suis devenu une lavette exactement ?*

Cette nana me retourne complètement le cerveau, dès le début j'aurai dû me douter qu'elle était différente. Avec ses petits sourires, sa maladresse et ses petites tenues, elle m'a ensorcelé la diablesse. Pourtant elle a une quantité astronomique de défauts : déjà elle est bordélique, vraiment très bordélique, elle a un caractère de cochon, elle n'est pas soigneuse et la douceur ce n'est pas vraiment son truc.

Mais elle a une qualité qui me fait oublier tout ça : elle est naturelle, elle vit les choses sans se soucier du regard des autres, elle ne se pose jamais la question de ce qui est correct ou non.

Je me rappelle l'expression de pure joie sur son visage quand on était à la mer l'autre jour, la façon, dont sa peau brillait avec le soleil et l'eau transparente derrière elle. Je crois bien que depuis ce jour-là, je la considère comme ma propriété et j'agis comme un con avec elle, je vois bien que je l'ai effrayé avec mes pétages de plombs. Honnêtements ça d'une nana je lui aurais ri au nez. Le truc, c'est que maintenant que j'y ai goûté j'en veux encore plus, cette possibilité de vie à deux aurait pu m'effrayer, mais ce n'est pas le cas.

Il faut absolument que j'arrange les choses entre nous et que je m'isole avec elle pour lui en parler. Je pense que je me suis mis la pression sur notre relation avant même qu'elle ne commence.

Perdu dans mes pensées je n'ai pas suivie la conversation entre Ivy et Chris, mais elle a le sourire donc je ne m'inquiète pas trop. Cependant, je remarque que Chris la regarde différemment, il la couve des yeux depuis notre arrivée et ça ne me plaît pas

On entend la sonnette de la porte et tout le monde se tend tandis que Théo part ouvrir la porte.

J'entends des éclats de voix et je suis un peu perplexe en voyant Théo revenir avec un grand sourire suivi d'une petite femme brune, dans la cinquantaine environ et d'un homme qui ressemble comme deux gouttes d'eau à Théo en plus vieux et plus barbu.

Je me lève aussi raide qu'un piquet, mais ils se précipitent vers Ivy et l'examinent sous toutes les coutures en l'embrassant plusieurs fois.

— Nathalie, toujours aussi belle, s'exclame Chris avant d'embrasser la mère d'Ivy sur les deux joues, récoltant au passage une tape derrière la tête de la part du père d'Ivy.

— Elle est déjà mariée mon garçon alors contente-toi de regarder !

Sa remarque allège l'ambiance et tout le monde rigole tandis que Chris et le père d'Ivy se donnent une accolade.

Ivy qui s'est rapproché de moi m'attrape par le biceps et m'emmène près de ses parents pour faire les présentations. Son père est le premier à me scanner du regard et je vois clairement ses traits durcir et se tendre quand ses yeux s'arrêtent sur la main d'Ivy qui tient fermement mon bras comme pour m'empêcher de m'enfuir à toutes jambes. Elle me connaît mal si elle croit que tout ça m'impressionne. Je pose ma main gauche dans le bas de son dos et je m'avance en tendant ma main droite devant son père.

— Bonjour monsieur, Maël, le colocataire de votre fille enchanté.

J'avoue que je stresse un peu en voyant son père examiner ma main comme si c'était du poisson pourri, je suis prêt à la reprendre, mais Ivy gronde gentiment son père.

— Papa soit cool, s'il te plaît.

Son père lève les yeux au ciel et la regarde, son visage s'adoucit légèrement, il souffle clairement mécontent avant de me rendre ma poignée de main tellement rigoureusement que je crois bien qu'il vient de me fracturer un doigt.

— Richard !

Je secoue légèrement ma main tandis qu'une petite tornade brune se fraye un chemin auprès de Richard et m'observe avec un grand sourire. Je sursaute alors qu'elle me prend par les épaules pour que je me baisse et qu'elle puisse me faire la bise.

— Maël, je suis contente de te rencontrer. Elle me dévisage de haut en bas et poursuit : tu n'avais pas précisé qu'il était aussi joli garçon, ma fille.

— Maman ! Ivy rougit et ça me fait rire de la voir gênée à ce point.

Sa mère la regarde d'un air entendu en me lançant un sourire ravi ce qui fait grogner son père.

— Oh Richard ! Pour l'amour du ciel, tu ne vas pas commencer à faire ton ours mal léché !

— Quoi ? Ça ne me plaît pas que ma petite fille habite avec un homme dont on ne sait rien.

Son père me lance un regard dédaigneux avant d'aller s'asseoir sur le canapé. Tout le monde, fait comme si de rien n'était et discute du voyage d'Ivy, de la vie ici entre les deux frère et sœur, du boulot bref de tout sauf de l'accident.

Plus tard, une fois que tous les sujets banaux ont été épuisés, Ivy embrasse ses parents en leur promettant de se reposer. Je ramène Lydia chez sa copine de cours, m'arrête en vitesse faire quelques courses pour ce soir et on rentre enfin à l'appartement avec Ivy.

Une fois chez nous, je fais tout pour lui changer les idées et ça à l'air de fonctionner. J'ai commencé par mettre sa musique à fond dans la cuisine et elle m'a regardé en souriant me déhancher en cuisinant façon top-chef avec les petits commentaires qui vont bien. Franchement, j'espère que personne ne me filme, car je dois vraiment avoir l'air ridicule. Pendant le repas, on discute de la pluie et du beau temps et pour le dessert j'ouvre seulement le pot de Nutella que j'ai acheté tout à l'heure en lui tendant une cuillère à soupe. En voyant ses yeux briller d'envie, je me marre et on s'installe devant la télé.

Elle prend une énorme cuillère qui déborde de partout et lèche doucement le Nutella comme si c'était une glace, je me sens à l'étroit dans mon jean au bout de la troisième cuillère. Alors qu'elle suce avec application sa cuillère dans les moindres recoins, je craque et lui dit la voix rauque :

— Ivy, faut que tu arrêtes ça.

Elle me regarde sans comprendre en léchant le coin de ses lèvres ce qui n'arrange pas mon état.

— Quoi ? Je suis à la diète depuis trois jo…

— Je dis pas ça pour ça, bébé.

J'aime bien l'appeler comme ça, j'ai remarqué que ça la faisait rougir. Elle ne semble toujours pas comprendre alors je tente de lui expliquer.

— Faut que tu arrêtes de lécher ta cuillère.

Elle la regarde sous tous les angles et je ris en lui prenant une main pour la poser sur la bosse qui s'est formée dans mon jean. Je vois ses yeux s'arrondir et ses joues chauffer.

— Oh… tu veux dire que tu as envie de…

Je lui souris comme si elle était idiote :

— De toi oui. Ça paraît évident non ?

Elle fronce les sourcils avant de me répondre :

— Si… c'est juste… bizarre, je sais pas… tu as peux être des problèmes de vue, mais je ressemble plutôt à une sorte de Frankenstein là.

Je reste sans voix face à sa remarque et l'observe attentivement, c'est vrai que son œil gauche est encore bien enflé, elle a encore ses points de suture, mais le reste de son visage a plutôt bien guéri. Son petit air perdu me fait rire.

— Tu n'as toujours pas compris n'est-ce pas ?

— Hein ? Mais de quoi tu me parles là ?

Je prends une bouffée d'air pour me donner du courage. Je vais en avoir besoin, c'est la première fois que j'avoue un truc de ce genre à une nana.

— Je… t'aime ?!

Je ne m'attendais pas vraiment à ce qu'elle réagisse comme ça, tout le sang quitte son visage puis revient en force et elle explose de rire.

Je vois des larmes couler de ses yeux tellement elle rigole fort. *Sympa…*

— Putain arrête tes conneries Maël quand je rigole ça tire sur mes points ! Ouille.

Elle me regarde et son expression change du tout au tout. Elle semble enfin se rendre compte que je ne plaisante pas.

— Attend ! T'es sérieux ? Mais tu sais ce que ça veut dire au moins ?

Je vois bien qu'elle me taquine, mais je n'ai pas envie de rire, j'ai envie qu'elle m'avoue qu'elle m'aime aussi, j'ai envie de l'embrasser et de lui faire l'amour pendant des heures. Je la regarde dans les yeux et m'approche doucement d'elle.

— Je sais pas si c'est de l'amour parce que qu'est-ce que j'y connais, franchement ? Ce que je sais c'est que quand tu n'es pas là, je te cherche partout, quand tu me souris je me sens con et je suis plus mou qu'une guimauve. Moi ? Une guimauve c'est... c'est juste du jamais vu Ivy. Tu m'as mis à tes pieds, même quand tu râles ou que tu t'énerves, je te trouve sexy. J'ai jamais eu de problème de ce côté-là ma belle, mais bordel je suis une érection ambulante depuis que tu habites ici.

Je reprends mon souffle en me demandant vaguement si son expression stoïque est plutôt un bon ou mauvais signe.

— Ce serait pas un problème si je pouvais me soulager en appelant n'importe qu'elle nana de mon répertoire, mais ce n'est pas le cas. Je ne veux que toi, ça tourne à l'obsession bébé. Je ne sais pas du tout gérer ça, les sentiments que je ressens pour toi c'est... tellement nouveau pour moi, mais je suis sûr d'une chose, je veux pas être ton ami, je veux quelque chose de sérieux entre nous et je veux tout faire pour que ça fonctionne.

J'ai l'impression qu'elle commence à comprendre ce que je lui dis, sa bouche est bloquée sur «O» silencieux.

— Alors franchement, que tu aies des cicatrices et des bleus sur le visage je m'en contrefous, pour la première fois de ma vie c'est mon cœur qui parle. Même si heureusement ma bite est d'accord avec tout ça !

Je la vois glousser et je grimace.

— J'ai l'impression d'être nul pour ces trucs-là, il va falloir que tu m'apprennes Ivy.

Elle me lance un petit sourire presque timide, mais éclatant et ses yeux brillent pendant qu'elle me répond d'une petite voix :

— Je te trouve plutôt bon en fait.

Mon cœur fait un bond dans ma poitrine en entendant ses paroles.

— Ça veut dire quoi exactement ? T'es partante pour qu'on… forme un couple… toi et moi ?

Sans que je l'aie vue venir, elle s'assoit à califourchon sur moi et attrape mon tee-shirt fermement. J'entend un bruit sourd, le Nutella a du tomber par terre, je pense au tapis qui va surement être taché et pour une fois je m'en fou complétement. Ses cheveux tombent de chaque côté de son visage comme un rideau nous enfermant dans notre petite bulle à nous.

— Je ne sais pas trop... il va falloir me convaincre.

En disant ça, je la sens se frotter doucement contre mon érection et je manque de défaillir. *Dieu que cette nana me rend dingue… j'adore ça.*

Je ne lui laisse pas le temps de s'échapper et l'attrape par les cuisses pour l'immobiliser sur moi puis je retire sa veste et son petit haut noir pour pouvoir la voir vraiment. Elle frissonne quand je passe le bout de mes doigts sur ses côtes et son ventre. Son soutien-gorge ne fait pas long feu et je vois ses tétons pointer à cause du froid ou de son excitation, peu importe, je m'empresse de les lécher et les embrasser tout en la caressant dans le dos.

Après dix minutes de ce traitement je sens qu'elle s'impatiente, elle remue et gémit de plus en plus fort alors je la prends dans mes bras et la porte jusqu'à mon lit ou je termine de la déshabiller.

Je l'observe en me léchant les lèvres.

— La vue te plaît ? me dit elle avec un petit air suffisant, car il est évident vu l'état de mon jean que la réponse est oui.

Je crois que je bats le record du temps de déshabillage, car moins de trente secondes plus tard je suis calé entre ses cuisses, en appui sur mes avant-bras pour ne pas l'écraser. Je dépose des petits baisers sur ses blessures en me promettant de ne plus jamais laisser une telle chose se reproduire.

Puis je la sens, ses mains caressent mon dos et mes bras, son regard est passionné alors que je l'ai à peine touchée, elle passe ses pouces sur mon front puis descend sur l'arrête de mon nez pour finir sur mes joues. On dirait qu'elle imprime mon visage dans sa mémoire comme pour le graver à jamais et je sens mon cœur se gonfler d'une sensation inédite, je me sens privilégié et en confiance totale.

— Putain, bébé, j'en peux plus.

Elle me sourit tendrement puis passe sa main entre nous pour venir la poser sur ma queue qu'elle serre délicieusement en enroulant sa main autour.

— J'ai envie de te goûter. De voir si je peux te prendre en entier dans ma bouche.

J'étouffe mon gémissement en lui mordant la clavicule.

Aucune nana n'a jamais osé me parler comme ça au lit et je dois dire que ça me plaît énormément.

— Ça me plairait beaucoup… vraiment beaucoup, mais hors de questions avec tes points ma belle. Dans une semaine tu pourras faire tout ce que tu veux de moi, promis.

Je l'embrasse et lorsque mon baiser se fait plus profond, elle me guide en elle. Je grogne de plaisir en poussant lentement, c'est une véritable torture de prendre mon temps comme je le fais, mais j'ai envie de savourer ce moment.

Cependant, Ivy ne doit pas être du même avis, car elle m'entoure avec ses jambes pour me plaquer brutalement contre elle.

— Si impatiente…

En disant ça, je me retire doucement d'elle pour revenir la pénétrer d'une lente et profonde poussée. Je prends mon pied comme jamais, mais je vois qu'elle a besoin de contrôler cette fois alors je me couche sur le dos en l'emmenant sur moi.

— Vas-y bébé, prends ce que tu veux.

Elle me sourit effrontément et entame une sorte de danse lascive, son corps ondulant sur le mien pour me prendre comme elle en a envie. Elle accélère en se mordant les lèvres et ses gémissements se font de plus en plus bruyants. Je l'aide en accompagnant ses gestes pour la prendre plus fort, avec mes pouces je masse doucement le bas de son ventre juste à côté de ses deux os du bassin qui ressortent légèrement. Je sens la pression monter en elle et je pense que je ne me lasserai jamais de ce spectacle, la peau de son visage et de son cou, rougit d'un coup quand elle jouit avec force en m'enserrant encore plus étroitement me faisant souffler bruyamment de plaisir.

Une pellicule de transpiration s'est formée sur sa peau quand elle redescend sur terre, elle pose ses paumes sur mes pectoraux et vient m'embrasser en suçotant mes lèvres.

— J'ai pas envie que ça se termine.

Je caresse doucement sa joue intacte avant de lui répondre :

— Je ne vais nulle part, bébé.

Je m'enfonce de nouveau en elle pour la trouver chaude et trempée de désir pour moi. Cette fois par contre, je ne prends pas mon temps je la pénètre vite et fort et à en juger ses ongles fermement plantés dans mes pectoraux, je pense qu'elle apprécie autant que moi.

Ce n'est que lorsqu'elle jouit pour la deuxième fois et tandis que je suis moite et transpirant que je m'abandonne dans un dernier coup de rein libérateur.

On est tous les deux essoufflés quand elle se laisse aller et fait peser tout son poids sur moi. Je l'enveloppe de mes bras en lui caressant doucement le dos et les fesses pour la rafraîchir.

— On peut rester comme ça toute la vie ?

Je rigole contre sa joue et vois son corps bouger en rythme sur moi.

— Tout ce que tu veux ma belle... Tout ce que tu veux, mais... on va prendre une petite douche avant.

Je sens son sourire contre mon torse et j'oublie tout pour ne penser qu'à elle et à ce moment qui j'en ai le sentiment, à tout changé entre nous.

**

Je n'ai pas beaucoup dormi cette nuit, je souris en me rappelant notre douche plutôt sportive d'hier soir. Ce matin au petit déjeuner, elle avait un appétit d'ogre et je me suis fait la remarque qu'elle était redevenue la Ivy que je connais, mais ça été de courte durée. Quand Théo, ses parents, Chris et Lydia ont débarqué vers 14 h, l'ambiance s'est de suite alourdie. Évidemment tout le monde attend le fameux appel de la police pour savoir ce que cette ordure de Jonathan va devenir.

Les parents d'Ivy sont partis faire le tour du centre de Nantes étant donné que ça fait longtemps qu'ils ne sont pas venus ici et nous, on discute du dernier match avec les gars tandis que les filles font semblant de lire un magazine people. Je le sais, car Ivy déteste ses torchons à ragot et elle paraît soudain très absorbée par la cellulite de Jessica Alba.

La sonnerie de Lydia stoppe net notre conversation et le silence tombe instantanément lorsqu'elle répond à son téléphone.

On essaie tous de lire dans ses pensées, mais elle part se

mettre à l'écart pour pouvoir discuter plus tranquillement. Pendant cette attente interminable, j'observe attentivement Ivy, elle est focalisée comme les autres sur la porte ou Lydia est partie, mais elle ne semble pas anxieuse.

Au bout de ce qui me parait une éternité, Lydia passe la porte et lorsqu'elle pose les yeux sur Ivy, son corps est secoué de gros sanglots. Ivy secoue la tête et s'approche d'elle tandis qu'elle craque complètement en tombant dans ses bras.

— Je suis tellement désolé Ivy, tout est ma faute.

— Chuutt… lui répondit doucement Ivy en lui caressant les cheveux.

Lydia s'écarta de ses bras pour la regarder bien en face, elle a les yeux exorbités d'horreur et semble possédée.

— Arrête ! Arrête d'être gentille et compréhensive ! Je ne le mérite pas Ivy.

Théo prend Lydia par les épaules et arrive tant bien que mal à l'emmener sur le canapé pour qu'elle se détende un peu. On est tous suspendus à ces lèvres en attendant le verdict, mais vu sa réaction je suppose que c'est mauvais signe.

— Ils… Ils m'ont dit qu'il a été condamné à effectuer un mois de cure de désintoxication suivie de six mois de prison avec sursis.

J'ai envie de cogner dans quelque chose. *Six mois avec sursis ? Alors qu'il a failli tuer quelqu'un, qu'il harcèle Lydia depuis un moment et qu'il a ravagé son appartement ? C'est quoi cette justice de merde ?*

— Je… C'est ma faute comme je n'ai jamais porté plainte contre lui, son casier est blanc comme neige et il a réussi à amadouer le juge en mettant tout sur le compte de l'alcool et de la drogue. Il va être assigné à résidence et n'aura le droit de sortir de chez lui que pour aller travailler ou pour une urgence. Je suis désolé d'avoir été aussi lâche…

Elle se remet à pleurer quand Théo passe un bras en travers de ses épaules pour la consoler. Je fixe mon regard sur Ivy qui semble encaisser difficilement la nouvelle, ses traits sont tirés pourtant elle ne dit rien. Je l'admire, car moi je bouillonne de rage. Ce connard va être tranquillement chez lui à respirer le même air que nous alors qu'il mériterait de pourrir en prison pour le reste de sa vie.

— Tu peux me ramener s'il te plaît ? supplie Lydia à Théo qui accepte et prend les clés de la voiture de Chris.

— Je passe te chercher au retour mec, OK ?

Théo boue littéralement de rage et je suis rassuré au moins je ne suis pas le seul à lutter pour me contrôler. Chris hoche la tête et s'assoit dans le canapé à côté d'Ivy, il a l'air sonné lui aussi.

Je pars nous servir un whisky, pour l'occasion j'ouvre une bouteille de Balvenie trente ans d'âge qui m'a coûté une fortune et que je gardais pour une occasion particulière.

Je pense que ça conviendra tout à fait.

Quand je reviens, Ivy est couchée en travers du canapé, sa tête reposant sur les cuisses de Chris. Il lui caresse doucement les cheveux et le visage avec une expression pleine de tendresse tandis qu'elle semble s'endormir, épuisée. Je serre les dents et m'empresse de venir prendre Ivy dans mes bras pour la coucher sur mon lit ou je la borde, je ne tarde pas à l'entendre ronfler et je ferme doucement la porte avant de rejoindre Chris dans le salon.

Après plusieurs gorgées, je pose mon verre et repose mes avant-bras sur mes cuisses avant de dévisager Chris.

— J'ai vu comment tu la regardes.

Sa main se resserre autour de son verre et il me dévisage en serrant la mâchoire. Il ne se démonte pas et ne me contredit pas non plus et je sais que j'ai touché en plein dans le mille.

— Elle est avec moi maintenant alors je t'interdis de la toucher comme tu l'as fait tout à l'heure. Je suis clair ?

Ma remarque le fait rire et je sens ma colère monter d'un coup alors que je me lève pour le dominer. Il se lève immédiatement pour se mettre à mon niveau, il est plus petit que moi, mais aussi plus musclé, mais ça n'a pas d'importance je suis prêt à en découdre, s'il veut qu'on règle ça par la force, qu'il en soit ainsi.

— Tu ne me dis pas comment me comporter ou non avec Speedy.

Je m'apprête à lui envoyer une remarque cinglante, mais on est interrompu par des coups frappés à la porte et Théo nous rejoint dans le salon.

— Il se passe quoi là ?

On est toujours en train de se défier du regard avec Chris alors je recule d'un pas et manque de lui envoyer mon poing dans sa grande gueule pour effacer ce petit sourire de ses lèvres.

Théo fait des allers-retours entre nous sans comprendre jusqu'à ce Chris lui dise qu'ils s'en vont. Ce n'est qu'une fois la porte fermée que je souffle pour relâcher la pression, il faut que je me défoule sur quelque chose. Je me dis que je vais laisser un mot à Ivy et partir frapper un peu mes sacs à la salle de sport, mais quand je la vois coucher en mode fœtus et serrant un oreiller contre sa poitrine, ma colère retombe comme un soufflet.

Je me déshabille et me glisse sous les draps pour la serrer dans mes bras. Je pense à tout ce qui nous attend en soupirant de bien-être. Je trace une ligne de baiser de son oreille jusqu'à son épaule et je la sens se détendre complètement et mouler son corps contre le mien. Je souris en passant une main sur son ventre pour la garder près de moi.

Pour la première fois, je me dis qu'il faut absolument que je présente cette fille à mes parents, je pense aux restaurants, aux cinémas qu'on fera sans doute. Tous ces trucs qu'on fait normalement quand on sort avec quelqu'un et pour une fois je ne trouve pas ça ringard.

J'ai même hâte, hâte de la voir tous les jours, de la toucher, de l'embrasser et de m'endormir tous les soirs avec elle.

En revanche, il va falloir que je garde ce Jonathan à l'œil, il ne fera plus jamais de mal à personne, au moindre faux pas ce type signe son arrêt de mort. Je sens que je vais devoir me méfier de Chris aussi, il y a quelque chose qui m'échappe dans leur relation depuis le début et je compte bien découvrir ce que c'est.

En attendant, je cale mon nez dans son cou et m'endors avec une gaule d'enfer. *Cette nana aura ma peau !*

Séquence Chamallow

Tout d'abord, un grand merci à mon éditrice pour son enthousiasme à la lecture de mon bébé et pour sa patience face à toutes mes questions.

Merci également à toute l'équipe d'Erato Editions pour votre accueil et votre aide, vous êtes géniaux !

Merci aux lecteurs, qui prendront le temps de me lire et de découvrir mon univers, en espérant que vous serez séduit.

À ma famille, merci de ne pas me prendre pour une folle à chaque fois que je vous annonce que j'ai un nouveau projet. Grâce à vous, je ne cesserai jamais de rêver et de tout mettre en œuvre pour y arriver.

Un gros Big Up au clan Tortière, vous êtes ma principale source d'inspiration ! Merci pour vos encouragements et votre soutien sans faille...

Une spéciale dédicace aux copines qui se reconnaîtront, à nos apéros et nos échanges de mails. Sans vous, ce roman n'aurait jamais vu le jour, je vous le dédie mes chéries !

On dit toujours qu'on garde le meilleur pour la fin. Alors un grand merci à mon homme pour toutes les nuits ou tu as veillé le temps que j'écrive «un dernier chapitre» pour aller te coucher avec moi et aux autres ou je t'ai complètement délaissé jusqu'au petit matin. Je t'aime.

Vous voulez découvrir les actus d'Erato-Editions ?

Retrouvez nous sur notre blog

erratoeditionsleblog.wordpress.com/

Sur notre page Facebook

www.facebook.com/eratoedition

Sur Twitter

twitter.com/EratoEditions

Erato-Editions

Cami dels Cabanyls
66740 Villelongue dels Monts

www.erato-editions.fr

Illustration et conception graphique: CréaMa

Relecture et Correction : Diolaine

Imprimé en France
FROC02n0841230216
15496FR00003B/6/P